根与路：
路易丝·厄德里克的灾难生存书写研究

宋赛南　著

南开大学出版社

天　津

图书在版编目(CIP)数据

根与路：路易丝·厄德里克的灾难生存书写研究 /
宋赛南著. —天津：南开大学出版社，2018.8
ISBN 978-7-310-05663-7

Ⅰ.①根… Ⅱ.①宋… Ⅲ.①路易丝·厄德里克—小
说研究 Ⅳ.①I712.074

中国版本图书馆 CIP 数据核字(2018)第 208229 号

南开大学出版社出版发行

出版人：刘运峰

地址：天津市南开区卫津路 94 号　　邮政编码：300071
营销部电话：(022)23508339　23500755
营销部传真：(022)23508542　邮购部电话：(022)23502200

*

唐山鼎瑞印刷有限公司印刷
全国各地新华书店经销

*

2018 年 8 月第 1 版　　2018 年 8 月第 1 次印刷
148×210 毫米　32 开本　6.25 印张　175 千字
定价：28.00 元

如遇图书印装质量问题,请与本社营销部联系调换,电话：(022)23507125

当代土著作家有着与我所提及的其他作家截然不同的任务。鉴于巨大的损失，他们必须讲述当代生存者的故事，这样既能保护又能颂扬灾难之后留存下来的各种文化内核。

——厄德里克

前　言

路易丝·厄德里克（Louis Erdrich）是美国印第安文艺复兴第二次浪潮的杰出代表。20 世纪 80 年代在美国文坛崭露头角，迄今，她已先后出版小说 14 部，诗集、回忆录和儿童文学若干，收获了包括美国国家图书奖在内的 10 余项大奖。她的小说往往从美国印第安奥吉布瓦族（Ojibwa）文明的历史空间、宗教空间、文化空间和语言空间出发，经由现代文明空间，最终辗转抵达奥吉布瓦文明与现代文明的边缘地带。

鉴于国内外对厄德里克 1996 年之前所创作的小说研究甚多，本书重点讨论她 1996 年之后创作的四部小说——《小无马保留地奇事的最后报告》《四灵魂》《手绘鼓》和《踩影游戏》。通过考察小说人物在不同灾难形式下的生存模式，本书最终发现：厄德里克以一种抗拒主流、抗拒权威、在边缘怒放的姿态进行写作；写作的过程中，她践行了自我所言的"保护和颂扬灾难之后留存下来的各种文化内核"，走向了德勒兹（Gilles Deleuze）和瓜塔里（Félix Gruattari）所推崇的"少数族文学"。

绪论部分从美国印第安文艺复兴与厄德里克的文学创作、厄德里克在美国和中国的研究现状、本书基本思路和主要内容三方面展开。

第一章至第四章，重点讨论上述四部小说中的"灾难生存"。这四部小说一一呈示了奥吉布瓦人在巨大的宗教灾难、土地灾难、创伤灾难和虚构灾难下的生存策略，分别是跨界与杂糅、对话与融合、记忆与回归、反抗与重塑。这既是厄德里克对白人文化的吸纳，也是她对奥吉布瓦本族文化的坚守。

结语部分则对厄德里克的"灾难生存"书写意义进行探讨。一方面，厄德里克有意识地复兴了奥吉布瓦族的讲故事模式和"温迪戈"

灾难叙事传统，再现了当今奥吉布瓦人身上的部族"迁徙"精神。另一方面，通过写作，她积极肯定了印第安人的"生存"精神，这种精神与德勒兹和瓜塔里所倡导的"生成"概念异曲同工，进而走向了德勒兹和瓜塔里意义上的"少数族写作"。

研究方法上，在文本细读的同时，本书还将文学作品置入宗教、历史、文化和社会语境进行考察和阐释，以求获得立体的、多层次、多方位的对话。本书标题中的"生存"一词来自厄德里克同族理论家杰拉德·维泽勒（Gerald Vizenor）的"生存"（survivance）①概念。具体分析中，本书亦对创伤、记忆、后殖民和女性主义等理论加以借鉴和运用。

---

① 维泽勒复活一个已经退出使用的词"survivance"以诸多积极新意，如"忍受""反抗""在场""中间状态""心灵生存""繁荣""幽默""反讽"等。鉴于此，在北京外国语大学姜红老师的建议下，本书试将"survivance"译为"生存"而非"幸存"，以"生"之"生生不息"对应于维泽勒赋予该词的积极蕴意。

路易丝·厄德里克作品名称缩写及中译

序号	出版年份	英文作品名称	缩写	名称中译
1	1984	*Love Medicine*	LM	《爱药》
2	1984	*Jacklight*	J	《簝灯》
3	1986	*The Beet Queen*	BQ	《甜菜女王》
4	1988	*Tracks*	T	《痕迹》
5	1991	*The Crown of Columbus* (with Dorris)	C	《哥伦布的桂冠》（与多瑞斯合作）
6	1993	*Love Medicine* (New and Expanded Version)	LMN	《爱药》（新扩展版）
7	1994	*The Bingo Palace*	BP	《宾戈宫》
8	1996	*Tales of Burning Love*	TBL	《炙爱集》
9	1997	*The Antelope Wife*	AW	《羚羊妻》
10	1999	*The Birchbark House*	BH	《桦树皮小屋》
11	2001	*The Last Report on the Miracles at Little No Horse*	LR	《小无马保留地奇事的最后报告》（全书简称《报告》）
12	2003	*The Master Butchers Singing Club*	MB	《屠夫大师的歌唱俱乐部》（全书简称《俱乐部》）
13	2003	*Books and Islands in Ojibwe Country*	BI	《奥吉布瓦国的书与岛》
14	2004	*Four Souls*	FS	《四灵魂》
15	2005	*The Painted Drum*	PD	《手绘鼓》
16	2005	*The Game of Silence*	GS	《沉默游戏》
17	2008	*The Porcupine Year*	PY	《豪猪年》
18	2008	*The Plague of Doves*	PoD	《鸽灾》
19	2010	*Shadow Tag*	ST	《踩影游戏》
20	2012	*The Round House*	RH	《圆屋》
21	2016	*LaRose*	L	《拉罗斯》
22	2017	*Future Home of the Living God*	FH	《活神的未来之家》

★凡出自厄德里克作品的引文，只用以上作品名称缩写与页码表示（如 *LM*, 16），不再另注；这些引文也均为本书作者自译，不再另外进行说明。

目 录

第一章　绪论

路易丝·厄德里克（Louise Erdrich）于 1954 年 6 月 7 日出生于明尼苏达州小瀑布市（Little Falls，Minnesota）的一个多种族家庭，原名凯伦·路易丝·厄德里克（Karen Louise Erdrich），后自己易名为路易丝·厄德里克。厄德里克的父亲是德裔美国人，母亲有一半的奥吉布瓦血统，有一半的法国血统，这种与生俱来的身份成为她日后写作的源源动力。作为美国当代著名诗人和小说家，厄德里克在美国印第安人[①]和白人中均享有极高的声名。常年活跃于《基督教科学箴言报》（*The Christian Science Monitor*）的书评家查尔斯·罗恩（Charles Ron）曾颇为公允地评定："好也罢，坏也罢，大多数美国白人通过两个渠道与印第安人产生联系：赌场游戏或者路易丝·厄德里克。我押宝厄德里克，从根本上讲，这样就可以保证赢得某些真价值的机会了。"[②]作为享誉盛多的作家，厄德里克走进了美国大学的诸多课堂，包括土著文学、女性文学、少数族裔作家研究、比较神话学、政治小说等。令人遗憾的是，厄德里克，这样一位早在 20 世纪 80 年代就已声名鹊起的作家，直到 2008 年才走进中国读者的视野："路易丝·厄德里克是美国当代最多产、最重要、最有成就的作家之一，是美国印第安文艺复兴运动（Native Amrican Renaissance）第二次大潮的代表人物。"[③]

---

① 哥伦布当时误以为自己抵达了印度，并将当地人错误地称为"印第安人"，现今美国土著居民多对之弃而不用，而以"美国土著"（Native Americans）代之。不过，在美国国内，仍有一些机构沿用了美国印第安人（American Indian）的称法，如美国伊利诺伊大学厄本那—香槟分校既有 Native American House，也有 American Indian Program。鉴于国内对美国印第安这一词已十分熟悉，本书兼用"美国土著"和"美国印第安"指称美国原住民。

② Charles Ron. A Plot to Reclaim the Native Land. *Christian Science Monitor*, 29 June 2004: p.15.

③ 路易丝·厄德里克. 爱药. 张廷佺，译. 南京：译林出版社，2008 年：封二。

美国印第安文艺复兴、第二次浪潮……与厄德里克相关的诸多问题在脑海中交织萦绕，成为走进厄德里克的一个个标识，同时也形成了一定的障碍。于何处落笔，这的确是个问题。姑且就从"印第安文艺复兴与厄德里克文学创作"开始。

第一节　印第安文艺复兴与厄德里克文学创作

"美国印第安复兴"一词出自林肯（Kenneth Lincoln）的《美国土著复兴》（*Native American Renaissance*, 1983）。不过，林肯所论的"美国土著复兴"实际上是一场大范围的"美国印第安文学复兴"。在该书中，林肯整合了人类学和文学评论的研究方法，从民间传说、历史、比较宗教等角度切入，研究了印第安文学的发展。他认为，伴随着更多的土著人接受教育，尤其是高等教育，①古老的印第安口头传统正在借助西方文学书面形式得以复兴；复兴运动持续至今，大致已有 20 余年历史，现已发展成为一个具相对规模的多民族共同体，在当代美国文化艺术的进程中发出了属于自己的声音。

林肯提出了当代美国土著文学的两大转向：语言的书面转向和结构技巧上的西方转向。书面转向并不否定美国土著在此之前有过书面文学形式，有些部族，如彻罗基族（Cherokee）早在 19 世纪中期就发展出了自己的书写文字。②林肯这般表述主要是为了强调，20 世纪 60 年代之后，美国印第安英语书面文学规模壮大，出现了更多的优秀作家和优秀作品。结构技巧上的西方转向，主要是指作家在技巧上看齐西方主流作家。譬如，基奥瓦族（Kiowa）作家莫马迪（N. Scott Momaday）的《晨曦之屋》（*House Made of Dawn*, 1968）被视为"印

---

① 1960 年，有 3441 名印第安人在大专院校注册入学，1970 年的普查表明，有 14191 名印第安人进入高等教育机构。转引自威尔科姆·E. 沃什伯恩. 美国印第安人. 陆毅，译. 北京：商务印书馆，1997：278.

② 茨格内·蔡勒尔. 印第安人. 马立东，译. 武汉：湖北教育出版社，2010：26.

第安人传统语言艺术与现当代欧美小说结构艺术的有机结合体"。[1]林肯深信，土著作家借鉴西方艺术形式，有助于同西方文学展开对话，有助于推动其作品的传播。

雅各布斯（Connie A. Jacobs）从复兴运动的目的性方面对林肯的表述进行了补充。雅各布斯将这场运动明确地称为"美国土著文学复兴"（The Native American Literary Renaissance）[2]，认为它的目的是要跳脱和破除印第安人惨遭白人代言的困境，印第安作家开始以自己的视野讲述自己的故事，发出自己的声音。因为在文学史上，白人作家凭借自己的书写优势以小说或非小说形式对印第安人进行失真性代言，或为他们披上一层浪漫怀旧的薄纱，或将之扭曲为丑陋肮脏的蛮夷，这些作品共同塑造了美国国民对印第安人的成见。[3]在复兴的原因方面，雅各布斯与林肯持有大致相同的看法，均视其为教育因素使然。

不过，诚如美国土著研究协会（Native American and Indigenous Studies Association, NAISA）创会会长瓦伊尔（Robert Warrior）所提醒的那样：1967—1980年是美国印第安世界的重要时期，教育的确对这一时期内印第安人的生存境况改变起到了很大的推动作用；然而，美国的城市化进程以及更广阔语境下的美国动乱及全球动乱的推动作用更不容小觑。[4]瓦伊尔教授的这种观点绝不是空穴来风，印第安文学复兴除了在语言方面做足了储备，社会语境亦为其做了准备。

---

[1] 陈许. 解读美国西部印第安人小说. 四川外语学院学报，2006（6）：12.

[2] Connie A. Jacobs. *The Novels of Louise Erdrich: Stories of Her People*. New York: Peter Lang, c2001: p.3.

[3] Ibid., p.2.

[4] 时任美国伊利诺伊大学厄本那—香槟分校印第安研究中心的主任瓦伊尔教授在与笔者的一次电子邮件交流中表达了类似观点，邮件原文为："1967-1980 was a critical time in the American Indian world, but I hesitate to call it the Native American Renaissance. That term was created by a scholar rather than by American Indian people. My second book, *Like a Hurricane: The Indian Movement from Alcatraz to Wounded Knee*, provides an overview of that period. Education played an important role, but so did urbanization and the broader context of American and global civil unrest." （2012年3月24日）

美国建国后直至 19 世纪后半叶，印第安人大致处于背井离乡的迁移途中，"几个世纪以来与殖民地政府、联邦和州政府打交道的、享有民族尊严的印第安人被驱赶渡过密西西比河向荒凉的地方进发"。[①] 19 世纪末 20 世纪初，随着《道斯土地分配法案》（*The Dawes Allotment Act of 1887*，也称作 *General Allotment of 1887*）[②] 的推行，大多数印第安人不得不定居于保留地。在这期间，美国政府专门针对保留地印第安人的英语寄宿学校，给印第安传统文化带来了毁灭性的重创，被痛批为"旨在消亡的教育"（education for extinction）。

进入 20 世纪后，印第安人的生活发生了剧变。保留地破败不堪、部落人口普遍回升、两次世界大战急需大批劳力，这些促使具一定英语能力的年轻人离开保留地，去往白人社区找寻生活。[③] 据悉，第二次世界大战结束时，有 25000 名印第安人在美军各兵种服役，另有约 40000 名印第安人服务于战时各种企业。战后，这些人中的大部分选择留在保留地之外。更重要的是，20 世纪 50 年代，联邦政府觊觎于保留地的土地和资源，开始大规模地实施再安置计划，一部分青壮年印第安人重新进城。国会从 1947 年开始拨款对印第安人进行培训，为他们进入城市做准备。1952—1960 年，共有 35000 人自愿迁居城市。这些人几乎全是受过一定教育的年轻人，有一定的知识和技术，也强烈希望改善自己的生活困境。[④]

陌生的环境、不通的语言、迥然有别的文化风俗、无处安放的土

---

① 威尔科姆·E.沃什伯恩. 美国印第安人. 陆毅，译. 北京：商务印书馆，1997：179.

② 1887 年，美国政府以改善印第安人生活为由，通过了《道斯土地分配法案》，其主旨是取消居留地内的部落制度和土地公有制。联邦政府对分配给印第安人使用的部落土地有 25 年的托管权，托管期满后把所有权移交给印第安人，分配给印第安人后余下的土地将归非印第安人所有。法案的实施使印第安人丧失了大量土地，更给印第安民族带来了毁灭性灾难，罗斯福（Theodore Roosevelt，1858—1919，美国第 26 任总统）在后来给国会的咨文中既尖刻又正确地把这个法令叫作"一部粉碎部族整体的强大粉碎机"。（资料来源同上，第 247—255 页。）

③ 李剑鸣. 文化的边疆——美国印第安人与白人文化关系史论. 天津：天津人民出版社，1991：183.

④ 李剑鸣. 文化的边疆——美国印第安人与白人文化关系史论. 天津：天津人民出版社，1991：184.

著宗教、快节奏的城市生活，使得印第安人难以适从。一方面，他们的工作无着无落或异常艰辛；另一方面，他们割裂了自身与祖先的联系。酗酒、家庭暴力、辍学、犯罪、自杀等现象在印第安人聚集区普遍可见。很多城市印第安人选择重返保留地。尼尔斯（Elaine Neils）在《保留地到城市：印第安人迁移与联邦重新安置》（*Reservation to City: Indian Migration and Federal Relocation*）中披露，1953—1957 年，约有 3/4 的印第安人重返部落生活。[①]回到保留地，他们也难以为生，因为 1954—1960 年，根据《108 号两院共同决议》（*House Concurrent Resolution 108*），联邦政府在结束对印第安人进行监管的同时，也一并取消了对印第安部落的福利援助。

瓦伊尔教授所强调的美国动乱因素在蒂利特（Rebecca Tillett）那里得到了回应。蒂利特指出，20 世纪 50 年代如火如荼发展的美国黑人民权运动，激发了印第安人对自我民权的同等诉求，"红种人权力"运动（Red Power）和其他的政治组织，如美国印第安运动组织（American Indian Movement, AIM）应运而生，积极反抗白人的种族主义。[②]事实上，20 世纪六七十年代年代，美国权利运动的主体不仅有黑人，还有大学生、退伍军人、同性恋者、女性主义者、拉丁裔美国人、墨西哥裔美国人等。在这样一个文化大觉醒、政治大对抗的时代，印第安人审时度势，做出了积极回应。到 70 年代末期，印第安人在全国范围内开展了 70 多次游行示威和占领活动，抗议美国对他们的不公并要求政府做出补偿。此外，激进主义运动还将印第安人问题诉诸国际社会，求助于联合国。[③]

综上所述，印第安文艺复兴是一场在语言、现实和政治等诸层面孕育良久并最终蓄势而发的复兴，一场"遭受剥削和被边缘化的少数

---

① Elaine Neils. *Reservation to City: Indian Migration and Federal Relocation*. Chicago: University of Chicago, 1971: p.90.

② Rebecca Tillett. *Contemporary Native American Literature*. Edinburgh: Edinburgh University Press, c2007: pp.34-35.

③ 丁见民. 1960—1970 年代美国"红种人权力"运动与土著族裔意识的复兴. 福建师范大学学报（哲学社会科学版），2009（4）：136—138.

族裔持续不断地颠覆主导话语权威"①的复兴。运动中的作家们，从
"战争体验、重新安置及城市化所带来的土地与文化异化出发"，抓住
了身份"错位后所带来的心理现实"，②以自己坚韧的心灵，再现了"被
剥削感"与"历史错位感"。同时，他们还以自己非凡的勇气，积极迎
战白人种族主义与各种不公的联邦印第安政策，探讨了印第安"文化
生存与再生"。③

　　这群作家中首当其冲的是莫马迪，他于 1963 年在斯坦福大学获
比较文学博士学位，所创作的《晨曦之屋》荣膺 1969 年普利策奖，被
公认为印第安文艺复兴的标志与开端。小说人物亚伯重返保留地、重
获印第安文化身份的归家之旅，开启了继莫马迪之后的当代印第安小
说关乎"回家"（homing-in）的叙事。对此，米切尔（David Mitchell）
曾论："许多美国土著小说的任务就是探寻途径，主人公或是成功地，
或是失败地重建可以把他们带回过去的思想之桥。"④莫马迪的《晨曦
之屋》呈现出了复杂象征、小说的圣经模式、人物心理意识流书写等，
彰显了莫马迪文学创作的西方资源，他本人也在采访中承认麦尔维尔
《白鲸》中的象征主义对他创作《晨曦之屋》产生了很大影响。⑤传统
与现代的结合、本土文化与西方文学的联姻，将在日后被证明，是自
莫马迪之后的一种土著文学新传统。

　　与莫马迪同时期登上文学舞台的还有希尔克（Leslie Marmon
Silko, Laguna Pueblo）、韦尔奇（James Welch, Blackfoot）等。希尔克、
韦尔奇、莫马迪和第二次浪潮中的维泽勒（Gerald Vizenor, Ojibwa）

① Louis Owens. *Other Destinies: Understanding the American Indian Novel*. Norman: University of Oklahoma Press, 1992: p.91.

② Andrew Wiget. *Native American Literature*. Boston: Twayne Publishers, 1985: p.82.

③ Kenneth Lincoln. *Native American Renaissance*. Berkeley: University of California Press, 1983: p.13.

④ David Mitchell. A Bridge to the Past: Cultural Hegemony and the Native American Past in Louise Erdrich's *Love Medicine*. in Thomas E. Schirer ed. *Entering the 90S: The North American Experience: Proceedings from the Native American Studies Conference at Lake Superior University. October 16-17,1987*, Sault Ste. Marie, Mich.: Lake Superior University Press, 1991: p.163.

⑤ Charles L.Woodar. Momaday's *House Made of Dawn*. Explicator, 36 (1978): p27-28.

被维利（Alan R. Velie）誉为"美国印第安文学四大师"（Four American Indian Literary Masters）。[1]蒂利特则将莫马迪、韦尔奇和希尔克合称为"种子作家"（seminal writers）。[2]总体看来，四人均出生于 20 世纪上半叶，曾受教并授教于美国大学，亲历了美国现实与政治的风云巨变，均在各自的作品中不同程度地探讨了战争创伤、土地失去、文化失落等对印第安人的深重影响。例如，韦尔奇唤起人们对黑脚族贝克大屠杀的关注，莫马迪和希尔克均探讨了第二次世界大战后印第安老兵的身份与生存问题，维泽勒重新审视部族的图腾文化。同时，第一次浪潮中的文学作品也多以"情非得已的回归"[3]作为最终救赎：在白人世界频频受挫，主人公不得不退回保留地，与传统达成妥协。

　　20 世纪 80 年代后，第一次浪潮中的杰出代表们仍笔耕不辍。同时，众多新面孔加入其中，印第安文学蔚为壮观。这些新面孔包括维泽勒、格兰西（Diane Glancy）、霍根（Linda Hogan）、欧文斯（Louise Owens）、豪（LeAnne How）、阿莱克西（Sherman Alexie）、厄德里克等。

　　当代印第安文学凸显出五大特征：印第安"口头文学传统"（oral tradition）；时间的"环形，而非线性"（Time is cyclical, not linear.）；"各种事物彼此相关"（the relatedness of all things）；"变形者盛行"（prevalence of trickster）；"对印第安读者和非印第安读者的双重满足"（It serves to Indians and non-Indians alike.）。[4]这些特征既属于先行者莫马迪、希尔克、韦尔奇，也属于后来者维泽勒、格兰西、霍根、豪、阿莱克西和厄德里克。同时，较之先行者，新人们的文学创作呈现出更为斑斓绚丽的色彩：霍根将目光聚焦于女性、生态；格兰西的作品融合了神话的、历史的和个人的视角；欧文斯看重土地；豪深究过保

---

① Alan R. Velie. *Four American Indian Literary Masters: N. Scott Momaday, James Welch, Leslie Marmon Silko, and Gerald Vizeor.* Norman: University of Oklahoma Press, 1982.

② Rebecca Tillett. *Contemporary Native American Literature*: p.33.

③ Charles R.Larson. *American Indian Fiction.* Albuquerque: University of New Mexico Press, 1978: p.66.

④ Connie A. Jacobs. *The Novels of Louise Erdrich: Stories of Her People*, pp.12-17.

留地的赌场和赌场巨大利益后的人性堕落，同时还不忘叩问女性生存；阿莱克西开辟出一条与自己的前辈极为不同的救赎模式，相异于前辈的"情非得已的回归"，阿莱克西选择了"融合主义"①。

印第安文学复兴的集大成者厄德里克，极难用简短的三五个词或一两句话来概括。曾有论者把她的成名小说《爱药》（Love Medicine，1984）视为"新印第安写作"（new Indian writing）的第一部小说，认为自《爱药》之后，印第安小说把传统和流行文化结合在一起。②文学雄心之勃勃也好，人生思考之深邃也罢，抑或是创作灵感的源源不断、观察视角的横侧不一与体验心得的千头万绪，更或者，我们就该如她本人一般去"相信奇迹"的发生。总之，厄德里克几乎抵达了自最早的莫马迪至最晚的阿莱克西这一干人等所抵达过的所有文学空间，保留地与城市、异国与他乡、战场与情场、赌场与画廊、教堂与汗屋、酒吧与肉铺、蛋糕店与马戏场、厨房与集会所、广袤的大草原与狭仄的小房间、熙来攘往的市场与阴森恐怖的刑场、热闹非凡的婚场与清冷萧瑟的墓园、历史的昨天与未来的明天，等等。

厄德里克最初是同前夫多瑞斯（Michael Dorris）③以文学合作者的形象出现在公众面前。访谈集《与路易斯·厄德里克和迈克尔·多瑞斯的对话》（Conversations with Louise Erdrich and Michael Dorris）收录了二人自1985年至1993年的20余篇面谈、笔谈，这些访谈向我们透露了他们的合作模式以及署名方式。据二人的解释，通常署执笔最多、贡献最大的那个人的名。"北达科他四部曲"（《爱药》《甜菜女王》《痕迹》《宾戈宫》）和《炙爱集》署名厄德里克，《黄筏子》则署

---

① 刘克东. 趋于融合——谢尔曼·阿莱克西小说研究. 北京：光明日报出版社，2011：3.

② Smith Dinitia. The Indian in Literature Is Growing Up: Heroes Now Tend to Be More Edged, Urban and Pop Oriented. *New York Times*, 21 Apr. 1997.

③ 迈克尔·多瑞斯（Michael Dorris, 1945—1997）是美国当代最著名的印第安人类学家及小说家之一，同时，他还积极推动了人们对胎儿酒精综合征的认识。厄德里克早在达特茅斯学院读书时，结识了多瑞斯，二人恋爱并喜结连理。1990年代以后，二人经历了一系列家庭变故及情感变故，最终以1996年的离婚和1997年多瑞斯的自杀身亡收场。多瑞斯的回忆录《破裂的脐带》（*Broken Cord*）描写了自己收养患有胎儿酒精综合征的印第安苏族孩子阿贝尔的故事，该书荣获1989年美国国家图书奖非小说类奖。

名多瑞斯。《哥伦布的桂冠》是唯一一部共同署名"多瑞斯和厄德里克"的作品。作为感激，厄德里克在"四部曲"和《炙爱集》的首页均写下了"谨以此书献给多瑞斯"之类的话。①这种合作模式终结于 1996年二人婚姻的破裂，自此之后，厄德里克开始独立发表作品。

截至目前，厄德里克已出版小说 15 部、儿童读物 8 部、诗集 3部、回忆录 2 部。它们为厄德里克赢得了纳尔逊·阿尔格伦短篇小说奖、苏·考夫曼奖、欧·亨利小说奖（6 次）、全国书评家协会奖、《洛杉矶时报》小说奖和司各特·奥台尔历史小说奖等文学大奖。2009 年4 月，小说《鸽灾》入围普利策小说奖的最后竞逐，并获得明尼苏达州图书最佳小说奖。2012 年，《踩影游戏》成功入选国际 IMPAC 都柏林文学奖长名单、《圆屋》荣获美国国家图书奖小说类奖。厄德里克也因此跻身于美国当代最优秀小说家之列。

第二节　厄德里克小说在美国与中国的研究现状

作为"最受人欢迎、最多产"②、"当下美国所有作家中成就最大、潜力最大"③、"应该被视为这个国家最重要的作家"④之一的厄德里克，国内外研究者从多维视野出发，获得了多种研究成果。

一、厄德里克小说在美国的研究现状

美国厄德里克研究成果主要见于期刊论文、硕博论文和专著。目前研究呈现出四大特色：1. 重前期创作，后期创作研究不足；2. 理论

---

① 譬如，在《爱药》的首页，厄德里克写道："没有迈克尔·多瑞斯，我不可能以这种方式来创作这部小说，在写作的过程中，他给予了我诸多他自己的想法、经验和精力。谨以此书献给他，因为他的投入是如此之多。"

② Rebecca Tillett. *Contemporary Native American Literature*, p.69.

③ Peter G. Beidler and Gay Barton, eds. *A Reader's Guide to the Novels of Louise Erdrich* (Revised and Expanded Edition). Columbia and London: University of Missouri Press, 2006: p.1.

④ Allan Chavkin, ed. *The Chippewa Landscape of Louise Erdrich*. Tuscaloosa and London: the University of Alabama Press, c1999: p.1.

视角多样并多重；3. 多比较研究；4. 转向对厄德里克后期创作的研究。

期刊论文大多集中于厄德里克早期的"北达科他四部曲"，尤其是《爱药》《甜菜女王》和《痕迹》，对她后期小说的研究较为零星稀少。① 硕博论文方面，② 《爱药》是讨论最多的，其次是《痕迹》，其他作品如《炙爱集》《报告》《羚羊妻》《手绘鼓》《鸽灾》《四灵魂》讨论较少，有关《俱乐部》《圆屋》《拉罗斯》和《活神的未来之家》的讨论更是少之又少。显然，硕博论文研究呈现出同期刊论文大体相似的状况：对厄德里克前期作品，尤其是《爱药》和《痕迹》青睐有加，后期作品研究明显不足。

专著方面，《路易丝·厄德里克作品教学研究》（*Approaches to Teaching the Works of Louise Erdrich*, 1994）堪称投石之作。自此之后，又有多部专著问世，卡如普（Seema Kurup）的《理解路易丝·厄德里克》（*Understanding Louise Erdrich*, 2016）是此方面的最新研究成果。15 部专著中，访谈集 1 部，论文集 7 部，另 7 部为独立撰写。这些专著对厄德里克生平、部族文化介绍颇多，对其早期成名作如《爱药》《痕迹》等关注颇多，对她 2001 年之后的作品，尤其是《手绘鼓》《踩影游戏》和《拉罗斯》等，研究篇幅和力度均显不足。不过，一种研究转向渐趋明朗：对厄德里克后期小说和非小说的研究开始升温。譬如，在最新的《理解路易丝·厄德里克》中，作者以统而观之的研究思路，讨论了《爱药》《圆屋》等多部小说，还论及了厄德里克的儿童

---

① 笔者 2018 年 5 月通过 EBSCO 数据库检索，得到厄德里克相关文章 500 余篇。其中，美国印第安文学研究、族裔文学研究、妇女研究的权威期刊均有发文。《美国印第安文学研究》（*Studies in American Indian Literatures*）刊发了相关论文至少 33 篇，《美国多元族裔文学》（*The Multi-Ethnic Literature of the United States, MELUS*）刊发相关论文至少 10 篇，《威卡索·萨评论：美国土著研究》（*Wicaszo Sa Review: A Journal of Native American Studies*）刊发相关论文至少 8 篇，《妇女书评》（*The Women's Review of Books*）刊发相关论文至少 4 篇。还有很多论文刊发在《国际美国研究》（*American Studies International*）、《美国印第安季刊》（*American Indian Quarterly*）、《地区与文学》（*Religion & Literature*）、《今日世界文学》（*World Literature Today*）、《当代文学》（*Contemporary Literature*）等期刊上。

② 笔者以 2018 年 4 月通过 Proquest 和 OAFind 数据库收集到的数据作为统计源进行统计。

文学作品、诗歌和回忆录。①

美国厄德里克研究主要从叙事学、本土研究、后殖民、女性主义、生态主义、谱系学 6 个理论视角切入讨论厄德里克的创作主题、创作艺术以及艺术观。正如厄德里克本人喜欢采用多视角叙事，厄德里克的研究者们也并不拘泥于某一单独的理论视角，往往从一种视角出发，在论述的过程中，借用其他任何合适的视角。不过，为方便行文，下文只从研究者的主要理论视角出发，概述其研究成果。

自出道以来，厄德里克惯常调用多个叙事者，评论界对此褒贬不一。成名作《爱药》中讲述了 18 个独立的故事，启用了 6 个第一人称叙事者和一个全知全能叙事者。亨特（Carol Hunter）将这种叙事视为口头叙事，认为："在她的第一部小说中，厄德里克，这个备受赞誉的诗人，挑战了一种阅读体验……口头技巧用于书面小说。"② 里昂斯（Gene Lyons）则强烈谴责小说本身缺少连接叙事的中心事件，断定厄德里克是一个蹩脚的讲故事者，小说充其量也就是一部短篇小说集。③

---

① 访谈集 1 部，即《与路易丝·厄德里克和迈克尔·多瑞斯对话》（*Conversations with Louise Erdrich and Michael Dorris*，1994）。论文集 7 部，分别为《路易丝·厄德里克作品教学研究》、《路易丝·厄德里克的奇帕瓦风景》（*The Chippewa Landscape of Louise Erdrich*，1999）、《路易丝·厄德里克的〈爱药〉：一个个案》（*Louise Erdrich's Love Medicine: a casebook*，2000）、《美国本土作家厄德里克的文学成就：15 篇评论》（*Studies in the Literary Achievement of Louise Erdrich, Native American Writer: Fifteen Critical Essays*，2008）、《路易丝·厄德里克：〈痕迹〉〈小无马保留地奇事的最后报告〉和〈鸽灾〉》（*Louise Erdrich: Tracks; The Last Report on the Miracles at Little No Horse; The Plague of Doves*，2011）、《重要作家指南：聚焦路易丝·厄德里克，涵盖其个人生活、教育及畅销书如〈爱药〉的分析》（*The Essential Writer's Guide: Spotlight on Louise Erdrich, Including Her Personal Life, Education, Analysis of Her Best Sellers Such as Love Medicine*,2012）和《路易丝·厄德里克》（*Louise Erdrich*, 2012）。7 部独立撰写，分别是《路易丝·厄德里克：批评指南》（*Louise Erdrich: a Critical Companion*, 1999）、《路易丝·厄德里克的小说：族人的故事》（*The Novels of Louise Erdrich: Stories of Her People*, 2001）、《路易丝·厄德里克小说指南》（*A Reader's Guide to the Novels of Louise Erdrich*, 2006）、《路易丝·厄德里克》（*Louise Erdrich*, 2010）、《路易丝·厄德里克〈俱乐部〉中的身份探讨》（*Discovering Identity in Louise Erdrich's Master Butchers*, 2010）、《虐待与分配：路易丝·厄德里克小说〈痕迹〉的背景及其重要性》（*Abuses and Allotments: the Setting of Louise Erdrich's Tracks and Its Importance, 2013*）和《理解路易丝·厄德里克》。

② Carol Hunter. *Love Medicine* by Louise Erdrich. *World Literature Today*, 59.3 (1985): p.474.

③ Gene Lyons. In Indian Territory (Rev. of *Love Medicine* by Louise Erdrich). *Newsweek* 11 Feb. 1985: p.71.

西尔伯曼（Robert Silberman）的批评要温和一些，不过他也认为："《爱药》既没有维持中心的意识，也没有主要人物。"[①]还有人注意到了厄德里克的元叙事意识，提出：这样一种元叙事，避免了故事独白式的单一和封闭，赋予了故事形式的自由和意义的多样。[②]《爱药》之后，厄德里克各部小说中的叙事者有所减少。1997 年出版的《羚羊妻》再次回归多视角叙事风格，甚至还请来一只名叫"几乎成汤"（Almost Soup）的小狗来为读者讲故事。评论家们再次展开热议，有评论家诟病"叙事太糟糕，以至于小说缺少整体联系"，[③] 亦有评论家赞许"《羚羊妻》是厄德里克至今最好的小说，感情真挚，讲故事艺术高超"。[④]

更多研究者对多视角叙事者艺术背后的根源进行了探究。有人强调厄德里克承继了西方现代主义大师的叙事手法，如艾略特的《荒原》、伍尔夫的《达洛维夫人》和福克纳《喧哗和骚动》，通过多视角叙事，描绘了一个碎片化的、分裂的、混沌的世界。[⑤]亦有论者把厄德里克的多角度叙事传统溯至比福克纳的《押沙龙》更早的前现代欧洲文本（pre-modern European text），如《十日谈》《坎特伯雷故事集》《七日谈》等。重要的是，论者还指出厄德里克的多视角叙事是对传统印第安文学的承继，因为西方传统借用多个叙事者旨在创造碎片化的混乱的文本世界，印第安文学则通过这一技巧抵达一种仪式化的平衡。[⑥]更有论者将叙事同空间结合起来，借用巴赫金的话语分析理论，探讨小说

---

① Robert Silberman. Opening the Text: *Love Medicine* and the Return of the Native American Woman. in Gerald Vizenor ed. *Narrative Chance: Postmodern Discourse on Native American Literatures*. Albuquerque: U of New Mexico P, 1989: p.104.

② Gay Barton. Pattern and Freedom in the North Dakota Novels of Louise Erdrich: Narratvie Techque as Survival. Baylor University, 1999.

③ Packard Wingate. Strong Parts Don't Add up in New Erdrich Novel (Rev. of *AW*). *Seattle Times*, 14 June 1998.

④ Kakutani Michikio. Myths of Redemption amid a Legacy of Loss (Rev. of *AW*). *New York Times*, 24 Mar. 1998.

⑤ Lydia A. Schultz. Fragments and Ojibwe Stories: Narrative strategies in Louise Erich's *Love Medicine*. *Teahcing Minority Literatures*, 18.3 (1991): p.80.

⑥ Robert Rosenberg. Ceremonial Healing and the Multiple Narrative Tradition in Louise Erdrich's *Tales of Burning Love*. *MELUS* 27.3 (2002): pp.113-131.

的多重叙事声音，将其源头直指人物的多重语言意识。^①

本土视域方面，雅各布斯的《路易丝·厄德里克的小说：族人的故事》是比较深刻、不可多得的一部专著。他从奥吉布瓦历史、传统、神话等方面条分缕析，并结合作品，论证了厄德里克小说之所以是"族人的故事"的原因。美中不足的是，专著只涉及了"北达科他四部曲"和《炙爱集》。有不少论者集中探讨了小说中的奥吉布瓦故事和符号：它们丰富了厄德里克的小说，复杂化了小说人物的生活与身份，引导非印第安读者走进奥吉布瓦世界。诸多符号中，受关注最多的是"变形者"（trickster）。^②有人提出，可以把厄德里克所有作品中的那那普什视为是她对传统奥吉布瓦神话中的变形者那那波什^③的表演性重复。^④亦有人认为，变形者身上的幽默是当代印第安性（Indianness）的一部分，幽默为人物在文学以及现实语境的存活提供了反弹的可能。^⑤更有人将变形者视为对美国土著想象的解构，第三世界的印第安世界因此成为一个兼具创造力和挑战力的空间。^⑥也有极少数论者对小说中的"温迪戈"（windigo）^⑦进行了研究。不过遗憾的是，美国学者虽然早在20世纪90年代就开始了对温迪戈的研究，但研究两度

---

① Janette Irene Moser. Balancing the World: Spatial Design in Contemporary Native American Novels. The University of North Carolina at Chapel Hill, 1992.

② trickster 的意思较多，包括开无伤大雅玩笑的人、唆使人相信非真实事件的人和淘气的超自然存在。其中，第三种超自然的存在多见于许多原住民间传说。国内有论者将 trickster 翻译为"千面人物""恶作剧精灵""恶作剧者""魔法师"等。本书将其翻译为"变形者"，意图突出厄德里克作品中的此类人物在多种文化的夹缝中，不断遁形变身，僭越文化的边疆，求得生存。

③ 奥吉布瓦神话中的那那波什，一半是人类，一半是神灵，可以随意改变自己的形状，集神性的圣洁和人性的弱点于一身。那那普什这个人物在《痕迹》《四灵魂》《报告》中均有现身。

④ J. James Iovannone. "Mix-ups, Messes, Confinements, and Double-dealings": Transgendered Performances in Three Novels by Louise Erdrich. *Studies in American Indian Literature*, 21.1 (2009): pp.38-68.

⑤ Laurie L. Ferguson. Trickster Shows the Way: Homor, Resilence, and Growth in Modern Native American Literature. Wright Institute, 2002.

⑥ Maria DePriest. Necessary Fictions: the Re-visioned Subjects of Louise Erdrich and Alice Walker. University of Oregon, 1991.

⑦ 温迪戈是美国土著奥吉布瓦族的概念意义上的灾难符号，常在食物匮乏的寒冷冬日出现，吃一点、长一点，再吃一点，再长一点，永无餍足，象征贪婪和自私。

中断。在零星可数的几项研究成果中，早期研究者通过研究《爱药》中的人物关系，发现了厄德里克的温迪戈叙事框架。①这为日后厄德里克作品的温迪戈研究开了一个很好的头，也留下了很多余地可供继续深挖。

　　部分论者注意到了厄德里克小说对"白性"（whiteness）②的探讨，由此引入了后殖民视角。《书写天主教女性》（*Writing Catholic Women*）一书把厄德里克《爱药》《痕迹》和《甜菜女王》中的修道院解读为殖民者权力机构。③雷瓦特（Catherine Rainwater）则以《痕迹》中宝琳（Pauline）的改宗为分析文本，发掘出了几组对立：天主教与萨满教、机械工业时代与典仪时代、核心家庭与部落血亲体系、主要性或优越性与平等性、占据优势的叙事声音与对话式的或多音部的叙事发展，代表印第安性的后者在代表"白性"的前者的侵蚀下走向边缘。④巴拉克（Julie Barak）从厄德里克的《羚羊妻》中看到了边缘生存，她高度赞誉《羚羊妻》，认为这是一个革命性的文本，因为小说建设性地尝试了后殖民语境下城市印第安人的生存策略：城市印第安人在"印第安性"和"白性"的边界地带跨越穿梭，以模仿的姿态，挑战"白性"，寻得回家的路。⑤基南（Deirdre Keenan）也看到了边缘生存，她将《小无马保留地奇事的最后报告》（以下简称《报告》）中的跨越边

---

① Elisabeth Mermann-Jozwiak. "His Grandfather Ate His Own Wife": Louise Erdrich's *Love Medicine* as a Contemporary Windigo Narrative. *The North Dakota Quarterly*, 64.4 (1997): pp. 44-54.

② 印第安女诗人罗斯（Wendy Rose）在其诗歌集《混血儿编年史及其他的诗》（*Halfbreed Chronicles and other Poems*）的《战歌》（Naaywva Taawi，霍皮语，意为 fight song）一诗中对"白性"进行阐释：白性是一种掩盖了男性中心主义、欧洲中心主义、种族主义、现代性、进步中的毁灭性等的生活方式与权力体系。不仅仅是欧洲人的祖先，在罗斯眼中，所有的人，白人或者非白人，都是"白性"的牺牲品。参见 Rose, Wendy. *The Half Breed Chronicles &Other Poems*. Los Angeles, CA: West End Press, 1985: p.34。

③ Jeana DelRosso. *Writing Catholic Women: Contemporary International Catholic Girlhood Narratives*. New York: Palgrave Macmillan, 2005.

④ Catherine Rainwater. Reading between Worlds: Narrativity in the Fiction of Louise Erdrich. *American Literature*, 62.3 (1990): pp.405-422.

⑤ Julie Barak. Un-becoming White: Identity Transformation in Louise Erdrich's *The Antelope Wife*. *Studies in American Indian Literature*, 13.4 (2001): pp. 1-23.

界视为印第安智慧，并乐观认为：这种智慧重塑了美国主流对故事讲述、历史、精神性、血亲、环境、族群、性、性别、身份的认识。[①]不同于基南的重塑观点，莫菲（Annalyssa Gypsy Murphy）将小说中混血儿于第一世界与第四世界的边缘空间游走视为对主流社会的反抗。[②]

　　女性主义文学批评者们将研究的触角探向了小说中的女性精神，特别是母性精神，尤为可贵的是，这其中的某些批评者以其广阔的学术视野，将研究置于印第安传统文化与欧洲白人殖民文化的双重背景下。麦克马克（Jodi Bain Mccormack）从奥吉布瓦历史文化本身入手，研究了厄德里克诸多作品中的子宫意象与分娩意象，通过审视这些意象与物质女性主义的汇合，以及这些意象与奥吉布瓦精神本身的断裂与破碎，提出厄德里克批判了西方文化殖民对印第安个体、家庭和性别的冲击，其批判直指西方存在论。[③]德兹瑞格（Augustina Edem Dzregah）借鉴后殖民视角，将小说中男性气质的缺失归于男性人物对20世纪中期巨大社会不公与性别不公的失当反应。[④]另有女性主义论者从小说中的母女关系切入，以批判的视角审视美国主流文化与民族传统遗产，以动态的眼光关照身份发展，探讨女性身份的建构。[⑤]更有论者将母性精神传统提升为一种具有治疗功效的伦理和精神动力。[⑥]

---

　　① Deirdre Keenan. Unrestricted Territory: Gender, Two Spirits, and Louise Erdrich's *The Last Report on the Miracles at Little No Horse*. *American Indian Culture and Research Journal*, 30.2 (2006): pp.1-15.

　　② Annalyssa Gypsy Murphy. Dissent along the Borders of the Fourth World: Native American Writings as Social Protest. Clark University, 2008.

　　③ Jodi Bain Mccormack. Maternal Bodies, Ojibwe Histories, and Materiality in the Novels and Memories of Louise Erdrich. The University of Texas Arlington, 2009.

　　④ Augustina Edem Dzregah. The Missing Factor: Explorations of Masculinities in the Works of Toni Morrison, Louise Erdrich, Maxine Hong Kinston and Joyce Carol Oates. Indinana University of Pennysylvania, 2002.

　　⑤ Kristin Ann Girard. Mother/Cultures and New World Daughters: Ethnic Identity Formation and the Mother-daughter Relationships in Contemporary American Literature. Stony Brook University, 2006.

　　⑥ Diane M. Dixon. Maternal Matrix: Ethical and Spiritual Dynamics of Mothers' Subjectivity in Contemporary American Fiction. Indiana University of Pennsylvania, 2000.

　　生态主义批评者们看重厄德里克对土地的深切关怀。伯德罗（Peter G. Beidler）对比分析了希尔克的《典仪》和厄德里克的《痕迹》。表面上看，两位大师均认同土地受伤、森林遭毁和动物被杀使印第安人沦为社会经济的受害者，一些印第安人因之疯癫。事实上，二人在疯癫是否能够治愈上存在分歧，希尔克以其乐观主义为回归大地疗伤再添浪漫，厄德里克以其悲观主义为大地的哭泣再增凄凉。[①]伯德罗以《痕迹》中的宝琳作为研究个体，推断出厄德里克小说中的悲观主义，这是不成问题的。然而，正如伯德罗在论文收尾处所谈到的，仅以一个人的生命形式来概括所有的生命样式，是过于简单化的。《痕迹》中的其他人物，如那那普什、芙乐展示了另一种生命形式。不过，伯德罗对厄德里克早期作品中所氤氲的悲观主义的把握是较为准确的。另有论者秉持了大致相似的论调：厄德里克和莫里森均没能为自己笔下饱受创伤吞噬的人物提供良药，尽管她们希冀一个"不再闹鬼"的未来。[②]

　　部分研究成果从谱系学角度展开研究，典型如《路易丝·厄德里克小说指南》。1999 年，伯德罗出版了《路易丝·厄德里克小说指南》的第一版，2006 年又在第一版的基础上完成了修订拓展版（第二版）。全书共分为三章：地理学、系谱学和年表学（Geography, Genealogy, and Chronology）；人物词典（Dictionary of Characters）；奥吉布瓦单词、短语、句子表（Glossary of Ojibwe Words, Phrases, and Sentences）。全书的第一章信息量最为庞大，因为它不仅提供了一幅全景的"厄德里克北达科他地图"（map of Erdrich's North Dakota），为所有小说列出了 28 个人物关系表，而且还对每一部小说中的事件进行了细致的列表式梳理。第二章的人物词典也堪为精心，词典中的每一词条都宛如磁石的一极，与之有联系的各种信息如同磁石的另一极，被收录在词条的

---

① Peter G. Beidler. "The Earth Itself Was Sobbing": Madness and the Environment in Novels by Leslie Marmon Silko and Louise Erdrich. *American Indian Culture and Research Journal*, 26.3 (2002): pp.113-24.

② Kristy A. Bryant-Berg. "No Longer Haunted?" Cultural Trauma and Traumatic Realism in the Novels of Louise Erdrich and Toni Morrison. University of Oregon, 2009.

注释中。

除了上述 6 种理论视角，还有少数论者采用了阶级视角、创伤视角、伦理视角、空间视角等。如有论者以经济、阶级、工作等概念入手分析了厄德里克小说中人物的印第安身份。[①]亦有论者从生态破坏（土地受伤）谈起，但所关注的重点最终仍落脚于创伤的展演与救赎。还有论者考察了包括厄德里克在内的四位当代小说家笔下的叙事、断裂或受挫的人际关系及当今生态问题下的环境伦理。[②]并有论者既看到了特定地区下的特质文化，又看到了越界者的越界行为对区域文化的冲击与贡献。[③]值得一提的是，厄德里克小说中的同性恋人物也同样引起了相关论者的关注。[④]

美国厄德里克研究的另一个明显特征是，更多论者在研究方法上倾向于比较研究。比较中涉及的作家多达 40 余位，这中间既有我们耳熟能详的大师如福克纳、乔伊斯、马尔克斯、塞尔维亚·普拉斯、欧茨、麦卡锡、辛莱·刘易斯等，也有许多杰出的非裔、华裔、墨西哥奇卡诺作家如莫里森、沃克、汤婷婷、谭恩美、任碧莲、桑德拉·希斯内罗丝（奇卡纳作家）等。诸多印第安文学大师如莫马迪、希尔克、杰拉德、韦尔奇、霍根、阿莱克西等更是常被比较的对象。譬如，《美国后现代主义的游戏性：约翰·巴斯和路易丝·厄德里克》（*The Gamefulness of American Postmodernism: John Barth & Louise Erdrich*, 2000）讨论了巴斯和厄德里克后现代语言游戏的不同本质：前者借助语言游戏成为某人（becoming somebody）；后者因其复杂的背景在中

---

① Reginald Dyck. When Love Medicine is Not Enough: Class Conflict and Work Culture on and off the Reservation. *American Indian Culture and Research Journal*, 30.3 (2006): pp.23-43.

② Jacqueline E. Scoones. Dwelling Poetically: Environmental Ethnics in Contemporary Fiction. University of California, Irving, 2000.

③ Jennifer Marie Holly Wells. The Construction of Midwestern Literary Regionalsim in Sinclair Lewis's and Louise Erdrich's Novels: Regional and Cultural Influences on Carol Kennicott and Fleur Pillager. Drew University, 2009.

④ Wayne Lee Gay. Jeans, Boots, and Starry Skies: Tales of a Gay Country-and-western Bar and Places Nearby. University of North Texas, 2010.

间世界跳舞（dancing between worlds），拒绝成为某人。①

二、厄德里克小说在中国研究现状

美国身处文艺思潮与理论创新的前沿之地，文学实践与文学创作又如火如荼，这些都广泛而深刻地影响了美国厄德里克研究。与之相比，中国的厄德里克小说研究虽相对滞后，但正处于欣欣向荣的上升期。

2004 年，东北大学外国语学院的两位老师王建平和郭巍撰写了"解构殖民文化 回归印第安传统——解读路易丝·厄德里奇的小说《痕迹》"，载于《东北大学学报》。论文从探讨小说的叙事技巧入手，将小说的叙事与历史解构和身份探究结合起来，认为厄德里克以"口述传统"对抗书写传统，回归印第安传统。此篇论文拉开了国内厄德里克研究的序幕。②

国内现有厄德里克研究专著 4 部。刘玉的《文化对抗——后殖民氛围中的三位美国当代印第安女作家》（2008）通过比较发现了艾伦（Paula Gunn Allen）、希尔克和厄德里克三人在各自小说中所阐发的各自不同的文化对抗策略：恢复前接触时期的传统；收回土地；接受杂糅性。③王晨的《桦树皮上的随想曲：路易丝·厄德里克小说研究》（2011）以社会生态学的角度统摄全书，从"关爱""平等""和谐"和"自信" 4 个核心词出发对自《爱药》至《鸽灾》的 11 部小说进行整体性研究，讨论了小说中的人与自然、人与人、人与社会的关系。④遗憾的是，全书只对《爱药》《痕迹》《报告》和《羚羊妻》多有论述，对其他小说只进行了片段式截取。蔡俊的《超越生态印第安——露易

---

① Steven D.Scott. *The Gamefulness of American Postmodernism: John Barth & Louise Erdrich*. New York: P. Lang, 2000.

② 王建平，郭巍. 解构殖民文化 回归印第安传统——解读路易丝·厄德里奇的小说《痕迹》. 东北大学学报（社会科学版），2004（6）：455—457.

③ 刘玉：文化对抗——后殖民氛围中的三位美国当代印第安女作家. 厦门：厦门大学出版社，2008.

④ 王晨. 桦树皮上的随想曲：路易丝·厄德里克小说研究. 北京：中央编译出版社，2011.

丝·厄德里克小说研究》（2013）通过考察厄德里克的"齐佩瓦四部曲"（即"北达科他四部曲"），发掘出了厄德里克笔下更具现实色彩的"家""动物"和"女性"，并发现印第安人所秉承的幽默态度帮助其进入了一个更大意义的生命循环中；后殖民语境中，原本源于自然力量的印第安女性身处失声的尴尬、艰难境地。[①]李靓的《厄德里克小说中的千面人物研究》（2014）通过研究厄德里克的早期作品，如《爱药》《痕迹》等，对千面人物（trickster）进行了系统梳理，发现厄德里克笔下千面人物本身的矛盾杂糅既是文化的交流融合，也是碰撞和突围；和蔡俊一样，李靓也看到了千面人物身上的幽默，指出这是帮助印第安人得以生存的一个重要技巧。[②]

　　除以上 4 部专著，另有陈靓、张廷佺、栾述蓉等人的博士论文值得关注。陈靓的《路易斯·厄德瑞克作品杂糅性特征研究》（2009）以"北达科他四部曲"和《报告》为文本，从本土和后殖民双重语境出发，较为深入地探讨了厄德里克作品中的叙事杂糅、宗教杂糅、神话杂糅和性别杂糅。[③]张廷佺的《作为另类叙事的齐佩瓦人故事：厄德里克〈小无马保留地家世传奇〉研究》（2009）则通过对《小无马保留地家世传奇》（即《报告》）的研究，讨论了厄德里克作品中所暗含的政治性、批判性和对印第安历史文化的深切关怀。[④]栾述蓉的《族裔与生态：路易斯·厄德里克"北达科他四部曲"中部落身份研究》（2012）从内文化视角出发，围绕土地、社区和神话三个维度，讨论了部落身份的地理性、社会性和精神性。[⑤]

　　另有相当数量的优质期刊论文值得关注。至 2018 年 4 月，笔者通过 CNKI 数据库收集到期刊论文 100 余篇，其中有 38 篇分别载于《外

　　① 蔡俊. 超越生态印第安——露易丝·厄德里克小说研究. 北京：中国社会科学出版社，2013.

　　② 李靓. 厄德里克小说中的千面人物研究. 北京：对外经济贸易大学出版社，2014.

　　③ 陈靓. 路易斯·厄德瑞克作品杂糅性特征研究. 上海：复旦大学，2009.

　　④ 张廷佺. 作为另类叙事的齐佩瓦人故事：厄德里克《小无马保留地家世传奇》研究. 上海：上海外国语大学，2009.

　　⑤ 栾述蓉. 族裔与生态：路易斯·厄德里克"北达科他四部曲"中部落身份研究. 上海：上海外国语大学，2012.

国文学评论》《当代外国文学》《外国文学》《外国文学研究》《国外文
学》《作家》《解放军外国语学院学报》《东北大学学报》《贵州民族研
究》《外语与外语教学》《外语研究》等重要期刊。而 2013 年时，笔者
收集到期刊论文仅有 30 余篇。数字上的巨大变化充分显示了国内厄德
里克研究在短短 5 年里迅速壮大起来了。

　　总体上看，在文本对象上，国内厄德里克研究已经从对《爱药》
的关注转移到了其他作品，乃至儿童文学。不过，厄德里克后期作品
研究仍属起步阶段，这与厄德里克后期作品频频获奖的事实显然是不
太相符的。批评视角上，国内厄德里克研究者也并不拘囿于某一单独
视角，往往从本土、后殖民、女性主义、生态主义和叙事学视角中的
两个或多个出发，探讨厄德里克作品中的各种主题和艺术特色。

第三节　本书基本思路与主要内容

一、基本思路

1. 灾难重重的奥吉布瓦人[①]

奥吉布瓦人（Ojibwa），又名奇帕瓦人（Chippewa）或阿尼什纳比
人（Anishinabeg, Anishinaabeg, Anishinabe）。"奥吉布瓦""奇帕瓦"
是法国商人对他们的称呼，后延续使用至今，他们自己则多自称"阿
尼什纳比人"。奥吉布瓦人曾沿苏必利尔湖生活，当时的法国殖民者称
苏必利尔湖为苏圣玛丽（Sault Ste. Marie），以至于奥吉布瓦人也曾被
称作索尔托人（Saulteaux）。据说，500 年前，奥吉布瓦人居住在圣劳
伦斯河入河口处。大约在 1660 年，他们在所幻见的一漂浮的海贝的指
引下向西迁移，到了麦基诺水道处，幻见停止，阿尼什纳比人便分成

____

① 资料来源于 Gerald Vizenor. *The Everlasting Sky: New Voices from the People Named the Chippewa*. New York: Crowell-Collier, c1972: pp.5-13, Christopher Vecsey. *Traditional Ojibwa Religion and Its Historical Changes*, Philadelphia: American Philosophical Society, 1983: pp.8-23, 以及网络资料。

了三群：有的定居于密歇根湖与休伦湖的中间地带；有的定居于休伦湖的北部；还有的定居于苏必利尔湖东岸。目前，奥吉布瓦人主要分居于加拿大和美国。在加拿大，奥吉布瓦人是所有第一民族中人口数第二多的，仅次于克里人（Cree）。而在美国，他们是美国土著部落中的第四大部落，次于纳瓦霍人（Navajo）、切诺基人和拉科塔人（Lakota）。当下，已被美国联邦政府认可的20余个奥吉布瓦保留地分布在明尼苏达、密歇根、威斯康星、蒙大拿和北达科他这5个州，总人数约为104000。[1]厄德里克所属的龟山保留地位于北达科他州。

早期奥吉布瓦人的生活方式是群居式。冬天食物困乏，人们只能捕捉到很少量的麋鹿、北美驯鹿、熊和海狸，兼以青苔、鸟禽和鱼为辅食。因此，这一时期的奥吉布瓦人的群居人数降到最少。从春至秋，食物逐渐丰盛，群居规模也越来越大。春天主要是槭树叶汁、绿叶蔬菜，夏天是浆果和少量的野稻，秋天是坚果和块茎。[2]天气暖和的渔猎季节里，鱼和肉也会成为奥吉布瓦人的主要食物来源。各氏族（clan）通过共同的图腾组成一个大家庭。为确保优生和优育，相同图腾的人不可以通婚，这使得同图腾氏族与其他图腾氏族仍会保有频繁的联系，但同时每一氏族对自己的氏族拥有自主权。[3]

现今可查的奥吉布瓦史通常始于他们与欧洲人（主要是法国人）的贸易接触，贸易大致始于17世纪早期，终于19世纪初期。根据奥吉布瓦人在贸易中的地位，这段时期大致可分为：边缘期、繁荣期和衰落期。[4]（1）边缘期，1610年奥吉布瓦人初见法国人，至1632年，奥吉布瓦人始终处于交易的边缘。（2）繁荣期，17世纪中期至18世纪后期，奥吉布瓦人的贸易地位逐渐凸显，族外通婚现象变得频繁，

---

[1] http://www.everyculture.com/multi/Le-Pa/Ojibwa.html#b.

[2] Richard Asa Yarnell. *Aboriginal Relationships between Culture and Plant Life in the Upper Great Lakes Region*. Ann Arbor: University of Michigan, 1964: p.144.

[3] Harold Hickson. The Sociohistorical Significance of Two Chippewa Ceremonials. *American Anthropologist*, 65.1 (1963): p.68.

[4] 有关三个时期的时间分化和本段各时期内容的总结参考 Christopher Vecsey. *Traditional Ojibwa Religion and Its Historical Changes*, pp.11-15.

他们甚至还将许多法国商人吸收为家庭成员；同时，他们开始接受法国商人的货物，像斧子、刀、铁壶等，这些工具对奥吉布瓦人的传统狩猎帮助很大；随后，他们又获得了枪械，这更加巩固了他们在贸易中的重要地位；再之后，随着法国人贸易路线的改变，依赖皮毛贸易的奥吉布瓦人又沿着贸易路线进行过多次迁徙。（3）衰落期，从 18 世纪末到 19 世纪初。1797 年，加拿大和美国边境上的海狸几乎猎捕殆尽。1821 年，英属哈德逊海湾公司打败并收编了法属西北公司。自此，奥吉布瓦人既无可依赖的皮毛来源，也再无贸易优势地位。总体上说，奥吉布瓦人同法国人交往的日子还算不错，甚至可称得上富足并独立。

1783 年美国独立，美国奥吉布瓦人灾难史随之开启。第一个时期是零星的土地割让。1785 年，美国政府在其军事驻地麦金托什堡（Fort McIntosh）通过了其历史上的第一个条约，当地的奥吉布瓦人不得不割让自己的林地。①很快，美国政府针对印第安人制定了更大范围的大移除政策。19 世纪初至 19 世纪 70 年代，奥吉布瓦人被迫放弃了世代居住的家园，进入保留地生活。从 1819 年美国政府通过萨基诺条约（Treaty of Saginaw）拿走奥吉布瓦人在密歇根南部含铅丰富的土地到 1864 年明尼苏达州红湖保留地的建立，奥吉布瓦人先后从他们在威斯康星、明尼苏达、伊利诺伊以北、密歇根等地的家园被赶出来，被迫迁入保留地内。②主权不再的奥吉布瓦人也不再拥有政治、经济影响力，成了美国的彻头彻尾的被监护者。与此同时，白人政府在签订协约时所开出的空头支票也从来就没有好好地兑现过。

第二个时期实际是重新安置计划时期，1887 年《道斯土地分配法案》的颁布是其序曲，20 世纪中期正式上演，旨在把奥吉布瓦人从刚刚建立好的保留地带离，将其抛入城市。从 19 世纪 70 年代开始，奥吉布瓦人彻底进入了保留地。1887 年，美国政府以改善印第安人生活

---

① Christopher Vecsey. *Traditional Ojibwa Religion and Its Historical Changes*, p.16.

② 奥吉布瓦人被迫割地的各次大事件可参考 Christopher Vecsey. *Traditional Ojibwa Religion and Its Historical Changes*, pp.16-17.

为由，通过了《道斯土地分配法案》，其主旨是取消保留地内的部落制度、土地公有制、改变他们的文化，把他们从猎人变成农民，从"异教徒"变成基督徒。美国政府憧憬着新型的个体的基督化的自耕自种的印第安农民的诞生，但事与愿违，整个法案给印第安人带来了灭顶之灾，奥吉布瓦人自然是未能幸免。之后，为满足白人对土地的更大需求，一系列强行分配或出售奥吉布瓦人土地的法案相继出台，大部分土地落入了投机商和政府的手中。[①]1953 年至 1968 年，美国政府实施重新安置计划，把印第安人从偏远的保留地移居到白人占主流的城市，城市印第安人这一群体也随之诞生。

丹尼尔斯（Patsy J. Daniels）在《压迫者语言中的被压迫者的声音》（*The Voice of the Oppressed in the Language of the Oppressor*）一书中指出："美国土著人有着不同的文化背景和文化经历，但是他们更有着共同的被驱逐历史经历，他们的土地被人夺走，他们的族人因为疾病、战争及欧洲入侵者的罪恶行径而相继死亡。"[②]对于奥吉布瓦人而言，自与欧洲人接触后，他们遭遇了丹尼尔斯所列举的这一系列灾难，土地被掠夺、宗教被迫改宗、各种疾病吞噬健康[③]、语言沦丧、传统文化遗失、两次世界大战和越南战争，此外还有丹尼尔斯不曾提及的饥荒、白人虚构等。更有创伤灾难，因为灾难中幸存下来的奥吉布瓦人罹患创伤后反应应激障碍，再也无法开始新的常人生活。

① 譬如，1906 年的美国《克拉普法案》（U.S. Clapp Act）允许有 1/2 血统的奥吉布瓦人售卖他们分配所得土地，这一法案导致许多生活在贫困线上的奥吉布瓦人自动出售了土地。这一法案还宣称，到 1931 年，分配的土地将要征税，如果土地的主人不能交税，土地就要被没收。美国历史上，只有 1934 年的《再重组法案》（Reorganization Act）阻止奥吉布瓦人的土地落入投机商和政府手中。1936 年，大多数奥吉布瓦人都同意了《再重组法案》，这一法案禁止了未来的土地分配和土地售卖，除非整个部族同意。不然，土地不可以变现。并且，这个法案还批准为印第安人买卖土地，允许印第安人个体把土地归还给部落。（Christopher Vecsey. *Traditional Ojibwa Religion and Its Historical Changes*, pp.18-19.）

② Patsy J. Daniels. *The Voice of the Oppressed in the Language of the Oppressor: a Discussion of Selected Postcolonial Literature from Ireland, Africa, and America*. New York: Routledge, 2001: p7.

③ 大多数学者认为欧洲人将疾病带入北美大陆是导致印第安人锐减的重要原因，这些疾病包括天花、麻疹、百日咳、水痘、腺鼠疫、斑疹伤寒、白喉、流行感冒和寄生虫等。（Jack Utter. *American Indians: Answers to Today's Questions*. Lake Ann, Mich.: National Woodlands Pub., 1993: p.44.）

2. 维泽勒的"生存"概念

维泽勒与厄德里克同属"奥吉布瓦"族，他所提出的"生存"（survivance）与"幸存"（survival）有关，但他为这个已经退出使用的旧词赋予新意。第三版新《韦氏大辞典》（*Webster's Third New International Dictionary*）中，survivance 的意思有两个：1."幸存"（survivial）；2. 持有者在死前指定还活着的人（survivor）继承（某一房产或者财产）的权力。[1]维泽勒对 survivance 进行了延拓，他把 survival 和 endurance 组合在一起，但含义又比这两个词都要多——"生存，土著意义的生存，远不止活下来，远不止忍耐或仅仅做出反应；生存故事是一种积极的在场"，[2]"拥有 survivance，意味着一种幻见、一种朝气蓬勃的状态，不仅仅是容忍邪恶和控制，更是在智力上胜出，拒绝悲情病（victimry）"。[3]言外之意，以一种态度幸存下来，主动而非被动，积极进取而非萎靡不振，不简单地苟活，而要繁荣与兴旺。这也正好符合奥吉布瓦人对生活的理解。在奥吉布瓦语中，"好的生活"一词是 Minobimaatis，意为"不断地重生"。[4]克鲁伯（Karl Kroeber）十分赞许维泽勒的"旧瓶装新酒"，因为"维泽勒为这个词注入了红色的色彩和戏弄的内涵。他用 survivance，使 survival 所蕴含的从灾难与边缘中保存逃生的意义变成次要的；survivance 巧妙地削弱了毁灭者的力量……这个词的意义不是导向失落，而是未来的复兴（renewal）与继续（continuity），不只是记住过去"。在他看来，survivance 的提出是"维泽勒对过去半个世纪土著文化的显著复兴所做的最重要的贡献"。[5]

---

① *Webster's Third New International Dictionary*. Springfield: Merriam-Webster Inc., 1993: p.2303.

② Gerald Vizenor. *Fugitive Poses: Native American Indian Scenes of Absence and Presence*. Lincoln: University of Nebraska press, 1998: p.15.

③ Gerald Vizenor. *Hiroshima Bugi: Atomu 57*. Lincoln: University of Nebraska Press, 2003: p.36.

④ 转引 Jeannette Batz Cooperman. *The Broom Closet: Secret Meanings of Domesticity in Postfeminist Novels by Louise Erdrich, Mary Gordan, Toni Morrison, Marge Piercy, Jane Smiley, and Amy Tan*. New York: Peter Lang, c1999.

⑤ Karl Kroeber. Why It's a Good Thing: Gerald Vizenor is Not an Indian. in Gerald Vizenor ed. *Survivance: Narratives of Native Presence*. Lincoln: University of Nebraska Press, c2008: p.25.

维泽勒在"生存美学"（aesthetics of survivance）①一文中有意识地梳理了其他理论家关于 survivance 的使用，涉及斯特伯龙格（Ernest Stromberg）的"动态性"和"创新性"、格尔茨（Clifford Geertz）的"物理空间"、斯坦纳（Geroge Steiner）的"语言心灵空间"和德里达（Jacques Drrida）的"中间状态"。②维泽勒将这些理论家的 survivance 精华内化为自己"生存"理论的底蕴与精髓。在他那篇檄文式的宣言《后印第安勇士》中，维泽勒写道：

> 　　后印第安勇士们在文学战场上与他们的敌人兵戈相见，勇气与昔日马背祖先们的勇气相当，他们用一种新的生存观创作他们的故事。勇士们背负着他们时代的仿真……后印第安勇士是新叙事的标志，通过仿真抗击强势的显性态度……用他们自己对生存的仿真来诱捕之前的精心设计。③

把战斗从兵戈相见的沙场转移到口诛笔伐的文学场，这是从格尔茨所言的物理空间向斯坦纳所言的心灵空间的转化。维泽勒所提出的新叙事"从一种土著叙事传统开始，但并不止步于叙事权威……它包括拥抱融合的开放性、讽刺性地欢迎所有任何文化背景的讲故事同胞"④。承继土著口头叙事传统，但又对传统叙事进行创新；允许自己本族的人讲故事，也给予其他背景的叙事者以叙事声音。这充分体现了兼容并蓄的中间状态。维泽勒也把这种新叙事称为"生存故事"（survivance stories）："生存故事尊重在这种环境里所表现出的幽默和悲剧智慧，而不是悲情的市场价值……生存故事是可靠的在场……故

---

① Gerald Vizenor. Aesthetics of Survivance: Literary Theory and Practice. in Gerald Vizenor ed. *Survivance: Narratives of Native Presence*, pp.1-23.

② 具体可参见 Gerald Vizenor ed. *Survivance: Narratives of Native Presence*, pp.19-20.

③ Gerald Vizenor. *Manifest Manners: Postindian Warriors of Survivance*, Hanover: University Press of New England, 1994: pp.4-11.

④ Joe Lockard. Facing the Windigo: Gerald Vizenor and Primo Levi. in Gerald Vizenor ed. *Survivance: Narratives of Native Presence*, p.211.

事中的大多数人物均以风趣、智慧和狡猾的姿态拥抱这个世界……故事不是悲剧模式，所写的主题也不是英雄的毁灭、破坏和道德的堕落……故事狡猾但不悲情，反讽但不英雄主义，不是主流的不负责的代言。"①

二、主要内容

在随笔《我应该身处何地：作家的地方观》（*Where I Ought to Be: A Writer's Sense of Place*）中，厄德里克对土著作家提出了这样的写作任务："鉴于巨大的损失，他们必须讲述当代生存者（survivors）的故事，这样既能保护又能颂扬灾难之后留存下来的各种文化内核。"②厄德里克所用的 survivor 不是"幸存者"，因为她要求土著作家保护和颂扬，这不是沉湎于过去的悲情自悯，也不是遗忘过去的苟且为生。这个词更像维泽勒"生存"（survivance）的一母同胞。在常年的写作中，厄德里克也的确是身体力行。鉴于此，本书以"根与路：路易丝·厄德里克的灾难生存书写"为题展开研究，其中的"生存"指向维泽勒的 survivance 概念。

在文本的选择上，本书主要集中于《报告》《四灵魂》《手绘鼓》和《踩影游戏》。一则，厄德里克前后期文本虽然都涉及灾难，但处理态度迥异。早期文本中的小说人物或深陷困境无以自救，如《爱药》中的琼（June）、小亨利（Henry Junior），《痕迹》中的芙乐（Fleur）；或自身为白人文化所同化，变身为部族人的灾难，如《痕迹》中的宝琳。换用上文提到的伯德罗对厄德里克早期作品的评价，她早期的作品中氤氲着悲观主义的笔调。不同于前期小说人物的无力与无能、无望与无助、虽生却犹死，后期小说人物在灾难面前表现出了更加顽强、灵活和蓬勃的生命力，他们的生存也更符合维泽勒意义的"生存"。二则，这四个文本颇为集中地再现了奥吉布瓦人所遭逢的宗教灾难、土

---

① Gerald Vizenor and A. Robert Lee. *Postindian Conversations*. Lincoln: University of Nebraska Press, c1999: p.38.

② Louise Erdrich. Where I Ought to Be: A Writer's Sense of Place. in Wong, Hertha D. Sweet *ed. Louise Erdrich's Love Medicine: A Casebook*. New York, NY; Oxford UP, 2000: p.48.

地灾难、创伤灾难和虚构灾难。三则，国内外对厄德里克后期作品研究较少，以"灾难生存"为切入点研究厄德里克后期作品的更少，希望能以此为视角，对厄德里克研究进行补充。

章节安排上，本书共分为三个部分：绪论、第二至五章和结语。

鉴于国内对美国印第安文艺复兴介绍不多，而厄德里克的文学创作又是在印第安文艺复兴的大背景中诞生的，因此，绪论部分从美国印第安文艺复兴与厄德里克文学创作、厄德里克在美国和中国的研究现状、本书的基本思路和主要内容三方面展开。

第二至五章分别选取了厄德里克的四部小说，这四部小说分别呈示了奥吉布瓦人在巨大的宗教灾难、土地灾难、创伤灾难和虚构灾难下的生存策略，分别是跨界与杂糅、对话与融合、记忆与回归、反抗与重塑。透过这些生存技巧，既看到了厄德里克对白人文化的吸纳，同样也看到了她对奥吉布瓦本族文化的坚守，即笔者所言的"根与路"。

结语部分，"厄德里克写作的意义"则从"对奥吉布瓦传统文化的复兴"和"走向少数族写作"两方面展开，认为厄德里克以一种抗拒主流、抗拒权威、在边缘怒放的姿态写作。在这场怒放式的写作中，厄德里克在为践行自我所言的"保护和颂扬灾难之后留存下来的各种文化内核"的同时，走向了德勒兹和瓜塔里所推崇的"少数族文学"。

第二章 《小无马保留地奇事的最后报告》：
宗教灾难下的跨界与杂糅

> 既非达米安，亦非艾格尼丝。既非牧师，亦非女人。既非忏悔者，亦非灵魂的磁体、抚慰者、信仰的导师。说白了，她就是个艺术家。
>
> 达米安神父瘦弱的身躯，在苍白头发的衬托下显得宁静而安详，水波刚刚没过身体。黑漆漆的水吞没了他，他的身体模糊了。一时间，他的身体在表面（the surface）和其下的女性深度（the feminine depth below）间浮上浮下。
>
> （*LR*, 222；351）

美国土著民间流传着这样一句幽默且凄凉的调侃：欧洲殖民者囊中空空，举着《圣经》来到北美大陆，最终土著人变得囊中空空，只有《圣经》了。《小无马保留地奇事的最后报告》（全书简称《报告》）涉及对奥吉布瓦人所遭遇的天主教殖民的反思，它对强行传教的教会给予了严厉批判。不过，这并不是厄德里克创作这部小说的最主要目的，厄德里克曾说过，她要讨论的是身份本身。天主教的各种教义和教规在一定的时空语境下充当了殖民工具。具体到妇女的身上，它们还充当了对女性实施控制的工具，女性在它们的话语建构下成为"疯癫者"。在这样的双重意义之下，宗教成为灾难。

如何在灾难下求得生存？主人公在其 80 多年的易装生涯中，通过跨界与杂糅，让自己成为一名艺术家，游走于男与女、宗教生活与俗世生活、天主教与奥吉布瓦教的边界。"我是自有永有"（I AM WHO

I AM）语出《圣经》，①指代上帝。厄德里克在《报告》中做了挪用，修改为"我不能离开自有"（I cannot leave who I am）。与上帝相似，但又是小写的自我（who I am 小写）。换言之，这是一个小写的"上帝"似的存在——自我的身份不再完全由某种权威说了算，自我参与对自我的建构。主人公死死地守住自身所建构的"自我"，"在骗局的边缘处牢牢地站稳"（LR, 273）。主人公的身份即为自己所站的边缘位置：主人公凭借跨界杂糅生活在"间隙"空间里。奥吉布瓦人深陷天主教与奥吉布瓦教双重信仰冲突的桎梏之中，厄德里克的《报告》为打破这种桎梏提供了可能，或许他们可以像主人公一样以跨界杂糅的方式，创建自我的宗教身份。这样，他们的身份就成了"我是自有的"存在。

第一节　奥吉布瓦教与天主教传教

1620 年，"五月花"号船靠岸美洲新大陆。不久，这些外来客与当地土著发生了第一次冲突。他们留在荷兰的精神领袖约翰·鲁滨孙听闻冲突，大发哀叹："要是你们不杀一个人而是只改变一些人的信仰，那该多好啊！"②鲁滨孙痛恨暴力与流血，他希望通过改变印第安人的信仰，实现欧洲白人与土著人的和平共处。这种想法的可行与否自然是有待商榷的，即便不考虑冲突背后的诸多其他利益纠葛，因为要改变一个人根深蒂固的信仰，这件事本身就异常艰难。此处所言的艰难，包括改宗者的艰难与传教者的艰难两方面。同时更看到，他的这一宗

---

①《圣经》中《出埃及》第三章"燃烧的荆棘"中，神让摩西把以色列人从埃及领出来。摩西对神说："我到以色列人那里，对他们说，'你们祖宗的神打发我到你们这里来。'他们若问我，'他叫什么名字？'我要对他们说什么呢。"神对摩西说："我是自有永有。（I AM WHO I AM.）"又说："你要对以色列人这样说，'那自有的（I AM）打发我到你们这里来。'"

② 威廉·布拉德福德 1623 年 12 月 19 日函，见塞缪尔·埃利奥特·莫里森编《关于普利茅斯种植园，1620—1647》，纽约 1952 年版，第 374—375 页。转引自威尔科姆·E. 沃什伯恩. 美国印第安人，陆毅，译. 北京：商务印书馆，1997：122.

教理想暴露了这样一种宗教偏见：土著人的信仰是劣等的，不足以为人所尊重的，他们应当放弃并接受白人的信仰。不仅许多教士和牧师心怀这种偏见，而且自上到下，从国王到政府官员再到深入殖民地的人也几乎少有例外，他们大多认为自己身为基督徒有责任将上帝的荣光带给每一个人。这在很大程度上成为欧洲人向新世界挺进的巨大动力之一，也成为后来的"基督教的传教精神"。[①]印第安人的宗教真得就无一点可取之处，应该被哥伦布在他写给伊萨伯拉女王信中所高呼的"神圣的信仰"[②]取代吗？本书无意在此表达立场，只想对印第安奥吉布瓦教进行简单介绍，既为读者了解另一种认知世界的方式提供参考，也为第二节和第三节的论述进行铺垫。

一、奥吉布瓦教的"人""神""万物有灵论"等概念[③]

奥吉布瓦教是奥吉布瓦人在与自然长期相处的过程中产生的集体智慧的结晶，因为没有系统而完整的文字教义，奥吉布瓦教全凭父辈对子辈的口口相传和各种宗教仪式得以延续。虽然在延续的过程中，因为环境、时代和受众的变化，奥吉布瓦教也发生了一些变化，但信仰奥吉布瓦教的传统奥吉布瓦人对人、物、神和世界本原的认识大体没有发生改变。

首先，奥吉布瓦教的"人"的概念包括灵魂、身体、身体之外的派生物及人的名字等。奥吉布瓦宗教坚持人有两个灵魂（soul dualism），一个是自我灵魂（ego-soul），居住在身体（body）里；另一个是自由灵魂（free-soul），居住在大脑（brain）里。前者主管智力、推理、记忆、意识和行为能力等，它可以短暂地离开身体，但离开的时间久了，人就会生病乃至死亡；后者与身体独立，等人睡着了，它

① 威尔科姆·E.沃什伯恩.美国印第安人,陆毅,译.北京：商务印书馆,1997：122.
② 许海山主编.美洲历史.北京：线装书局,2006：87.
③ 此小节对奥吉布瓦教的梳理与归纳主要参考了 Vecsey Christopher. *Traditional Ojibwa Religion and Its Historical Changes*; Ruth Landes. *Ojibwa Religion and the Midéwiwin*. Madison: University of Wisconsin Press, 1968; Joel W. Martin. *Native American Religion*. New York: Oxford University Press, 1999.

可以随意旅行，可以看见未来的事情。自我灵魂在人去世时，即刻前往阴界；自由灵魂则可以在阳界逗留一段再离开。[1]除了组成身体的灵魂不一样，奥吉布瓦人把身体以及胞衣、唾沫、粪便等身体派生物也均视为身体的一部分，名字是组成人的最重要的一部分。[2]此外，一个人的形象、人影和人的名字，都是人的组成部分之一。当这些东西遭受辱骂或虐待时，厄运也会降临到人的身上。[3]

其次，他们相信"万物有灵"（a people of thousands of spirits）[4]，即所有的个体，人、动物、植物和非生命的物体（云、石头等）均有自己的灵魂，人类与非人类平等共存于这个宇宙世界中。在万物有灵论的思想驱动下，人类与非人类结成互动关系，虽然有时也会发生冲突，但人类并不比非人类高级，人类必须尊重他周围的人类和非人类。[5]这并不是说奥吉布瓦人就不吃动物或者从不虐待动物，也不是说他们把所有的人都当作自己的朋友，他们强调的是对方因拥有生命和力量而值得被尊重。一个很好的例子是，奥吉布瓦人把熊和其他动物视为自己的亲戚，经常称它们祖父、祖母或者兄弟。[6]不过，他们仍然会猎杀熊，只是他们在猎杀熊的前前后后都会举行仪式，以示对生命的尊重。同时，必要的时候，人也可以为了动物牺牲自己。譬如，《手绘鼓》中，老沙瓦诺并不憎恨吃了自己爱女的饿狼，因为他明白，在必要的时刻，动物也可以以人为食。

再次，在万物有灵论的基础上，奥吉布瓦人尊崇多个大神

[1] Hultkrantz, Åke. *Conceptions of the Soul Among North American Indians: a Study in Religious Ethnology*. Stockholm: Ethnographical Museum of Sweden, 1953: pp77-78; 212-217; pp.241-245. 转引自 Vecsey Christopher, *Traditional Ojibwa Religion and Its Historical Changes*, pp.59-60。

[2] Christopher Vecsey. *Traditional Ojibwa Religion and Its Historical Changes*, p.61.

[3] Frances Densmore. *Chippewa Customs*. Washington, D.C.: U.S. Govt. Print. Off., 1929: pp.52-53.

[4] Henry Rowe Schoolcraft. *Algic Researches: North American Indian Folktales and Legends*, Mineola. New York: Dover Publications, INC, 1999: p.xxxii.

[5] Christopher Vecsey. *Traditional Ojibwa Religion and Its Historical Changes*, p.62.

[6] A. Irving Hallowell. Bear Ceremonialism in the Northern Hemisphere. *American Anthropologist*, 28.1 (1926): pp.45-46.

(Manito), 各个大神没有高低贵贱之分。维克西 (Christopher Vecsey) 在《传统奥吉布瓦教与它的历史变化》(*Traditional Ojibwa Religion and Its Historical Changes*) 一书中列举了奥吉布瓦教的多个大神, 其中包括四个风神 (Four Winds)、水下大神 (Underwater Manito)、雷鸟 (Thunderbirds)、自然物主 (Owners of Nature)、温迪戈 (Windigo)、那那波什 (Nanabozho)、图腾物 (Totems) 等。传统的奥吉布瓦人敬畏水下大神水狮 (Underwater Lion) 或角蛇 (Horned Serpent), 喜爱那那波什, 害怕温迪戈。他们对大神的情感涵盖了人类的各种情感体验。不过需要特意指出的是, 从严格意义上讲, 奥吉布瓦人与他们的图腾物的关系不是宗教性的, 因为他们并不依靠图腾物来帮助自己获得食物, 求得生存, 它们只是一个人社会身份的标志。譬如, 当奥吉布瓦人开始迁徙时, 他们会留下图腾符号, 以帮助亲戚们通过识别符号找到自己。由此我们也可以看出, 奥吉布瓦人的宗教是与生存, 尤其是现世生存紧密相关的, "印第安人祈祷是为了猎物, 基督徒祈祷是为了灵魂救赎"。①

最后, 奥吉布瓦教并没有关于宇宙起源的解释, 他们的创世神话讲述的是洪水之后的大地重建, 赞颂合作、变形和平衡。《圣经·旧约》的第一卷《创世纪》中, 上帝创造了世界、万物和人类。在奥吉布瓦教中, 造物主那那波什诞生时, 就已经有了万事万物。后来, 水下大神肆发洪水, 淹没了整个世界, 那那波什在动物们的帮助下, 以麝鼠从水下抠得的一小点淤泥重新创造了新的大陆。②奥吉布瓦教的创世神话, 既肯定了人与动物的平等合作, 又赞扬了造物主危急时刻的求生智慧, 因为那那波什在洪水到来时, 自己变成了一只树桩。此外, 这则故事还强调了一种平衡, 水下大神与那那波什的平衡, 洪水与陆地的平衡。奥吉布瓦人十分强调平衡, 可以说, 这一点早已在他们的创世神话中埋下了种子。

奥吉布瓦教对人、物、神和世界本源的认识影响了奥吉布瓦人日

---

① Christopher Vecsey. *Traditional Ojibwa Religion and Its Historical Changes*, pp.72-82.

② Ibid., pp.88-91.

常生活的诸多方面。在厄德里克的小说中，我们可以读到，奥吉布瓦人从出生到死亡，一生可以更换姓名多次；奥吉布瓦族的少男少女们到了青春期，需要独自去荒野中斋戒，在饥饿中获得幻觉，以寻找自己的保护神；新婚期的奥吉布瓦男女，不可以因为贪欢而忘乎自己的部族工作和责任；奥吉布瓦人对待战争俘虏的方式常常是将其纳入自己的部落，与其结成亲密的家人关系；奥吉布瓦人生了病，大药师（Midewiwin）通过仪式建立与大神的联系，为病人治病，这一点与中国鄂伦春族的萨满文化颇为相似。奥吉布瓦人死后，身体要裹成捆放在树杈或者树枝上，等肉身变成骨头后，再下葬。奥吉布瓦的阴间（afterlife）没有天堂和地狱之分，所有的人死后全都进入一个世界，但是胡作非为的人却会在现世遭报应。

二、天主教传教对奥吉布瓦教的重创

随着欧洲白人源源不断地来到北美，奥吉布瓦人与白人的接触日渐繁多，开篇所提及的"基督教的传教精神"对奥吉布瓦教造成了致命的伤害，此处的"教"具体指天主教。曾有人对天主教在美洲的传教进行如是描述，"天主教是伴随着殖民者一起来到美洲的"，"天主教的僧侣、教会和教义，是成功地征服和统治印第安人，使他们甘心戴上殖民枷锁的不可缺少的工具"。[①]殖民者特指西班牙殖民者，他们在16世纪初就开始了美洲殖民史。对于奥吉布瓦人而言，他们与白人，主要是法国人的接触，要比那些遭遇西班牙殖民者的印第安人晚了近一个世纪。不过，"天主教是伴随着殖民者一起来到美洲的"这句话倒也同样适用于奥吉布瓦人的宗教遭遇。从17世纪初至20世纪初，天主教对奥吉布瓦人的传教大致经历了三次高潮。[②]

第一次高潮是在17世纪，教士与商人结伴，进入奥吉布瓦人的腹地传教，传教活动呈现出流动性的特点。当时，法国人和英国人是

---

① 许海山主编. 美洲历史. 北京：线装书局，2006：87.
② 天主教对奥吉布瓦人传教的三次高潮分期及下文对各分期内容的梳理参考 Christopher Vecsey. *Traditional Ojibwa Religion and Its Historical Changes*, pp.26-45.

美洲皮货贸易的两大主将，法国人以蒙特利尔和圣劳伦斯河为中心，创建了一个庞大的皮货帝国，并将势力不断伸至大湖区。最初，奥吉布瓦人处于贸易的边缘地带，他们以休伦人（Huron）为贸易中介同法国商人打交道。即便如此，传教仍然波及了奥吉布瓦人。据奎克尔（Ruth Craker）的考证，第一位深入大湖区的传教者是天主教方济各会的约瑟夫（Le Caron Joseph），他于 1615 年拜访了上密歇根。①之后，另有一些方济各会的修士深入至奥吉布瓦人居住区。大概是在 1622 年，他们在尼皮辛湖（Lake Nipissing）遇见了奥吉布瓦人。两年后，天主教耶稣会信徒也来到尼皮辛湖传教。②随着法国人皮货贸易的推进，奥吉布瓦人开始与法国商人通婚，并将许多法国商人吸收为家庭成员。到 17 世纪末，繁荣的皮货贸易，连同传教，帮助法国人与奥吉布瓦人建立了牢固的联盟。

19 世纪初到 19 世纪中叶，天主教对奥吉布瓦人的传教进入第二次高潮，此期内，传教特征也由流动变为稳固。在这一时期，一些教士的传教会仰赖于有钱的个人对其的支持，这也无形中导致了传教活动对经济权威的鞠躬屈膝。1815 年至 1820 年，哈德逊湾公司大股东塞尔扣克伯爵（Earl of Selkirk）在对温尼伯湖（Lake Winnipeg）南面的红河（Red River）殖民地奥吉布瓦人的传教活动中起过重要的作用，他甚至可以因自己的经济利益得失向主教要求调换不听话的传教教士。在塞尔扣克时代，和他有关系的教士已经把传教据点朝南推进到达了彭比那（Pembina）一带。③到 19 世纪中叶，在奥吉布瓦人聚集区尼皮贡湖（Lake Nipigon）、阿尔巴尼河（Albany River）也出现了稳固的传教驻地。④

---

① Ruth Craker. *First Protestant Mission in the Grand Traverse Region.* Leland, Mich., The Leelanau enterprise, 1935,p.15.转引自 Christopher Vecsey. *Traditional Ojibwa Religion and Its Historical Changes*, p.26.

② John Hopkins Kennedy. *Jesuit and Savage in New France.* New Haven: Yale University Press, 1950: pp.30-33. 转引自 Christopher Vecsey. *Traditional Ojibwa Religion and Its Historical Changes*, p.26.

③ Sister Mary Aquinas Norton. *Catholic Missionary Activities in the Northwest,* 1818-1864. Washington D. C.: The Catholic university of America, 1930: pp.7-45.

④ ChristopherVecsey. *Traditional Ojibwa Religion and Its Historical Changes*, p.28.

天主教最重要的一次传教浪潮是在 19 世纪末，政府权力凸显，传教据点辐射范围加大，教士传教与政府办学结合在一起。"美国历史上，1870 年代是对奥吉布瓦人传教的一个转折点。格兰特总统的政策强调了牧师的作用……他把牧师和教会机构置于掌控保留地的位置。"[①]发生在明尼苏达奥吉布瓦白土地保留地上的一系列事件可以说明这一点：[②]一位名叫托马津（Ignatius Tomazin）的牧师因与当地的印第安事务局官员发生争执，被保留地遣离；之后，印第安事务局邀请明尼苏达天主教本笃会修士来白土地传教；1878 年，一神父和两位修女来到白土地。[③]同期，传教士们纷纷在威斯康星、库尔·奥海耶湖（Lac Court Oreilles）、弗兰波湖（Lac du Flambeau）、摩尔湖（Mole Lake）建立传教据点。[④]教士们在扩大传教区域的同时，政府资助他们开办教会学校（mission school）。[⑤]今天，在奥吉布瓦人居住的许多地方，如北达科他贝尔科特（Belcourt）的龟山保留地（厄德里克即为龟山保留地族员），天主教仍然与教育有着一定的联系，但密切程度已经大不如从前。[⑥]

纵观三次传教浪潮，尤其是第三次浪潮，一些传教士对奥吉布瓦人及他们的宗教文化显示出了较之当时的普通白人更为宽容的态度。有些传教士，比如惠普尔（Whipple）主教曾竭力反对觊觎奥吉布瓦人土地的白人定居者。还有一些教会，比如密歇根天主教允许奥吉布瓦人和渥太华人继续他们的家宴和悲伤风俗。很多天主教教士也努力学习奥吉布瓦语。然而，不可否认的是，不少天主教传教士仍然视奥吉布瓦文化为劣等文化，奥吉布瓦宗教为邪教，希望通过宗教渗透，促

---

① Christopher Vecsey. *Traditional Ojibwa Religion and Its Historical Changes*, p.50.

② 事件参考 Christopher Vecsey. *Traditional Ojibwa Religion and Its Historical Changes*, p.29.

③ 传教具体情况可参见 Father Alban Fruth. *A Century of Missionary Work among the Red Lake Chippewa Indians 1858-1958*. Redlake, Minnesota: St. Mary's Mission, 1958: pp.13-18.

④ Father Tobias Maeder. St. John's among the Chippewa. *The Scriptorium*, 21 (1962): p.59. 转引自 Christopher Vecsey, *Traditional Ojibwa Religion and Its Historical Changes*, p29.

⑤ 办学情况可参见 Father Alban Fruth. *A Century of Missionary Work among the Red Lake Chippewa Indians 1858-1958*, pp.67-77.

⑥ Christopher Vecsey. *Traditional Ojibwa Religion and Its Historical Changes*, p30.

使奥吉布瓦人改宗，把他们变成像白人一样的农民。[1]

面对天主教传教，不同时期的奥吉布瓦人和同一时期的奥吉布瓦人均有不同反应。大体上看，早期的奥吉布瓦人仍能获得丰富的猎物，因此，天主教对他们的影响很小，他们对奥吉布瓦宗教充满自信并对天主教漠然。1840 年代以后，北美大陆自然环境恶化，猎物日渐稀少，奥吉布瓦人为食物担忧。随后的 1870 年代，北美皮货贸易转向北美野牛，野牛几乎被猎杀殆尽，奥吉布瓦人的生存再受重创。一些奥吉布瓦人开始怀疑自己的信仰，转信天主教。他们希望通过这种方式来"分享白人的权力和地位……获得财富、力量和知识"[2]，但总是事与愿违。另有一些奥吉布瓦人将生存困境归因于白人的入侵，他们强烈反对天主教，因为"他们将传教士视为白人入侵的一部分，把他们更多地视为国家代表，如法国、英国、美国或者加拿大的代表，而不是天主教或者新教的代表"。[3]不过，他们的反抗没能换来生存状况的好转。当然，还有一些人，"看起来改了宗实际是骗人的"，他们为的是得到"传教士送的礼物"。[4]总之，宗教，对于奥吉布瓦人而言，已俨然成为一场灾难。

第二节　宗教与灾难

奥吉布瓦人无法从奥吉布瓦教与天主教的现实纠葛中抽身而出，厄德里克的小说同样无法回避这个话题。她对此的书写，在很大程度上取决于她如何看待天主教。1984 年的短篇《爱药》中，厄德里克第一次以文学语言表达了自我的立场。利普沙（Lipusha）陪着喀什帕（Kashpaw）外公去天主教堂做弥撒，外公在祈祷时大喊大叫。二人从教堂出来后，利普沙问喀什帕为什么要大声嚷嚷。喀什帕作答："要不

---

[1] Christopher Vecsey. *Traditional Ojibwa Religion and Its Historical Changes*, p.39.

[2] Ibid., p. 54.

[3] Ibid., p.47.

[4] Ibid., pp.51-52.

上帝听不见我啊。"喀什帕的话一语成谶。利普沙发现："上帝聋了。从《旧约》以来，上帝就听不见我们了……之前，上帝会透过云层给人降面包雨，会惩罚菲力士人，会朝有人遇刺的红灯区扔火球。有时他还会亲自现身。"（*LMN*, 235-236）"上帝聋了"实际上是厄德里克对上帝是否存在的一种思考，在这里，她并不否认上帝的存在，但否认了上帝的称职。

　　一次采访中，厄德里克被问及："是否你从小接受的教育就是要做虔诚的教徒？"厄德里克回答：

　　　　每一个天主教徒自小受到的教育都是要虔诚、要爱福音，但我被《旧约》糟蹋了。我初读《旧约》时年纪尚幼，它把我生吞活剥了。我那会儿正是奇思幻想的年龄，我认为棍子能变成蛇，燃着的荆棘会说话，天使会与人打斗。后来我上了学，开始教义回答，我意识到**宗教是统治**。我还记得我曾盯着一家邻居的麻叶绣球灌木看，它每年都开花，但没有开口说过话。没有天使，红河也不会从中间劈开。一旦我意识到不会有任何奇观发生，这一切都沉闷无趣。我已经开始喜爱传统的奥吉布瓦典仪，一些仪式。但是，我憎恨**任何教规。它们通常被用来控制妇女**。周日，当旁人去木头搭的、石头盖的教堂做礼拜时，我带着女儿们去树林。要不也至少在花园里劳作会儿，待在外面。我们的神都在外面。我憎恨那种武断言论，这儿什么也没有。至于说有没有上帝，我也拿不准。①（黑体为笔者所加）

　　厄德里克拿不准上帝是否存在是可以理解的。一方面，她自幼接受天主教教育，同时她的母亲、她的"大部分家人都是天主教徒"，②要让厄德里克对这一问题做出是非回答，的确是勉为其难。另一方面，

　　① Lisa Halliday. Louise Erdrich: The Art of Fiction No. 208. *Paris Review*, 195.Winter (2010): pp.139-140.
　　② Ibid., p.139.

厄德里克坦言自己转向喜欢奥吉布瓦典仪、仪式，这些典仪与仪式的背后是一个相信万物有灵、拥有多个大神的奥吉布瓦教，所以，断然地否定上帝的存在也是有违奥吉布瓦教的宗教精神的。不过，拿不准上帝是否存在，并不影响厄德里克对宗教的思考和批判。在另一篇访谈中，厄德里克说："我没有一个坚定的信仰，我满是疑惑。但是，这样的人也可以有信仰，可以祈祷，可以践行善良与爱的传统。我关注的是宗教如何帮助人们在这个世界生活，而不是它怎样改善人们在另一个世界的地位。"①厄德里克正是本着关照现实世界的原则，对宗教做出了独具自我风格的批判性思考。

一、失聪的上帝：当宗教成为殖民工具

《爱药》中，利普沙拿着爱药的药引子——火鸡心，去教堂找神父为其赐福，神父以"我有别的事"（*LMN*, 248）予以拒绝。到底还有什么比关心和帮助教民更重要的事情值得神父去忙碌呢？《报告》中的一则故事对此做了跨越时空的回复：神父们忙着挣钱。《报告》中，那那普什对初到小无马保留地的达米安神父讲述了这样一则故事：穷困潦倒的那那波什听说法国人在他的家园收购皮货，他便想到了一个让自己致富的方法。他找法国人讨来一些好处和一些毒药。随后，他把毒药抹在一块一块的肥肉上，并唤来一只狼兄弟，让他去召集更多的狼和狐狸。狼兄弟并不信他，那那波什劝说他相信自己，因为"我已经信了耶稣，我希望为你们所有的人布道"。动物们到齐后，那那波什开始布道："我的兄弟们啊，我将告诉你们的这些事情都是好事儿，你们的确得听听！如果你信了这个教，没有人能杀死你。这是真的。但是你若不跟我一块儿信它，你们就会死。现在看看我给你们带来了什么。"那那波什把抹了毒药的肥肉塞到每只动物的嘴里，并赐福"祝你长寿"。狼和狐狸一一死去，那那波什扒了它们的皮，去法国商人那儿换了钱（*LR*, 84）。

---

① An Emissary of the Between-world. http://www.theatlantic.com/magazine/archive/2001/01/an-emissary-of-the-between-world/3033/.

　　那那普什的故事惟妙惟肖地再现了神父们的传教活动，隐喻性地控诉了殖民者将天主教作为推进殖民的精神武器，残酷地剥削奥吉布瓦人。在人类的历史上，宗教曾多次被殖民者加以利用，成为他们的殖民工具。据说，哥伦布第一次在圣萨尔瓦多登陆时，一手拿着西班牙国旗，一手拿着十字架。哥伦布"发现"美洲后，罗马教皇就于1493年颁布了关于所谓基督教世界的分界线，把新大陆定为天主教的世界。几乎在所有殖民地开拓者的意识中，上帝的观念都是同掠夺和发财的观念紧密连接的。[①]具体的传教过程中，不少神父会以蝇头小利诱惑奥吉布瓦人，这一点上文已进行过介绍。随后，他们会对奥吉布瓦人布道，宣扬基督教中的一神论、天堂地狱等思想，以此打击土著人的民族自信心和自信力、麻痹他们的本土意识、消退他们的反抗热情。最终的结果往往如这则故事所言：那那波什用抹了毒药的肥肉收买了狼和狐狸的心、削弱了它们的意志，最终获得了它们最珍贵的毛皮；神父们借用传教收去了奥吉布瓦人的灵魂，获得了他们的土地。也正因为此，许多奥吉布瓦人对神父传教十分反感。小说中的纯血统奥吉布瓦人喀什帕[②]曾就此向达米安神父（Father Damien）[③]抱怨："别来管我们这些纯血统的……我们的世界已经被你们白人抽打成了两半。你们这些黑袍子为什么会在意，如果我们向你们的神祈祷？"（LR, 63）

　　神父与殖民者联姻，夺走了不少印第安人的土地，以至于当神父们劝诱奥吉布瓦人改宗时，他们的第一反应常常与土地相连。小说中，达米安神父登门拜访喀什帕，希望他按照天主教的教规遣散多余的妻子。神父走后，喀什帕的妻子之一玛格丽特（Margaret）提醒："如果他（喀什帕）什么都不做，他的土地会被夺走吗？"（LR, 101）土地

　　① 许海山主编. 美洲历史. 北京：线装书局，2006：86—87.

　　②《报告》中的喀什帕是《爱药》中的喀什帕外公（Nector Kashpaw）的父亲。《报告》中，耐克特·喀什帕年纪尚幼时，其父把他送到达米安神父的教堂，希望通过耐克特的亲身经历检测天主教信仰是否有助于奥吉布瓦人。

　　③ 达米安神父（Father Damien）是《报告》中的一个关键人物。小说中共有一真一假两个达米安神父，真正的男达米安神父死于洪灾。后来，白人女孩艾格尼丝（Agnes）充当男达米安神父在小无马保留地传教 80 余年。下文将对艾格尼丝扮演达米安神父的过程进行细致分析。本书中凡是涉及保留地上的达米安神父，均是指艾格尼丝所扮演的达米安神父。

已经成了与宗教信仰相关联、可以被神父随意处置的财产。事实上，现实生活中，也有一些神职人员，他们并不愿意听命于殖民者或者政府，反而是对奥吉布瓦人的苦难遭遇掬以同情，但这样的神职人员往往会被遣离。譬如，1831 年时，已经成为天主教圣徒候选人的巴拉加（Frederic Baraga）神父在渥太华人和奥吉布瓦人中间传教，因为他建议印第安人反对售卖他们的土地，以至于 1835 年时，主教把他从他当时所在的教区调离了。①达米安神父曾就小无马保留地印第安人的土地买卖问题致信大主教，希望他能帮助奥吉布瓦人守住土地。大主教以沉默作答，这既与喀什帕的呼喊"要不上帝听不见我啊"形成呼应，也从一个侧面反映了当时的教会与殖民政府携手联姻，共同吞噬土地。

如果说那那普什所讲述故事中的那那波什还披着一层伪善的外套，为了得到狼和狐狸的皮毛绞尽脑汁，不惜耍点手段，那么小说中的另一故事则除却了假模假样，将神职人员在财富掠夺过程中的贪婪、凶残嘴脸暴露无遗。艾格尼丝在银行存钱时，遭了一场抢劫案，装扮成神父的劫匪在劫案的最后劫持了艾格尼丝，艾格尼丝的丈夫勃兰特（Berndt）在营救妻子的过程中，死于劫匪的枪下。劫匪穿着神父的黑袍出场，看似是一种虚假的伪装，实则是一种事实的呈现。黑袍褪去了神圣，转而成为一件工具；黑袍加身的这个人也不再是神父，而堕落为劫匪。在这场抢劫案中，黑袍充满了揶揄与讽刺、滑稽和悲凉。一个值得称颂的、尽职尽责、鞠躬尽瘁的圣洁神父消失了，一个两眼放光于金钱、双手忙碌于敛财乃至劫财的堕落神父降生了。艾格尼丝质问劫匪："先生，为什么要伪装？你不是神父。"（*LR*, 25）如果将天主教与殖民者、殖民政府的沆瀣一气纳入阅读前见，那么这有力的一问是穿越了纯粹时空的一问。她所质问的对象，大而言之，是存在于整个社会的"在其位而不谋其政"的神父们。再次回到本节开头神父的拒绝之语"我有别的事要做"，显然，神父的拒绝也并非搪塞，而是一种坦言相告。

---

① Sister Mary Aquinas Norton. *Catholic Missionary Activities in the Northwest, 1818-1864*, pp. 46-52.

遭遇丧夫之痛的艾格尼丝意识到"基督把勃兰特从她那儿偷走了，以留给自己用"。她向上帝祈祷，"他却不作回答"（*LR*, 37-38）。这是对《爱药》中喀什帕外公的谶语"要不他听不到啊"的话语层面的呼应。"他却不作回答"和"要不然他听不到啊"中所饱含的讽刺性批判精神也可谓一脉相承，均指出了上帝的无所作为和现世教会（包括神父、教堂等）的胡作非为。同时，作者亦对迷信于"失聪"的上帝、不知醒悟的奥吉布瓦人给予当头一棒：向上帝祈祷不会有任何结果。"一个人只有在生病时（而不是健康情况下）才能明确体验到躯体的'隐匿性'和'异己性'存在"，①喀什帕外公患了失忆症，艾格尼丝深陷于丈夫之死的悲恸中，二人都不是严格意义的健康人。正因为此，他们才得以发现上帝失聪的秘密、上帝与信徒之间难以抵达的距离、教会的贪婪残忍。利普沙在喀什帕外公的棒喝下开了慧眼："依赖一位失聪的神有什么意义呢？这与依赖政府没什么两样吗？于是，我立马想到，或许我们无依无靠，除了我们自己。"（*LMN*, 237）要探究宗教的更多秘密，要让更多的人醒悟，我们还需要走近疯癫的她们。

二、疯癫的女性：当宗教成为控制

古希腊神话中有一位叫卡桑德拉的特洛伊公主。她从日神阿波罗那里得到了预言未来的能力，却又因为最终未把芳心交付给阿波罗而被他施以诅咒：卡桑达拉能够准确地预知未来，但不会有人相信她。卡桑德拉的悲剧命运从日神的诅咒开始，这是日神所代表的理性、规范、准则对非理性、神秘、未知的宰制和压迫。灾难近在眼前，卡桑德拉的预言只换来人们的声声嘲笑。特洛伊战争期间，卡桑德拉做出了她人生的最后预言，也是最摧毁人心、胆大妄为的预言。她预言特洛伊将遭毁灭、特洛伊百姓将罹杀戮。众人都认为卡桑德拉彻底疯了，特洛伊的老国王把她关了禁闭。父亲所代表的权威与专制是现实社会刺向卡桑德拉的最后一刀，当然也是最致命的一刀。

---

① 图姆斯. 病患的意义：医生和病人不同观点的现象学探讨. 邱鸿钟等，译. 青岛：青岛出版社，2000：85.

　　《报告》中的奎忧（Quill）①颇有几分卡桑德拉的模样。quill 一词
既表示翎（鸟的翅膀或尾部的大羽毛），又表示（豪猪的）棘刺。前者
常用作仪式或者治疗。例如《踩影游戏》中，吉尔在父亲的葬礼上得
到了一顶"鹰羽战冠"（eagle-feather warbonnet）（*ST*, 84）。在《有关
北美印第安人的礼仪、风俗和环境的信件与笔记》（*Letters and Notes on
the Manners, Customs and Condition of the North American Indians*）中，
凯特林曾对一大药师（也即萨满）做出如下描绘："其中的一个大药师，
浑身上下披着一整张熊皮，头上戴着战鹰的翎（with a war eagle's quill
on his head），在舞蹈中领跳，他透过他脸上的面具朝外看。"②后者则
常被奥吉布瓦人用作手工艺品豪猪绣的原材料。奎忧的命运如同她名
字的两层意义：一方面，奎忧像卡桑德拉一样具有神秘的、常人难以
理解的、令人恐惧的、能够预知未来的能力，这是"翎"（萨满的通灵
功能、预言功能）的一面；另一方面，奎忧遭遇了同卡桑德拉一样的
被打入疯癫另册的命运，这是"刺"（悲剧性）的一面，只是这根刺最
终刺向了奎忧自己。一边是奥吉布瓦宗教的行将没落，另一边是天主
教文化的大举进攻，夹在中间的奎忧被套上了精神病人的枷锁，她的
预言也因此成为她罹患精神病的佐证。厄德里克曾声称："我憎恨任何
教规。它们通常被用来控制妇女。"③下文将通过对奎忧这个人物进行
解读，剖析作为预言者的她如何被天主教话语建构为疯癫者。

　　奎忧是部族灾难的幸存者，这种经历赋予了她较之常人更加敏锐
的洞察能力，她成为沟通人与神的使者。年轻时的奎忧亲见了太多的
死亡，一个氏族只有 1/4 的人活下来，一个家庭死得只剩下了两个人。
她常常处于幸存者的悲痛与恐惧中，这又似乎并不全是坏事，因为"对
于那些长期处在重病之下的患者，由于长期处于恐惧和世间冷暖之间，
他们以那种情况观察外界的事物时，往往可以见到一般健康的人所无

———

　　① quill 既表示翎（鸟的翅膀或尾部的大羽毛），又表示（豪猪的）棘刺。此处为了兼顾 quill
一词本身意义的双重性，音译为"奎忧"。

　　② George Catlin, *Letters and Notes on the Manners, Customs, and Condition of the North
American Indians* (Vol. 1). Minneapolis: Ross & Haines, 1965: p.245.

　　③ Lisa Halliday. Louise Erdrich: The Art of Fiction No. 208, p.140.

法见到的情形……是一种极大痛苦当中产生的觉醒"。[1]较之常人更加"敏感"的奎忧，从一位"狂野的、骨瘦如柴的"老妪模样的"灵"（spirit）（LR, 104）那里获得了超乎常人的预知未来的能力。这位"灵"常以话语反复拷问奎忧，直到奎忧最终接受她的各种安排，其中的一次安排是：

> 当她回到小屋，奎忧把孩子们的嘴里塞满泥土（earth）。她把泥土倒进丈夫的来复枪的枪管里。把泥土扔进碗里。把自己的阴道塞满泥土。她坐下，对着世界笑，手里扶着一个装满了泥土的白桦树皮篮子。待她的丈夫回到家，她把篮子递给他，对他说，吃吧。（LR, 104）

人以泥土为食，厄德里克的另一部小说《羚羊妻》中有过更夸张的描写。"她（蓝草原女）吃白黏土……最后的6个月里，她只吃泥土和树叶。那一定是营养丰富的泥土，祖母说，因为尽管她不休不眠，看着疲惫不堪，但她却像母野牛一样健康。"（AW, 12）祖母以老奥吉布瓦人的眼光审视蓝草原女的食土行为，并未觉得有什么不妥，因为土地是奥吉布瓦人的衣食父母，奥吉布瓦人与土地有着天然的、真挚的、深厚的情感。《报告》中，小无马保留地的土地先后被政府、木材商掠夺和破坏。面对土地的此种境遇，奎忧以与蓝草原女相似的食土行为，表达了自己与土地的深厚情谊。她"把自己的阴道塞满泥土"这一看似疯癫至极的行为，既可以视为她在启示人们，不要忘记奥吉布瓦宗教文化中的"大地母亲"[2]观；也可以解读为她希望通过自己的"阴道"来生殖和繁衍日渐稀少的土地（earth）。在此意义上，预言者奎忧俨然一副奥吉布瓦土地卫士的姿态。

这样会不会成为过度阐释呢？或者，我们能否从小说中寻找到更多的支撑呢？奎忧临死前的一席告白为我们将奎忧解读为土地卫士提

---

① 林郁编. 尼采如是说——处在痛苦中的人没有悲观的权力. 北京：中国友谊出版公司，1993：67.

② Basil Johnston. *Ojibway Heritage*. New York: Columbia UP,1976: p.23. 有关"大地母亲"的更多内容可参见本书第三章第一节。

供了更多证据：

> "听我说，"她说，"走近点，因为我有重要的话要对你们所有的人讲，在这块保留地上。"
>
> 寂静包裹了一切，很多人跪下身子来洗耳恭听。
>
> "拉扎尔家族的人（Lazarres）和皮拉杰家族的人（Pillagers）应该同吃一锅饭，"奎忧说，"共同联合起来反对更加真实的威胁，该死的白人（chimooks）①，而不是彼此为敌。他们抢走了我们田里的每根稻草，甚至偷走了我们头上的每个虱子、我们嘴里的每根舌头、我们胯下的每陀大便、我们酒后尚存的微弱意识。联合起来，你们是一家人，不要让土地和金钱把你们分开。"（LR, 114）

1912 年—1913 年的小无马保留地食物紧缺，这倒是其次，更可怕的是，奥吉布瓦人手中的土地变得越来越少。美国于 1906 年颁布了《克拉普法案》（Clapp Act），允许有 1/2 血统的奥吉布瓦人售卖他们在 1887 年《道斯土地分配法案》中分获的土地，很多木材公司早已对这些土地觊觎良久。②小说中，以拉扎尔家族为代表的奥吉布瓦混血儿同白人政府、木材商勾结，他们不仅卖掉了自己的土地，还谋划变卖纯血统的奥吉布瓦人的大量土地。皮拉杰家族作为纯血统奥吉布瓦人的代表，想尽一切办法捍卫自己的土地，也因此同拉扎尔家族结下了仇恨。颇有几分先知色彩的奎忧，看到拉扎尔家族与皮拉杰家族的争斗只会导致"鹬蚌相争，渔翁得利"。于是，她在弥留之际，动员所有的奥吉布瓦人联合起来，共同对抗最大的敌人——白人。

卡桑德拉的最后预言把她送进了"软禁的后宫"，奎忧的临死预言倒是得到了人们的认可，很多人都认为"她的预言（prophecy）对极了，他们四处传送"（LR, 114）。这样看来，奎忧似乎比卡桑德拉要

---

① 原文整段都是英语，但此处用的是奥吉布瓦语 chimooks，笔者手中所有的奥吉布瓦词典并无此词。根据上下文语境，此处应该是指"白人"。另外，"白人"在奥吉布瓦语中是 gichi-mookomaan 或 chimookomanag，它们都有相同的部分 chimook。

② Basil Johnston. *Ojibway Heritage*, p.19.

幸运一些，因为她最终赢得了部族人"跪下来听她讲"（*LR*, 114）的尊重。然而，倘若我们沿着奎忧的"疯癫"之旅一路走来，我们又不能不为这个比卡桑德拉更加不幸的女人动情落泪，奎忧宛如一根利刺，这根刺最终刺向了她本人。

奎忧生活在一个"众人皆疯我独醒"的时代，奥吉布瓦宗教的没落使得奎忧的族人无法理解她。在奥吉布瓦教中，萨满通常与疯癫乃至死亡联系在一起。①譬如，那些与常人有异的疯癫之人常被视为有着特殊能力的人，疯癫之人如果最终从死亡线上回来更是了不起，因为在奥吉布瓦人看来，一定是大神保护了这个疯癫之人。这样的人常常会被族人视为萨满，相信他们具有与神灵沟通的神秘能力。一定意义上，我们可以将奎忧解读为萨满，或者类萨满。萨满通常有助手，小说中，奎忧身边一直有姐姐玛氏可各可薇（Mashkiigikwe，奥吉布瓦语，疑为"助手""护士"之意）②相伴，姐姐"是她自己宗教的坚定信仰者，她会把他（神父）手中沾有福水（blessed water）的织物打翻"（*LR*, 92）。不同的是，这已经不再是一个萨满受到敬奉的时代，姐姐也因此只能宽慰和理解奎忧。喀什帕改宗后，姐姐作为多余的妻子，不得不带着猎枪离开。姐姐作为奥吉布瓦教的最后一名敬奉者离开，亦隐约象征着奥吉布瓦教的无家可归。50年后，姐姐成了一名靠乞讨为生的酒鬼，这也再一次对应了奥吉布瓦教在20世纪60年代的悲惨境遇。

姐姐离家，意味着喀什帕将接过照顾奎忧的责任，这也为奎忧日后的悲惨命运埋下了伏笔。喀什帕有四个妻子：玛氏可各可薇能够给他带来"狩猎的好消息"，鱼骨（Fishbone）能够给他带来"平静的优雅"，玛格丽特能够给他带来"让他欢快的尖刻幽默"。喀什帕之所以

---

① Robert Mitchell Torrance. *The Spiritual Quest: Transcendence in Myth, Religion, and Science.* Berkeley: University of California Press, c1994: p.243.

② Mashkiigikwe 系奥吉布瓦语，笔者手中有限的奥吉布瓦词典中没有该词，只查到与之十分相似的词 Mashkikiiwikwe，意思是"女护士"。鉴于姐姐常常在奎忧不安时帮助她，笔者猜测，此处拼写可能是厄德里克笔误。厄德里克也多次在小说的后记中声称，自己小说中的奥吉布瓦语拼写错误，与她的奥吉布瓦老师无关，是她自己学艺不精。

会娶奎忧，因为姐姐"请求喀什帕娶她"。喀什帕之所以会留下奎忧，也是因为姐姐以自己的主动离去换得了喀什帕的承诺，"奎忧将是他最终留下的妻子"（*LR*, 100-102）。然而，把奎忧留给喀什帕却未必是一个好的决定。四位妻子中，喀什帕并不爱奎忧，他迎娶奎忧或者留下奎忧，均是出于对她姐姐的爱。极度渴望让奎忧恢复神智的喀什帕带奎忧参加"弥撒圣祭"（holy mass）。喀什帕这一行为从侧面反映了当时的奥吉布瓦教现状：白人宗教大肆进攻倒是其次，奥吉布瓦人丧失对自我宗教的自信才是根本所在。"他把她领到教堂的前排，把她安坐在自己的旁边，把她的两只手举起来"，奎忧在喀什帕的手中成了一个"温顺的大布娃娃"（*LR*, 105）。奎忧不再是一个通灵的萨满，也不再是一个活生生的女人，这样一种变化体现了"那些被认为患精神病的人与那些冒称精神健全的人之间变化着的关系结构"。[①]这种变化可以视为，天主教的宗教渗透已经改变了奥吉布瓦文化中原有的男女互补观念。最初，奥吉布瓦教看重人与人、人与物的平等，但是"从《旧约》《新约》中得来的有关魔鬼的概念，更重要的是基督教中有关男女角色不同的想法，深深地毒害了达科他人的宗教生活"[②]。

　　奎忧本人亦接受了天主教，丧失了对自己的预言行为进行解读的能力。奥吉布瓦人是一个很看重阐释的民族，所讲的故事、所做的梦都会成为他们的阐释文本。譬如，《桦树皮小屋》中，女孩小青蛙通过对自己的梦的解读，获知了弟弟的下落。受洗后的奎忧，变成了与圣母玛丽同名的"玛丽"（*LR*, 92）。她认同了天主教所宣传的原罪观，以至于当她出现反常行为时，她不会去阐释这种反常，反而是主动寻求神父的帮助。事实上，神父"真的不知道该如何帮她"，他对她的"奥吉布瓦语""理解有限"，对她的暴力行为也只是"震惊"不已。所谓的"弥撒圣祭"根本不如姐姐的宽慰奏效，弥撒仪式后，奎忧"咬自己的手指，并把肉从指头上撕下来"（*LR*, 105）。奎忧陷入了真正意义

---

① 海登·怀特. 后现代历史叙事学. 陈永国, 张万娟, 译. 北京: 中国社会科学出版社, 2003: 237.

② Mark St. Pierre and Tilda Long Soldier. *Walking in the Sacred Manner: Healers, Dreamers, and Pipe Carriers: Medicine Women of the Plains Indians*. New York: Simon & Schuster, c1995: p.9.

的疯癫，就像一根锋利的刺，她把刺头深深地扎向了自己。

不得不承认，推动着奎忧的手向下使劲的并不全是她自己，她只是来自诸方力的施力点。就像是一个角斗场，在奎忧这里，传统的奥吉布瓦教与外来的天主教明争暗斗、你抢我夺。奥吉布瓦教岌岌可危，天主教来势凶猛，奥吉布瓦教看似没有了士气与士兵。然而，小说所设置的喀什帕与奎忧的死亡过程又否定了这一结论。改宗后的喀什帕和奎忧把圣母像拉回保留地，途中拉车的马受惊，二人纷纷丧命。白人的天主教（圣母像）并没有为他们带来平安与幸福，倒是奎忧临死前预言中的"智慧"（sensible quality, *LR*, 114）听来更像是一条活路。奎忧疯了吗？或许，这是一场更大范围与更深意义的疯癫，白人和奥吉布瓦人，萨满和神父，男人和女人，保留地和美国政府，全都疯了。喀什帕家的改宗悲剧是达米安神父一生的"古老而私密的痛"（*LR*, 6），因为这个痛，达米安神神父在她的后半生一直醒着。

一次采访中，有人问厄德里克："鉴于达米安神父最终被发现是个女人，你是否认为这本小说是关于身份探讨的？"厄德里克回答："事实上，这本小说对性别身份所做的探讨，并不如对身份本身的探讨那么多。身份问题一直是我关注的重心。"①表征性的"男"或"女"不是问题的关键，重要的是身份的建构过程。身份是什么？一个人如何获得自己的身份？奎忧，一个类似于奥吉布瓦教萨满的女预言家，被来自外部的异质势力（天主教）建构成了疯子。艾格尼丝，小说中的另一位女性，有着与奎忧完全相异的背景：白人，信仰天主教。艾格尼丝做过几年修女，为过几年人妻，随后在漫长的 84 年中担当神父。艾格尼丝遭遇了与奎忧几乎毫无二致的信仰危机：奥吉布瓦教亦作为一种异质势力，不断地挑战、侵蚀乃至松动她对天主教的一些认识。奇怪的是，艾格尼丝没有成为"疯癫"者，在那那普什的眼中，她"为善灵服务"（*LR*, 276）；在犹大神父（Father Jude）的眼中，这是一名"圣徒"（*LR*, 352）。

奎忧是受害者，但这并不能遮蔽她本人在其身份建构过程中所发

---

① Sybil Steinberg. PW Talks with Louise Erdrich. *Publisher Weekly*, 29 Jan. 2001: p. 64.

挥的作用，即便这种作用是秘密的、隐晦的、不易为人察觉的。这种作用表现为，当奥吉布瓦人无法以传统的思维方式读解奎忧的"疯癫"时，她亦否定了自我，否定了奥吉布瓦教，转而投向天主教。当然，奎忧临死时大彻大悟的预言不在此列。认识到奎忧本人在其"疯癫"身份建构过程中的作用十分重要，因为，艾格尼丝在自我的"为善灵服务""圣徒"身份的建构过程中同样发挥了作用。小说中，艾格尼丝在她的弥留之年回眸自我的生命之旅，从一隅处所到另一地方，从一种形象到另一角色，从一种体验到另一感受。下文也将通过对艾格尼丝生命之旅的跟踪，揭示她与奎忧截然不同的生存技巧：她不断跨越宗教生活与世俗生活的边界、天主教与奥吉布瓦教的边界，既不全盘否定，也不全盘肯定，她往返穿梭，游居于它们的间隙中，在杂糅中抵达了某种平衡。

第三节　跨界与杂糅

　　"你是谁"这样一个身份命题始终萦绕着主人公，有时是主人公发问旁人，有时是旁人求询于主人公。1912 年，度尽劫波的主人公艾格尼丝睁开双眼后看到一名男子正端着碗，准备给她喂食。主人公对这名男子说的第一句话是"你是谁（Who are you）"（LR, 42）。多年后，主人公见到犹大神父的第一句也是"你是谁（Who are you）（LR, 49）"。"你是谁"，是主人公对上帝（这名男子后被艾格尼丝认作上帝的显形）和犹大神父的发问。同时，小说中的其他人和读者也都禁不住想求问主人公"你是谁"。艾格尼丝是一个"由不可能性创造出来的女子"（a woman created of impossibility）（LR, 28），她一生拥有三个名字："塞西莉亚修女"（Sister Cecelia）（1910—？）、"艾格尼丝·德维特小姐"（Miss Agnes Dewitt）（？—1912）和"达米安神父"（Father Damien）（1912—1996）。三个名字共同书就了她不可思议的神奇一生。

　　1922 年，维克尔神父（Father Gregory Wekkle）希望艾格尼丝能嫁给自己，同自己比翼双飞，艾格尼丝的反应是"我不能离开自有（I cannot leave who I am)"。维克尔坚持,"你是个女人""女人不能做神父""你在亵渎神圣,亵渎神圣"。主人公坚定地反驳,"我是神父(I am a priest)""我是神父,这是我的工作……(I am a priest, this is what I do…)""我就是个神父(I am nothing but a priest)"(LR, 206-207)。1923年,面对那那普什的疑问:"你是什么?"主人公再次回答:"神父(A priest)。"那那普什穷追不舍:"一个男神父还是女神父?"主人公只作答:"我是神父(I am a priest)。"(LR, 230-231)"自有"和"我是神父",既否定了"我是达米安神父",也否定了"我是艾格尼丝"。它们是主人公对自我身份的自我建构。

艾格尼丝死后的场景向读者隐喻性地揭示了这种身份:"达米安神父瘦弱的身躯,在苍白头发的衬托下显得宁静而安详,水波刚刚没过身体。黑漆漆的水吞没了他,他的身体模糊了。一时间,他的身体在表面(the surface)和其下的女性深度(the feminine depth below)间浮上浮下。"(LR, 351)the surface 一词在这里一语双关,既指水面,还指外表——主人公所穿的法衣、刻意修剪的短发等。考虑到水(大海)昭显无序、混乱、不安定和非理性[1],常常被人们用以描写女性。the feminine depth 在这里也有两方面的含义:它既是法衣下的身体内所深藏的一颗女性之心,又是水面下的莫测深水。身体"浮上浮下",整个身体因此进入了一种既不属于"上"也不属于"下",却又既属于"上"又属于"下"的"模糊"状态,也即霍米·巴巴(Homi K. Bhabha)所称的"间隙空间"(liminal space)。

美国黑人艺术家格林(Renee Green)曾强调博物馆里的"间隙空间"——楼梯井(stairwell)连接了二分的高与低、天堂与地狱。巴巴从中深受启发,发掘出了作为"间隙空间"的楼梯井的符号互动过程(the process of symbolic interaction)和连接组织作用(the connective tissue):各种不同的专属特性在楼梯井里四处移动、通过,但楼梯井又阻止各种专属特性在此固定不动成为根本性的两极。在巴巴看来,这种间质通过(interstitial passage)使得文化混杂(cultural hybridity)

---

[1] 福柯·米歇尔. 水与疯狂. 杜子真等编. 福柯集. 上海:上海远东出版社, 1998: 10.

具有了可能性，文化混杂允许不同的存在，但又拒绝了提前假定好的或者强加的等级制。①

艾格尼丝的"身体"与巴巴论及"间隙空间"时所言的"楼梯井"有着异曲同工之妙：在这里，对立的二元相互渗透并融合、共同存在。楼梯井既是"上"与"下"二元对立的分界点，又是二者的连接点、并置点和相会点。在楼梯井，对立性得以消解，边界线得以模糊，一种彼此转化并共依互存的关系得以建立。在这具身体内，外表的达米安神父所象征的男性世界、基督世界、白人的文明世界，与内在的女性之心（艾格尼丝）所象征的深不可测的女性世界、奥吉布瓦世界、所谓的印第安人的野蛮世界，同样自由穿越、相互融合。下文将从艾格尼丝表现尤为突出的两种跨界杂糅行为，展演她对自我流动性身份的构建。

一、杂糅之跨越宗教生活与世俗生活的边界

塞西莉亚修女是法戈（Fargo）小镇修道院的修女，在这里，她切身体会了天主教对人性的压抑与迫害。修道院的建筑用砖是虔诚的教徒从小瀑布市的一家名为Fleisch②的砖厂运来的。尽管在砌墙的时候，Fleisch 字样被砂浆盖住了，但塞西莉亚仍从几块余砖上发现了这个字。Fleisch 意指人的肉体，与精神相对。以砂浆盖住 Fleisch 的字体，可以视为一种人为的再书写，其目的是为了掩盖住身体的肉性。光掩盖还不够，还需要把砖叠加在一起，以此来打压身体的肉性，这样才能固若金汤、牢不可破。天主教不需要单个的身体，它要求去单一性、去个体化，它追求麻木的合作与紧密的一致。只有这样，一座座教堂才能平地而起，一批批信徒才能前赴后继，基督教的所谓的向上的精神性才能得以彰显。修女利奥波尔塔（Leopolda）为了把所谓的魔鬼

---

① Homi Bhabha. *The Location of Culture*. London: Routledge, 1994: pp.3-4.

② Fleisch，德语词，含义为：①（人和动物）的肌肉；②（食用）肉；③果肉；④[印]（活字的）字肩；⑤[转]（人的）肉体（跟精神相对）。（新德汉词典. 上海：上海译文出版社，1999：407.）

从自己的私生女、奥吉布瓦混血儿玛丽（Marie）①的体中驱除，不惜借用烧红的火钳灼烫她的手，这其中所蕴含的正是"这家修道院的墙的沉默的秩序"（*LR*, 13）。

Fleisch 一词暴露了天主教的秘密，与此同时，它也帮助塞西莉亚发现了一个关于自我的更大秘密，"她（塞西莉亚）生活在对那个词的秘密重复中"（*LR*, 13）。"塞西莉亚修女（Sister Cecilia）"听着更像是"圣塞西莉亚（St. Cecilia）"的变体。不同的是，"圣塞西莉亚被塑造成管风琴或者钢琴的发明者，成了音乐家和音乐老师的守护神。根据传统信仰，她所弹奏的神圣音乐帮助她显示了她的圣洁"。②塞西莉亚修女对音乐的狂热却是对那个词的秘密重复。她以"最真切的诚挚"弹奏肖邦的乐曲，音乐"吞噬了她的心"。弹完后，她"蜷缩成一团，就好像什么东西射中了她，她看见黄色的斑点，然后体会到一种静谧的合一……她被这音乐深锁其中"，她"正在经历一种性高潮"（*LR*, 14-15）。如果说圣塞西莉亚的音乐是向外的、圣洁的、光明的、精神性的，那么塞西莉亚修女的音乐则可以说是向内的、肮脏的、隐秘的、肉欲的。后者也注定要被镇压。于是，我们看到年长的女修道院院长想尽各种办法阻挠她弹琴，而塞西莉亚修女则选择了逃离似的固守，逃离的是修道院对人性（身体、身体欲望）的禁锢，固守的是人性之丰富和圆满。

逃离似的固守，可以视为是一种单向的、一去不复返的跨界，她从神的世界走进人的世界，行为本身固然有看似一劳永逸的解脱，实际上，她虽然逃脱了天主教的种种束缚与限制，却仍将受制于俗世生活的各种规则。

离开修道院的塞西莉亚修女恢复了自己的俗名艾格尼丝·德维特，在德裔美国人贝恩特·沃格尔（Berndt Vogel）的农场，开启了自

---

① 此处的玛丽与前文出现的喀什帕的妻子玛丽不是一个人。在奥吉布瓦人中，"玛丽"是一个非常普遍的名字，这主要是因为圣母叫玛利亚的缘故，以至于很多奥吉布瓦妇女改宗后，都取名或被取名为"玛丽"。

② Alison A.Chapman. Rewriting the Saints' Lives: Louise Erdrich's *The Last Report on the Miracles at Little No Horse. Critique*, 48.2 (2007): p.155.

己的俗世生活，成为男人的"女人"。波伏娃的著名论断"女人不是天生的，而是后天形成的"①肯定了身份的社会、经济、文化属性：女性之所以为女人，并非天生，而是后天被创造出来的；也即，创造使得身为天然独立体的女性失去了自然存在的可能性，依循男性社会的各种原则和审美准则构建自我身份。艾格尼丝正是一个洞悉"创造"之道的人，她在"过去已经学会了守规则，而且——自 2 岁起，她的性别之心就被它烦琐的劳作改造、重击、塑型和锻炼——她是个女人"（*LR*, 18）。从这句跳出故事层面的插话评论，我们不难读出厄德里克对"女性身份"的理解：传统的女性身份绝非天生，而是来自后天的建构。艾格尼丝削足适履，积极适应社会施加在女性身上的各种规范，做饭、洗衣、烘焙、打扫地板、缝补衣服。作为回报，她得到了鞋子、长筒袜、整套的棉布内衣、羊毛内衣、靴子、毯子、枕头等（*LR*, 18）。其中最大的回报是一架钢琴。沃格尔以这样"一件丈夫送给妻子的东西"使得本来还坚持"我可以去镇里用学校的钢琴"（*LR*, 19）的艾格尼丝决定嫁给他。

　　婚后，灾难突如其来，在上帝的指引下，遗孀艾格尼丝决定去保留地做一名牧师，这是艾格尼丝的又一次跨界，从人的世界重返神的世界。艾格尼丝为人妻的生活并没有持续太久，一次去镇上存钱，抢劫银行的劫匪劫持了艾格尼丝。在与劫匪的打斗中，沃格尔不幸死去。有幸活下来的艾格尼丝，在次年大洪灾中乘着自己的钢琴离开。再次踏上陆地的艾格尼丝一觉醒来，看到了上帝。上帝的"神圣救援"（divine rescue, *LR*, 42）拯救了她的肉身，也拯救了她的精神。日后写给教皇的信中，她称当年的自己决定要"像一位忠贞的妇女追随她的勇士投身于生活的战斗一样，照顾他，穿他所穿之服饰，历他所历之苦难"（*LR*, 42-43）。艾格尼丝继续向北走，遇到了在洪水中丧命的真正的达米安神父。她换上达米安神父的法衣，拿上他的相关东西，剪掉自己的长发，把它们同死去的达米安神父合冢而葬。随后，一个全新的她走向了荒野——一个名为"小无马"（Little No Horse）的奥吉

---

① 波伏娃. 第二性（II）. 郑克鲁，译. 上海：上海译文出版社，2011：9.

布瓦保留地。

艾格尼丝虽然披上了神袍，但她并没有放弃对俗世生活的追求，这也是最初离开修道院的动因。1920 年—1922 年，教廷派了维克尔神父去艾格尼丝处学习，达米安神父以书堆成高墙，分化了维克尔与自己的就寝区。书墙，同修道院的砖墙一样，成为主人公眼中的压抑与控制之物，因为"她造的这堵墙中有上万个字，可能上百万个字，但在她的心中，只有一个字（Fleisch）"（LR, 199）。此处的 Fleisch 也再次回应了修道院墙砖上的 Fleisch。在这场向 Fleisch 的回归中，艾格尼丝表现出了更大的主动性。艾格尼丝首先"抚摸了他（维克尔）"，他予以回应，墙体倒塌。墙倒了，艾格尼丝体内潜藏已久的身体欲望因此而复活，内心积蓄数年的反抗精神也因此得以绽放。在复苏与绽放间，艾格尼丝从神的世界、男性的世界又返回了人的世界、女人的世界。不同的是，艾格尼丝没有如她年轻时那般单向地逃离，她选择了在两个不同的世界里往返，她以灵活性与创建性为自己筑造了一个"非此非彼"的"居间"（in-between）之家。白天与黑夜，是她生命的两极，前者是光明的精神性、理性和权威；后者是幽深的欲望、非理性和臣服（对身体欲望本身的束手就擒）。黑夜里的她是男人的妻子，白日里的她是教民的神父；她在黑夜里承享肉体的欢愉，她在白日里沐浴精神的神圣。在为期一年多的时间里，艾格尼丝一直在这二者之间自主、自由、自在地游走与变换。

二、杂糅之跨越天主教和奥吉布瓦教的边界

艾格尼丝之所以会不断跨越天主教和奥吉布瓦教的边界，源于她自身对天主教的失望与动摇、对保留地奥吉布瓦人悲惨生活的见证与同情，以及那那普什对她的有意引导。

艾格尼丝的天主教经历使她对之产生了动摇，这种动摇既源于对教皇、主教的失望，也源于对上帝的困惑。上文已经讨论过，艾格尼丝所体验的天主教（修道院）对人之身体（身体欲望）的压抑与控制使她发生了信仰的动摇。再有，她也深刻地体会到了："教皇是个大忙人啊！"（LR, 3）从抵达保留地直至临死，艾格尼丝从不曾辍笔致信教

皇、主教，小说援引了 20 余封艾格尼丝写的信。她得到的回复却寥寥无几，只有三封：一封是主教通知艾格尼丝，将有一名男神父（维克尔神父）抵达保留地，向她学习；一封是明尼苏达的主教回复艾格尼丝对芙乐的问询；最后一封是教皇的传真，极具讽刺的是，传真抵达之时，艾格尼丝业已作古一年。此外，除了得不到教皇、主教的答复，她同样得不到上帝的答复。1918 年，瘟疫肆掠了小无马，艾格尼丝向上帝祈祷，她"疲惫而愤怒"，最终陷入"狂热的失望"（*LR*, 121），因为疾病并没有转身离去。很明显，此时的艾格尼丝对上帝的认识与当初从洪灾中醒来认定那个男子就是上帝的艾格尼丝已经截然不同。

保留地上奥吉布瓦人的悲惨境遇，尤其是她的挚友——那那普什和芙乐的生活经历，使艾格尼丝对白人政府的行为给予了批判性思考。小说中，艾格尼丝与那那普什和芙乐亲如家人，又似好友，她经常去二人家中，芙乐的女儿"露露（Lulu），就像他自己的女儿一样"（*LR*, 5），"她爱上了这个家中的每个人"（*LR*, 184）。政府颁发了针对保留地奥吉布瓦人的土地征税法案，贫困无助、无力缴纳土地税的芙乐最终失去了自己的土地。为了夺回土地，芙乐离开了年幼的女儿露露，独身前往城市。艾格尼丝作为他们的家人，无法对白人政府对待奥吉布瓦人的不公与残忍袖手旁观，她先后给"县长官""北达科他的地方长官""印第安事务局理事""美国总统"（*LR*, 186）写过信，对政府发起了"猛烈的政治批评"（*LR*, 2）。而在此期间，白人政府和天主教传教又是结合在一起的，因此，很难想象艾格尼丝不会因为对白人政府不满转至对天主教不满。

那那普什有意引导艾格尼丝接触奥吉布瓦语言、宗教和文化。那那普什就像是艾格尼丝的精神导师，他通过自己的口头故事和生活经历引领艾格尼丝走进奥吉布瓦世界。奥吉布瓦语让"她的理解力更加强烈、想象力更加机警，听觉更加敏锐"（*LR*, 348）。她也从那那普什有意讲述的各种故事中，对自我的传教行为进行了更多的思考。典型的故事就是上文提到的那那波什的故事，听完故事的艾格尼丝告诉那那普什，"阿尼什纳比人不像狼那么笨，达米安神父也没必要为了还账就剥它们的皮"（*LR*, 85）。

上述种种外因和内因导致艾格尼丝对白人的天主教和奥吉布瓦教进行了新的思考，有了新的认识。文中的两个典型例子是艾格尼丝对《圣经》中的"圣母玛丽"和"蛇（向蛇布道）"再思考、再认识。从中我们可以看到，艾格尼丝在保留原形的同时，又为之赋予了新的内容。思想认识上，她在两种宗教间跨界。

首先，圣母玛丽的形象。初到保留地的艾格尼丝曾为喀什帕的两位妻子鱼骨和奎忧施洗，二人受洗后均拥有了同一个名字——"玛丽"。由此，读者可以窥见艾格尼丝对圣母玛丽的看重。圣母玛丽一向被视为是集正义与仁爱于一身的温柔伟大的母亲。文艺复兴之前，圣母形象通常肃穆庄严。文艺复兴之后，圣母形象开始生活化，虽有了世俗色彩，但仍端庄美丽。随着艾格尼丝对奥吉布瓦文化接触的越来越多，艾格尼丝不再以传统的西方审美原则审视圣母形象，《报告》中的圣母玛丽雕像"丑陋""善良""充满生机"（*LR*, 225）。雕像到达保留地后引起人们的反感和嘲笑。此处的反感和嘲笑，倒可以视为白人文化、天主教文化对保留地奥吉布瓦人的同化——遭到同化的奥吉布瓦人亦开始用白人天主教的审美原则来审视美。艾格尼丝却认为，"谁又说过上帝就该在万物当中挑一个美丽的女子做他孩子的母亲？"（*LR*, 226）母亲无须美丽，只要善良、热爱生活。

其次，我们发现艾格尼丝对"蛇"之意象的理解也不再是基督式的。因在《创世纪》中，蛇引诱夏娃吃了禁果，"蛇"就此在西方文化中被视为狡猾、邪恶，成了魔鬼、撒旦的代名词，必须被铲除。例如，1606年，卡拉瓦乔[①]创作了一幅题为《圣母的蛇》（Madonna del serpente）的画。画中，圣母和她的幼子一起压碎象征着撒旦的蛇的头。艾格尼丝对"蛇"进行了全新的阐释。小说中出现了"圣母的蛇"（the Madonna of the Serpents），不同的是，艾格尼丝看见，"伏在圣母脚下的蛇不仅栩栩如生，而且看起来似乎一点也没被压碎"（*LR*, 226）。"向蛇布道"中，艾格尼丝也将自己认同为蛇："我像你们（蛇）一样，生性好奇且

---

① 卡拉瓦乔（Caravaggio，1571—1610年），意大利文艺复兴时期著名现实主义画家，惯以当时画家所不看重的街痞、娼妓作画，常被看作巴洛克画派。

微弱渺小。像你们一样，我谨小慎微，我打开自己的感官试着阅读空气、云层、阳光、动物们的小动作，只是希望，我能知道那个秘密，我是否被人爱着。"（*LR*, 227）在艾格尼丝看来，蛇是可以听懂布道的有灵性的动物，同自己无异，渴望知道自己是否为人所爱。这是一种奥吉布瓦似的人与自然的沟通与交流。正是基于这样的态度，当她看到"伏在圣母脚下的蛇"时，她并不憎恶和害怕，反而赞叹"这个雕刻家有着奇异的才华"（*LR*, 227）。

　　艾格尼丝除了在思想认识层面跨界，在天主教仪式上也兼容并蓄了奥吉布瓦宗教，这可以视为行为层面的跨界。当主人公开始相信并认可奥吉布瓦宗教时，这并非传统基督意义上的"皈依"。在主人公看来，传统基督意义的皈依是"一个最棘手的概念，一种最忠诚的毁灭"（*LR*, 55），其后果将是"致命的"（*LR*, 58）。显然，主人公反对宗教上的一元中心论。主人公"被好心的那那普什改变了"，实践着一种各宗教的混合体，带着烟斗，翻译着赞美诗，或者把鼓引入其中，"把三位一体（trinity）强调为四位一体（four），开始把每个方位神（spirit of dirction）都囊括其中——那些坐在大地的四个方向的神"（*LR*, 182）。在写给教皇的信中，我们读到："我已经发现了一个不可思议的真理，教皇陛下您可能会饶有兴致。圣餐，以及奥吉布瓦人举行的神秘的拜神仪式，是健康的，它们甚至可以同基督教义兼容并存。"（*LR*, 49）这样一种融合，虽然削弱了基督教的等级制与权威性，但又没有取代它。这是一种互补性的非一元论的宗教观：容纳多种宗教体验，既有天主教的，也有奥吉布瓦宗教的。正如霍恩（Dee Horne）所言，主人公"既没有维护这种不平等的权力失衡，也没有否定他自己所学到的天主教传统；相反，他在奥吉布瓦传统语境下，重新审视天主教"。[①]

　　小说中，叙事者把主人公的身份认定为："既非达米安，亦非艾格尼丝。既非牧师，亦非女人。既非忏悔者，亦非灵魂的磁体、抚慰

---

① Dee Horne. "I Meant to Have but Modest Needs": Louise Erdrich's The Last Report on the Miracles at Little No Horse. in Brajesh Sawhney ed. *Studies in the Literary Achievement of Louise Erdrich, Native American Writer: Fifteen Critical Essays. Lewiston*. NY: Edwin Mellen Press, 2008: p.278.

者、信仰的导师。说白了，她就是个艺术家。"（*LR*, 222）"塞西莉亚修女和当时的艾格尼丝都不过是手势与姿态浓墨重彩后的结果，达米安神父也是如此"（*LR*, 76）。如是，我们可以再次回到厄德里克所言的"《报告》讨论的是身份本身"这一话题上来。主人公跨界杂糅长达80余载，不可能只是简单地装腔作势、做做样子。那主人公又是凭借什么实现跨界杂糅呢？厄德里克没有明示，但通过分析主人公如何成为"达米安神父"，我们倒可以窥得主人公跨界杂糅的秘密。

小说中，主人公自己所恪守的"助我变形的准则"（Some Rules to Assist in My Transformation）一共有 10 条：

> 1. 以命令的口吻提请求；2. 以妥协的形式做表扬；3. 以陈述的方式提问；4. 多做练习，增强脖子的肌肉；5. 以极大的惊讶欣赏女性的手工；6. 踱步、舞动臂膀，突然停下来，抚摸下巴颏；7. 每天都磨剃须刀；8. 不做任何解释；9. 不接受任何解释；10. 偶尔哼两句掷地有声的进行曲。（*LR*, 74）

以上 10 条准则涵盖了男性日常的行为举止，是现实社会对男性应有仪态的要求，换言之，也是这些准则塑造和建构了男性，使他们有别于不具有上述仪态的女性。主人公借助这些准则，在人前恰如其分地扮演了男性的达米安神父，掩人耳目。

不过，真正助演主人公艺术成功的却是其常人难及的机智、聪明以及对生活的热爱，也就是她的生存智慧。当主人公的身份被波琳揭穿时，主人公与波琳的斗智斗勇将这种智慧表现得淋漓尽致。波琳是杀死拿破仑·莫里西（Napoleon Morrissey）的真正凶手。1945 年，波琳发现主人公掌握了她的杀人证据，她以主人公易装扮作神父的秘密要挟主人公，不许告发自己：

> "倘若你敢驱逐我或者向主教告发我，达米安修女，我也向他告发你。"
> ......

"你有神父的声音，但你糊不住那些眼睛！……你可怜的脖子太瘦了……我看得出来，你用布裹住了你的胸。显然，你没有男人的物件，尽管那对一个神父来说也没什么用。我可不像其他人那么傻。我候在你的窗外……我看过你的身体。"

顷刻间，这些话如猛烈一击，艾格尼丝满面怒红，因为想到利奥波尔塔修女曾偷窥她。……但她又恢复了自己的尊贵，她果断地做出决定，唯一的希望就是在这骗局的边界处牢牢站稳。

"**你别自以为是了。**"**凭着演员的演技**，艾格尼丝装出一副捍卫男性自大的模样。她驾轻就熟，整个气氛呈现出悲剧性的庄严。"你可不像你妄自尊大的那般洞察敏锐。的确，我不如赫拉克勒斯力大无穷，但我仍是个男人。倘若你不相信我的神父身份，不相信我对我职业的投入，你又为什么来我这儿寻求神父的饶恕？一个骗子的空洞祝福对你的灵魂又会有什么好处？"

修女退了回去，……达米安神父的声音提高了。因骤怒，他起身而立，这却刚好掩住他颤抖的双膝。

"出去！你在这儿得不到任何饶恕，女杀人犯。除非你自己去部落警察那儿自首。"

利奥波尔塔修女爬了出去。待她一出门，艾格尼丝立刻拴上门，精疲力竭地瘫在了椅子上。（黑体部分为笔者所加，*LR*，273-274）

这是主人公在自己女儿身遭揭穿时的即兴、娴熟并智性的表演。最初，主人公颇有失态，但很快就"凭借她演员的技巧"，如提高自己的声音、大声呵斥、突然站起来等，巧妙地掩饰了内心的恐惧和不安，重新把控局势。主人公不仅反应快，而且脑子也异常聪明，对波琳的呵斥从两个层面出发：第一层面，以声正义，强调自己仍是个男人，捍卫自己的男性自尊；第二层面，从逻辑悖论出发，反驳波琳，倘若自己是个女人，是在假装神父、亵渎神圣，那么利奥波尔塔修女（也就是波琳）又为什么要来找她求得宽恕？主人公的任一反应，都远远超出了利奥波尔塔修女的预料。以至于尽管利奥波尔塔修女掌握了主人公是女人的确凿证据，却也只能落败而逃。从主人公同利奥波尔塔修女的这场生死博弈中，我们丝毫不用怀疑主人公的表演技巧。

"假作真时真亦假"，主人公自己从未怀疑过自己的跨界杂糅身份。身份，对于主人公而言，并没有定性，身份本身就是不断地制造出来的具有流动性的"自有"。主人公拒绝把自己固化在性别两极的某一极，也拒绝自己被固化为性别两极的某一极。性别身份如此，宗教身份、文化身份都同样如此。不论是主动成为还是被动变成，都意味着放弃了生成为另一"极"的可能性，意味着束缚、压制和死亡。唯有不断地跨界杂糅，才能是"自有"的所在。身份是"我是自有"，身份的本质对所欲生存的个体提出了艺术化的要求：不断洞悉两极，体悟两极，不断跨界杂糅，但不要成为某"极"。这是让自己生存下去的智慧，也是让别人生存下去的智慧。

小　结

厄德里克的小说人物之间始终有着两种宗教的对比，他们是《爱药》中践行奥吉布瓦教的露露和推行天主教的玛丽，是《炙爱集》中信奉天主教的杰克和坚持奥吉布瓦教的盖瑞，是《痕迹》中渴望留住奥吉布瓦教的芙乐和渴望成为天主教修女的宝琳。最终，我们看到这样两种一直矛盾、冲突、斗争着的宗教文明在《报告》中的达米安神父身上得到了平衡。奥吉布瓦文化中，溺水而死不是好事，溺水而死者将被卡在此世与另一世界之间，既无法归来，又无法离去。基督教文化中，水却又是好事，水能够濯洗一切污秽，清除一切罪恶，一定意义上意味着重生。艾格尼丝虽置身水中，看似卡在了那里，却又在"上"与"下"相连的"间隙空间"里不断地上演自己的跨界之舞，这又是一种重生——既让自己生存，也让小无马保留地的印第安人生存。艾格尼丝认为自己终生的秘密的痛是喀什帕一家的改宗，似乎她还忘了一点：芙乐的土地。艾格尼丝不曾解决的难题，厄德里克在《四灵魂》中给出了答案：面对土地灾难，我们需要对话与融合。

第三章 《四灵魂》：土地灾难下的对话与融合

> 我的儿女们啊，伤心是无用之物。这就像草死了，风耗尽了
> 它的能量，树在微风中倒下，死了的野牛消融在草原的泥土中，
> 或者被爬梳进新开垦的田野里，所有的熟悉物都化为陌生。我们
> 骨头里的成分会变，一个曾紧紧地守护这块骨头、数千代人靠一
> 种实用哲学得以拯救的民族会变，像我们这样的人，阿尼什纳比
> 人，或者死，或者变化，或者变化并成为。
> 是时候让你来走这条中间道路了。
>
> （*FS*, 210；206）

白人和奥吉布瓦人对土地有着截然不同的认识和情感，这导致了
两种截然不同的对待土地的方式。美国建国后，边疆的界限一点点向
西推移，奥吉布瓦人连同诸多其他部族失去了大片土地，被迫进入保
留地。1887年，美国政府又颁布了旨在针对保留地土地的《道斯土地
分配法案》，自此之后，保留地的大片土地易主白人。《四灵魂》从芙
乐离开保留地写起，终于芙乐回到保留地。透过叙事者那那普什的眼
睛，见证了保留地土地所遭受的灾难：土地上的森林被肆意砍伐，土
地上的人（尤其是女性）遭到白人文化的同化与毒害。重要的是，小
说并不止步对土地灾难的书写，而是试图为遭受土地灾难的人提供一
种生存的可能，小说将这种可能性导向对话。对话在土地上发生，与
土地相关，更与土地观、土地上的生存者相关。对话的目的，不是重
新划定土地的归属，而是要重新建立一种关系，让持有不同土地观的
人互相交流并达到融合，重新恢复灾难发生之前的原初的人与土地的
关系、人与人共生共存的关系。

第一节 "人类中心主义"宰制下的土地观①与 "大地母亲"土地观

白人与奥吉布瓦人对待土地的态度截然不同。白人将土地视为一种可以被开采、利用、改造和征服的自然资源。他们或是关注如何通过自己的努力将蛮荒之地变为"流淌着蜜和奶"的福地，这多少受到犹太基督教思想的影响；或是热衷于借助科学技术将土地的本质勘探无余，在其自然景观之上不断地堆叠、建造人文景观，这多少又与古希腊—罗马的哲学传统一脉相承。奥吉布瓦人则将土地视为母亲，土地是他们身体的养育者、精神的庇佑者、部族传统的承载者。同时，他们自身又对土地负有复兴的责任与义务。倘若以"敌意"二字来概述西方传统中的白人与土地的情感体验，或许有失偏颇。然而，白人与土地的关系，在一定程度上，的确是疏离的，因为本质上看，人与土地是二元对立的。奥吉布瓦人则不然，他们对土地显示出了亲密、热爱、尊重乃至敬畏，人是土地的一部分。本节将对白人的传统土地观和奥吉布瓦人的传统土地观进行简单梳理。此为本章第二节"土地与灾难"的注解，土地本身不是灾难，但不同的土地观会为土地上的人带来不同的命运，甚至灾难。

一、"人类中心主义"宰制下的土地观

白人对土地的认识源于它的伟大的"两希"传统：古希腊—罗马哲学传统和希伯来—基督教神学传统。古希腊—罗马传统为白人对土地的认识提供了科学技术的维度。希伯来—基督教传统则为白人对土地的认识剥去了神秘主义的外套。在二者共同暗含的"人类中心主义"

---

① 此处土地并不仅指土壤，而是采纳了美国"现代环保之父"阿尔多·李奥帕德（Aldo Leopold，1887—1948）在其著作《沙郡年记》（A Sand County Almanac）中的"土地"范畴，李奥帕德将土地看作包括了"土壤、水源、植物和动物"的"社群"和"生态有机体"。（阿尔多·李奥帕德. 沙郡年记. 岑月，译. 上海：上海三联书店，2011：189—203.）

的宰制下，前者开启了土地作为商品的先河，后者则把未经开采、利用的土地降格为亟须征服和改造的荒野之所。

　　古希腊哲学家对知识的渴望使他们在热爱大自然的同时失去了对自然的敬畏，自然仅作为认知对象而存在，土地作为其中的重要一员而存在，在罗马时期土地就已经被贴上了商品的标签。"关于自然的研究是贯穿古希腊哲学始终的主导线索"，①早在苏格拉底之前，泰勒斯、毕达哥拉斯、赫拉克利特等人就对世界的本原进行过思考。苏格拉底抛弃了前人对自然的究寻，转向对人之自我的探究。柏拉图、亚里士多德再对自然世界投以关注。这些人所开创的对自然本原的探讨，从其出发点而言，是出于对永恒知识的究寻，但在实际的研究过程中，自然变成了单纯的可供并只供分析、研究乃至分解的对象。这样一种"（希腊）形而上学关于物质实体具有永恒性和不可毁灭性的概念，使得许多西方人直到 20 世纪都难以从环境的角度思考问题"。②当然，古希腊并不乏认识到人类活动对自然产生负面影响的哲学家，③这些在当时被视为消极、被动的思想最终成为"人类中心主义"自然观这一主旋律指导下的几个杂音。后来的罗马人对自然表现出了更大的实用主义热情，以至于休斯（Donald Huges）指责道："我们西方人（对自然）的态度，可以直接地追溯到世俗而重商的罗马人。"④伴随着哲学层面的人对于自然的对象性认识，现实生活层面的人将自然纳入自己的实践对象范畴。当时，人们对自然资源的开发与利用已经相当成熟，古希腊城邦经济种类繁多、部门齐全。譬如，当时已经有了采矿业、农牧业、造船业、制陶业。更重要的是，虽然之前，"土地交易是

---

　　① 苗力田编. 古希腊哲学. 北京：中国人民大学出版社，1989：8.

　　② 尤金·哈格洛夫. 环境伦理学基础. 杨通进，译. 重庆：重庆出版社，2007：28.

　　③ 例如，柏拉图曾经把遭受人类毁坏的土地比作"一位病人留下的骨骼"；亚里士多德的学生奥菲拉斯特斯"对导师理论中关于自然目的论（动植物和地球的存在是为了人类）的观点进行批驳，虽然他没有完全拒绝自然论，但却认识到它们的存在绝对不是为了人类的利益，而是本身的延续"。付成双. 自然的边疆：北美西部开发中人与环境关系的变迁. 北京：社会科学文献出版社，2012：43—44.

　　④ Donald Huges. *Ecology in Ancient Civilizations*. Albuquerque: University of New Mexico Press, 1975: p.92.

违法的，许多城邦都立法禁止出卖原始份地，到了公元前 5 世纪末期……出现了土地典押、买卖……公元前 4 世纪，土地买卖十分流行"。[①]土地完全独立出来，成为一种可供买卖的商品。

　　希伯来—基督教传统从神学的维度为人与土地的关系进行了二元对立式的界定，人独立于自然之外。自然，尤其是以荒野形式存在的土地，成为需要加以改造和征服的对象。通常认为，基督教思想中人与自然的关系认识共有三种：人与自然相互分离，人与自然相互平等并以上帝为其纽带，人与上帝签订托管协议。[②]然而，由于历史的原因，西方文明"发扬光大"的却是人与自然相互分离的二元论认识。[③]在基督教义中，人与自然是分离的，同时，人的身体与灵魂也是分离的。人成为自然界中唯一具有灵魂的动物，这与基督教将任何与自己相异的宗教视为异端邪说不谋而合，均体现了极端的排他性和二元对立性。基督教在为人类披覆神秘外衣的同时，又通过放逐大自然的神性而除却了万物有灵论者加覆在它身上的神圣。从这一点看，基督教与古希腊—罗马哲学做了大体相似的工作：祛魅。这样一来，上帝交付给人类托管的万物都成为他的被实践者，人不需要对除了上帝之外的任何东西负责，甚至包括人类自己的身体，人类需要关心的只是自己的灵魂和上帝的荣耀。人只需在现实世界中不断地磨砺自我，不断地改造、征服他世界，以此来丰富和坚实自己的灵魂，显耀上帝的荣光。人成为自然名正言顺的主宰，"自然是毫无知觉的，就此而言，它为现代性肆意统治和掠夺自然（包括其他所有种类的生命）的欲望

---

　　① 吴高军. 古希腊城邦经济初探. 求是学刊, 1991（1）：92—95.

　　② 当下，对《圣经·旧约》"创世纪"的解读有两种：第一种是"人类中心主义"的，人为上帝创造好了一切，最后才创造人类，为的就是准备好一切来迎接人类，上帝把地上所有的动植物均赐福于人类，人类独立于自然之外，对自然享有统治的权力；第二种是"托管"协议，人及其他任何物种都是由土地做的，人并不高级于其他物种，上帝也没有赋予人类以统治权，只是把守护和托管自然的责任交给了人类。尽管中世纪时，圣徒阿西西的圣弗朗西斯的思想已经有了托管理论的雏形，但是托管理论的真正发展却是 20 世纪以后的事情，美国林务员和水文家罗德米尔克是用托管理论解释人与自然的第一人。（付成双. 自然的边疆：北美西部开发中人与环境关系的变迁. 北京：社会科学文献出版社，2012：36.）

　　③ 杨通进. 基督教思想中的人与自然. 首都师范大学学报（社会科学版），1994（3）：78.

提供了意识形态上的理由"。①

　　中世纪背离了古希腊—罗马传统，中世纪之后，以培根、笛卡尔、牛顿、康德、伏尔泰等人为代表的自然科学家和思想家推动并深化了古希腊—罗马传统哲学对自然的认识，人对自然的态度同强暴、征服、进军、改造、宰制等一系列极力凸显人之能动性、创造性，乃至狂妄性的词汇相连。同时，自文艺复兴以来的人之欲望的膨胀成为资本主义快速发展的内部动力，科学技术的日新月异则为资本主义快速发展提供了外部支持。卢梭、黑格尔等人虽对当时人在资本主义进程中所表现出的无知与狂妄进行了提醒与批判，不过，"直到 20 世纪 60 年代以前，西方社会主流的伦理学者和哲学家们一般仍然坚持价值主观论，认为离开了人类的关注，大自然本身没有任何价值"。②

　　欧洲白人正是秉持上述这两种传统来到北美大陆的，他们对这两种传统的留念与厚爱正如同他们竭力重建一个"新法兰西"或"新英格兰"一样强烈。北美大陆成为他们心中的黑森林，处处充斥着混乱，隐匿着邪恶，潜伏着危险，流淌着不安。北美大陆又是他们眼中的聚宝盆，巨树参天、浆果遍地、海狸满湖、土地辽阔，各种矿产资源应有尽有，人却又很少。捕杀、砍伐、垦耕、围建、修筑、开采，他们在北美大陆无所不为、无处不往。美国的"荒野"在一点点缩小，截至目前，留给印第安人的保留地只有约 22 万平方千米，仅占美国总领土面积的 2.3%。③面对这所谓的文明进程，印第安人听见了母亲被撕裂开时的恸哭，因为"美丽的大地是我们的母亲，我们并不拥有土地，我们只是使用土地"。④

二、"大地母亲"土地观

　　在印第安人眼中，自然界中的万事万物都有其神圣的一面，土地更是如此。土地是神圣的，原因有多个。例如，土地创造了人，或者

① 大卫·雷·格里芬. 后现代精神. 王成兵，译. 北京：中央编译出版社，1998：5.
② 大卫·雷·格里芬. 后现代精神. 王成兵，译. 北京：中央编译出版社，1998：67.
③ http://www.amazon.com/wiki/Indian_reservation#cite_note-1.
④ Donald Hughes. *North American Indian Ecology*. Texas Western Press, 1996: p.61.

人是从土地中产生的；各种灵栖居在土地之上，而且他们帮助人获得特殊的超自然力；人们的祖先葬在土地之中；人们的家园在土地之上，而这对于每一个人的身份而言都至关重要。[1]土地是连接土著人与他们的祖先、神灵和自然世界的生命线。土地还在时间上定位一个人，就像宇宙轴（axis mundi），通过它，一个人可以同时经历他正在生活的时间，他的子孙将要在这片土地上经历的未来时间，以及创世纪之外的神圣时间。当时，大神和祖先也在这同一块土地上行走。[2]譬如，当一个人讲述他们的祖先如何为一处风景的一个特殊的地方命名时，他就把自己正在讲述故事的现在时间同他的祖先最初在这个家园中定居时的神圣时间联系在了一起。当一个人用他的祖先交代他的方式去对待土地时，他就复兴了那个世界，因为他在重复这种对待方式的同时与传统联系在了一起。出于这些原因乃至更多，奥吉布瓦人说："土地是神圣的。这种神圣在于它的全部性。（The earth is sacred. It is holy in its entirety）"[3]

　　不少部族都通过想象建立了自己与大地的血亲关系，奥吉布瓦人也不例外，他们相信"太阳父亲，大地母亲"之说，[4]对神圣的土地母亲，奥吉布瓦人对她显示出敬爱。将大地视为自己的母亲，这使得"对土地进行任何破坏都可以被看作对人类行为道德的侵犯"[5]。19世纪50年代，面对白人在印第安土地上的改造，他们曾痛心地呐喊："用犁耕地无异于用刀割开母亲的胸膛！在地下采矿无异于剥开她的皮肤取出她的骨头！割下青草晒干去卖无异于剪断她的青丝！这些事我们怎么能做得出来？"[6]从这种呐喊中，我们不难读出他们内心深处的

　　① Dave Aftandilian. What Other Americans Can and Cannot Learn from Native American Environmental Ethics. *Worldviews* 15.3 (2011): p.233.

　　② Vine Jr.Deloria. *God Is Red: A Native View of Religion*, 2nd ed. Golden, CO: Fulcrum Publishing, 1992: p.122.

　　③ Basil Johnston. *Honour Earth Mother*. Lincoln: University of Nebraska Press, 2003: p.xvii.

　　④ Basil Johnston. *Ojibwa Heritage*, p.21.

　　⑤ 弗里乔夫·卡普拉. 转折点：社会、科学和正在兴起的文化. 卫飒英，李四南，译. 成都：四川科学技术出版社，1988：43.

　　⑥ Hughes Donald. *North American Indian Ecology*, p.121.

母亲与大地的合二为一。同时，我们也可以进一步地解读出，大地母亲不仅仅是土地本身，而是包括土地上和土地下的各种资源。显然，这是一种整体、有机和系统看待土地的眼光，与上文所介绍的白人对待土地时的单一、片面与割裂眼光形成鲜明对比。正是归因于他们无法"做出"这样的事情，当白人为河流改道、为群山易址时，奥吉布瓦人只是想方设法让自己适应大地。大地也因之具有了恒久不变、源源不断并无私给予的母性品质，成为美丽、成熟、慷慨和和平的象征。奥吉布瓦人回报她以尊重和热爱："土地！/母亲！/……献给您，敬爱。"[①]

奥吉布瓦人将自己与土地的关系定义为母子关系，这不仅仅是一种子对母的敬爱，同时还体现出一种互惠性的双向依赖关系：人类依赖土地，同时土地也依赖人类。一方面，人完全地依赖于土地，从土地中获取一切。事实上，奥吉布瓦人认为，在体力和精神性方面，人都是最弱的。比如，约翰斯顿（Basil Johnston）指出："创世纪有一个顺序：植物、昆虫、鸟、动物和人类。按照这一必然的顺序，人类是最后出现的，也是最微不足道的；如果没有其他形式的动植物，人类不可能长久。"[②]奥吉布瓦人的近邻拉科塔人也把人类看作最后创造出来的，而且也是所有物种中最无力的。[③]因此，奥吉布瓦等部族均相信，倘若不通过祈福或者从其他物种处得到精神力量，人类就无法生存。[④]这样一种对土地（含土地上的其他物种）的依赖和将自己视为低等物种的观念，教会了奥吉布瓦人心怀谦卑。另一方面，土地又需要人类在精神意义上复兴这个世界，以确保土地的丰产、动植物的丰饶与丰富，确保整个世界的持续生命力，这就要求人进行祈祷、仪式（rituals）和典仪（ceremonies）。[⑤]借助这些活动，人类与土地建立了

---

① Basil Johnston. *Ojibwa Heritage*, pp.23-26.

② Basil Johnston. *Honour Earth Mother*, p.xi.

③ Brown Joseph Epes and Emily Cousins. *Teaching Spirits: Understanding Native American Religious Traditions*, Oxford and New York: Oxford University Press, 2001: p.92.

④ Basil Johnston. *Honour Earth Mother*, pp.111-12.

⑤ Brown Joseph Epes and Emily Cousins. *Teaching Spirits: Understanding Native American Religious Traditions*. p.98.

一种互惠关系：土地（含动物和植物）献出自己，人们可以存活；人同样要做出个体的、精神的牺牲（sacrifice），以保证土地的和谐与平衡。①例如，在北部平原印第安人（奥吉布瓦人也属于平原印第安人）庆祝土地新生的拜日舞上，人们会通过摧残自己肉体的方法向大神证明，人类唯一可以奉献的就是自己的肉体，以此在仪式上复兴土地的神力。②

很显然，"人类中心主义"宰制下的土地观与"大地母亲"土地观有着很多截然不同的地方，前者是一种工具性、利己性的眼光，强调土地的个体性与物质性，只顾及眼前收益；后者是一种非工具性、利他性的视角，看重土地的整体性与神圣性，放眼人与土地的可持续相依共存。如果没有 1620 年"五月花号"在马萨诸塞普利茅斯的靠岸，没有继"五月花号"之后的其他船只的靠岸，这两种土地观的相遇与交锋或许会稍晚几年。之所以作如此假设，因为早期的西班牙殖民者也好，法国殖民者也罢，他们的殖民行径还仅限于把北美大陆的财富运回欧洲。"五月花号"在一定程度上开启了英国人在北美大陆的定居史，他们把边界从新英格兰向西不断推进。自此，灾难便频频降临在这片无辜的土地之上。

第二节 土地与灾难

美国建国后，政府先后两次通过颁布法案使得印第安人失去了自己的土地：第一次，印第安人失去了他们的祖居地；第二次，印第安人失去了他们保留地内的土地。第一次发生在 19 世纪上半叶，当时的美国政府通过了《1830 年印第安人迁移法》（Indian Removal Act of 1830），迫使密西西比河以东的印第安人迁往密西西比河以西，告别了

---

① J. Baird Callicott and Michael P. Nelson. *American Indian Environmental Ethics: an Ojibwa Case Study,* Upper Saddle River, NJ: Perarson Prentice Hall, 2004: p.113.

② 樊英，译. 天地父母：印第安神话. 北京：中国青年出版社，2006：120.

他们的祖居地。①第二次发生在 19 世纪末，美国政府颁布了《道斯土地分配法案》，该法案通过土地私有的方式，将归部族集体所有的土地分配给个人，分配剩余的土地则由政府拍卖给了白人。奥吉布瓦族人也是从 19 世纪二三十年代开始失去自己的土地的。最初，他们失去的是自己的祖居地。1854 年，旨在针对奥吉布瓦人的《拉普因特条约》（Treaty of La Pointe）②成为美国政府针对奥吉布瓦人进行土地分配的先声，这比美国政府的旨在针对全体印第安人的土地分配政策早了 30 余年。19 世纪 60 年代后，奥吉布瓦人开始迁入保留地，美国政府先后建立了红湖保留地（Red Lake）、白土地保留地（White Earth）等。1887 年全美范围的《道斯土地分配法案》作用于各个保留地，奥吉布瓦人像其他部族人一样，得到了按照法案所规定的土地，失去了分配剩余的其他土地。

　　上述悲惨经历迫使许多土著作家都在自己的作品中不断书写土地，从莫马迪到希尔克、从霍根到厄德里克莫不如此。厄德里克惯常从一种整体的、系统的、互动的视角看待土地，她把土地、土地上的包括动植物在内的一切、与土地相关的人文历史统称为地方（place），"风景因部族史和家庭史而富有生机……人与地方不可分割"。③带着这样一种认识，厄德里克小说中的人物表现出了与土地（风景、动物、植物、历史）的深情厚谊，他们将自己认同为一株植物、一个动物，

---

① 在这次迁移过程中，最著名的是 1838—1839 年彻罗基族的"泪水之旅"（Trail of Tears），共有大致约 15000 名彻罗基族人被迫从他们居住的美国东南部迁往今天的俄克拉荷马州（Oklahoma）的东部地区，有约 4000 人因暴晒、疾病、饥饿而丧命于迁移的途中。Nancy C. Curtis. *Black Heritage Sites*. United States: ALA Editions, 1996: p.543.

② 1854 年的拉普因特条约（Treaty of La Pointe）中，奥吉布瓦人割让了土地，被迫迁往密歇根的基威诺（Keweenaw），明尼苏达的方迪拉克（Fond du Lac）和大波维奇（Grand Portage），威斯康辛的巴德河（Bad River）等地，这代表着奥吉布瓦人所遭遇的第一次土地分配（allotment treaty）。当时，政府为每一个纯种的或者混血奥吉布瓦人提供 80 亩土地，同时规定政府对土地具有监管权，倘若在这些土地上发现了矿藏，可以重新分配给他们新的土地。1855 年，政府又制定了另一个条约，规定分配的土地豁免税务、买卖和没收。（Christopher Vecsey. *Traditional Ojibwa Religion and Its Historical Changes*, p.17.）

③ Louise Erdrich. Where I Ought to Be: A Writer's Sense of Place. in Wong, Hertha D. Sweet ed. *Louise Erdrich's Love Medicine: a Casebook*, p.43.

甚至一处风景。他们与土地融为一体，同呼吸共命运，以至于当两种土地观发生冲突时，他们听见大地母亲的哭泣。

一、被砍伐的森林

在不足 300 年的时间里，美国的森林，从东部到西部，均被砍伐殆尽。最先遭到砍伐的是东部森林。1620 年"五月花号"船在普利茅斯靠岸。1621 年，"五月花号"的一些清教徒乘客们乘坐 55 吨位的"幸运号"轮船开始他们的返乡之旅。据布德福德报告，这些清教徒带回家乡去的只有两桶毛皮，船舱中的其他空位都尽其所能地塞满了上好的楔形木材。[①]木材被广泛地用于商业出口、取暖、盖房、制作围栏、烧制木灰（以获取农业用钾碱肥）、造船等，这些均造成了木材的极大浪费。1776 年，美国工业化进程加快，木材又被大量地用以冶炼金属等。仅以冶铁为例，"1810 年，美国生产了 5.4 万吨铁，这需要约 2000 平方千米的森林才能满足燃料的供应"。[②]进入 19 世纪后，大部分木材被用以铁路建设，东部森林开始消失，边界向西部推进，阿巴拉契亚山以西和大湖区的森林成为此期的主要木材来源地。除了铁路的路基、枕木，火车的引擎、铁路桥梁、线杆、车皮等都需要大量木材。仅以铁路用材一项为例，1910 年时，美国为修建铁路就砍伐了约 2500 平方千米的森林，占当年全国木材产量的 1/10。[③]

《四灵魂》的故事时间是 1919—1933 年，当时的美国正在大兴铁路、肆意毁林、强买土地。有些土著人不甘心森林被毁、土地被卖，便会采取一些措施乃至手段，以期夺回土地。于是，我们在小说的开头读到：

---

① 威廉·克罗农. 土地的变迁：新英格兰的印第安人、殖民者和生态. 鲁奇，赵欣华，译. 北京：中国环境科学出版社，2012：90.

② 转引付成双. 自然的边疆：北美西部开发中人与环境关系的变迁. 北京：社会科学文献出版社，2012：164.

③. 转引付成双. 自然的边疆：北美西部开发中人与环境关系的变迁. 北京：社会科学文献出版社，2012：166—167.

　　芙乐走的是小路，林中坑坑洼洼的道儿从泥沼地的边上、茂密的灌木丛中穿过去，既无路可寻，也无图可查，没有人知道它们，它们一路向东。她走的是鹿走过的路，那些林中小径甚至没有名字，或戛然而止，或隐没在干涸的沟壑中。她走的是她必须靠自己走的路。她砍掉赤杨，平掉芦苇。她穿过田野，绕开群湖。她拉着她的板车走过农地、越过牧场。当她停下来时，她精疲力竭，仅剩下精神的支撑，她听见**祖先的骨头**在轻轻地摇晃。当暖阳斜射时，她又站起来，接着走，继续走，直到到达了那条铁路。

　　那条路有两条铁轨，平行、细长。这是她过去一直在寻找的路，她渴望的路。那个偷了她的树的男人走的就是这条路。她跟踪着他的足迹。（*FS*, 1-2，黑体为笔者所加。）

　　在《道斯土地分配法案》的执行过程中，芙乐分得了自己祖上靠近麦基大神湖（Matchimanito）的 0.65 平方千米森林土地。芙乐曾同父母、弟弟妹妹居住于离湖不远处的一个小木屋中，他们在林中狩猎，在湖中捕鱼，其乐融融。同时，这片森林又埋葬着芙乐的亲人，1912 年至 1913 年，保留地爆发了肺痨，芙乐一家除了她自己无一人幸免。芙乐对这片土地的情感由此可见一斑。1919 年春，芙乐无钱缴付地税，保留地上的印第安事务局官员塔特罗（Tatro）利用自己的职务之便，将芙乐的土地卖给了一战老兵毛瑟（Mauser），也就是“那个偷了她的树的男人”。芙乐的土地上长满了上好的橡树，毛瑟迅速砍伐了树木，把其中的一部分卖给了修铁路的人，另一部分运回明尼阿波尼斯城为自己修建大房子。这样的事情在奥吉布瓦历史上确有发生，“到 20 世纪 30 年代，那片保留地（文中特指奥吉布瓦人的巴德河保留地）的雪松，甚至整个那一片的雪松都没有了”。[①]毛瑟将芙乐土地上的木材砍伐完毕并全部运走后，芙乐跟踪他的足迹来到城中。小说开头特意点

---

　　① Michelle M. Steen-Adams, Nancy Langston and David J. Mladenoff. White Pine in the Northern Forests: an Ecological and Management History of White Pine on the Bad River Reservation of Wisconsin. *Environmental History*, 12.3 (2007): p.625.

明芙乐的路线——由西向东，这与1830年代印第安人被迫从密西西比河以东迁至该河以西这一路线是截然相反的，这也暗示了芙乐此行的目的是要夺回土地。

《四灵魂》从《痕迹》结束的地方开始，1988年出版的《痕迹》中，芙乐拉着板车走出保留地，当时并没有带"祖先的骨头"，2004年出版的《四灵魂》中，厄德里克特意让芙乐带上了祖先的骨头。到达城中的第一天晚上，天下雪了。天气寒冷，长途跋涉的芙乐大可以挑选一处墙角或者某处公共设施来遮风避雪，她却选择了树。芙乐"找了一棵树，把祖先的骨头连同氏族标志物埋在树下，并在这棵树最高的树枝上拴了一面红色的祈祷旗，然后她在树下睡着了"（*FS*, 2）。树根处是祖先的遗骨和氏族标志物，树梢处是祈祷旗，中间是芙乐。对于芙乐而言，树、祖先的骨头、氏族标志、祈祷旗共同构成了一个封闭的空间，尽管在不理解她的人看来，这不过是一片树下空地，但这个封闭的空间是芙乐睡觉的地方，也是芙乐的家。奥吉布瓦人的家需要有树，有祖先，有传统，还有保佑自己的神灵。

树是芙乐的身份和位置的标定，她通过树认识自我、认识自我的祖先和传统。芙乐进城后，在毛瑟家做洗衣女工。一天晚上，芙乐对毛瑟下手索命。

> "你是谁？"随后他卑微地问道。
> 芙乐以一种尖刻而生气的语调作答："我是风儿曾在松林里弄出的那阵儿声响。我是树根下的那片儿宁静。当我走过你的门厅时，我在穿过自己。当我抚摸着你家的墙壁时，我在抚摸我自己的脸。你知道我是谁。"（*FS*, 44-45）

芙乐将自己认同为"声响""宁静""树（门厅、墙壁）"。同时，这三者也构成了一个空间：在树梢的声响、在树根的宁静、树（门厅、墙壁）。这让我们想起刚刚讨论过的那个空间：在上的是祈祷旗（芙乐的神灵），在下的是芙乐的祖先（骨头），在中间的是芙乐自己。在由"声响""宁静"和"树（墙壁）"构成的这个空间中，芙乐是这一切。

在由"祈祷旗（芙乐的神灵）""祖先（骨头）"和"芙乐"构成的这个空间中，芙乐仅是中间的一个组成部分。倘若我们以"声响"对应"祈祷旗"，以"宁静"对应"祖先"，那么我们或许可以得出这样一个结论：此时与毛瑟对话的芙乐不再是一个个体，而是一个部族、一种文化。因此，芙乐此处的回答，既可以看作她对自我身份的宣告，也可以看作她对毛瑟盖新房所用的木材的身份的宣告。同时，我们还可以将这几十余字看作作者借芙乐之口所做的对奥吉布瓦人身份的宣告：奥吉布瓦人在自然（树）的怀抱中认识自己、祖先和神灵，也在认识这一切的时候认识树，他们与自然（树）同在。

　　梭罗曾以浪漫的笔调描绘过地处马萨诸塞州东部的康科德镇的瓦尔登湖湖畔与森林："最美丽、最富有情感的自然要算一个湖了。它是大地之眼，人们注视着湖泊，就可以测量出自己的天性的深浅。在湖边，树木就像细细的睫毛，为湖滨增添了美丽的花边儿，翠绿茂盛的群山和悬崖，就像湖滨低垂的眉毛。"[①]梭罗曾多次泛舟徜徉于这只善睐的明眸之上，也曾多次闲情漫步于它那细细的睫毛之间。可惜的是，梭罗"离开湖滨后，伐木工人把树都砍光了。在这以后的几年里，人们再也不能在森林小路上散步，再也不能透过树林欣赏湖光山色了。"[②]梭罗文字间所流露的遗憾和惋惜，一定程度上，显示出了他对自然的关爱，不过，我们仍然很难对他文字间的人类中心思想视而不见：森林和湖泊仍然作为一种为人类带来审美功能的客观物而存在。这样的思想在印第安作家欧文斯那里则被一种对自然（土地、树木）的真正关爱所替代，白人的伐树行径被描绘为一场屠杀："大地在睡梦中焦躁不安、号啕大哭。白人来了，他们谋杀了大树，把它们鲜血淋淋地拖进富人的家里。"[③]同欧文斯一样，厄德里克对白人伐树行径的思考也出自她的土著文化。

　　源于奥吉布瓦人所信奉的"大地母亲"土地观，在厄德里克的笔

---

① 亨利·梭罗. 瓦尔登湖. 张知遥, 译. 天津：天津教育出版社, 2005：173.
② 亨利·梭罗. 瓦尔登湖. 张知遥, 译. 天津：天津教育出版社, 2005：178.
③ Louise Owens. *Bone Game: a novel*. Norman: University of Oklahoma Press, c1994: p.6.

下，人所代表的人文世界与树所代表的自然世界常常合二为一，《痕迹》中的那那普什曾多次将自己认同为一棵树。伐木工把马车赶进了麦基大神湖湖畔的原始森林，车满载着砍倒的树出了森林。"我听见呻吟声、鞭裂声，感到了树撞到大地时地面的颤抖。一棵橡树倒下了，我疲软无力成了一个老头，一棵又一棵没有了，到处都是缺口和空地。"(T，9）那那普什将自己认同为一棵倒下的橡树，因此，白人眼中作为物质与金钱存在的树是富有生命和意识的存在。和妻子玛格丽特发生口角后，玛格丽特把那那普什一人留在了他的林中小屋，那那普什再次体会到了自己与树的同在："我站在又高又直的桦树林中。我是组成这牢固而美丽的庇护所的树中的一棵。突然，一声巨响，宛如雷鸣，他们像火柴棍一样倒下了，顷刻之间，全都躺在我身边。我是唯一的一棵站着的。现在，我的身子越来越弱，晃晃悠悠，贴着地面更近了。"(T，127）

树和芙乐成为一体，芙乐感受着树的悲伤，也在树的悲伤中咀嚼着自己的悲伤，两种悲伤交织在一起，共同指向造成悲伤的根源所在：人类中心主义宰制下的土地观。芙乐到城里的目的是杀死毛瑟，要回自己的土地。不过，她又不愿意杀死一个病恹恹的毛瑟，她打算先把毛瑟的病治好，然后再结果了他。在日复一日的等待中，芙乐变得焦躁不安，她开始"想念自己弄肉和药，自己抓鱼，下套逮兔子，扭断睡着的松鸡的脖子，修缮和检查她的小屋、独木舟、陷阱、枪，最让她挂心的是她的女儿"。芙乐感到了一种"断裂"（disconnection），她陷入了"自怜"（pitying herself）(FS, 27）。芙乐所思念的这些生活是毛瑟没有砍伐她的树之前的生活，或者更早，白人没有侵入保留地乃至北美大陆之前的传统奥吉布瓦人的生活。这种生活已经遭到了严重的破坏，芙乐的 0.65 平方千米土地已经"没有了树木"（FS, 196）。

她的"断裂"和"自怜"，一部分来自她与女儿分隔两地，另一部分则来自她对奥吉布瓦传统生活逝去的悲哀。事实上，芙乐所深味的"断裂"和"自怜"同样弥散在保留地。"我停住了，站在树的中间，他们的身体比我们的还要老……我看见我的妻子们……她挽起我的胳膊，向我展示，随她们而去是多么容易，这一步会多么舒适。这本是我满怀幸福地要去做的，要不是从那片树荫处传来了活人的呼唤声。"
（T, 220）站在树林中的那那普什因传统生活方式遭到白人入侵而带来
的亲人的离去几乎丧失了继续生活的勇气，这是比"断裂"和"自怜"
更可怕的"悲情"：幸存者深陷于逝者的悲哀中，难以开始新的生活。
"断裂""自怜""悲情"均要求白人能像奥吉布瓦人一样对土地多一些
尊重和敬畏，少一点索取和贪婪。

二、被毒害的女性

　　奥吉布瓦人崇尚"大地母亲"土地观，这直接影响了他们对女性
的态度，奥吉布瓦文化将女性（母亲）认同为自然（大地）。他们宣扬
太阳的父性（fatherhood of the sun），并称颂土地的母性（motherhood in
the earth）。太阳与大地彼此互为必要，在生命的产生过程中互为依
赖。[1]奥吉布瓦人将大地的母性归结于构成她的基本物质，如岩石。
在他们看来，岩石任凭风吹日晒、历经严寒酷暑，几乎都没有什么变
化。奥吉布瓦人由"大地母亲"推演了"人类母性"特征，奥吉布瓦
人希望人类的母爱也像大地母爱一样恒久不变、无私慷慨。同时，这
样一种思维也使奥吉布瓦女性在传统部落中占有更为重要的位置，她
们像大地一样广受尊重和爱戴。土地的生存状况直接影响着土地上的
动植物的生存状况，女性（母亲）的生存状况同样关系着部族的生存
状况乃至部族的生死存亡。

　　奥吉布瓦文化将女性认同为自然，这与滥觞于 20 世纪 70 年代末、
在 90 年代达到高潮的生态女权主义的观点颇有相似，不过二者间仍存
在差别。这主要表现为：1. 奥吉布瓦文化将女性认同为自然是通过推
演的方式获得的，将"大地母性"作为良好的品质规约和示范女性；
西方生态女性主义更多是从女性与自然的周期性特征寻找到了相似
性，如"大地和子宫都依循宇宙的节奏"。[2]2. 奥吉布瓦文化在强调对

---

① Basil Johnston. *Ojibwa Heritage*, p.23.
② 查伦·斯普瑞特奈克. 生态女权主义哲学中的彻底的非二元论. 李惠国. 冲突与解构：当
代西方学术叙语. 北京：社会科学文献出版社，2001：65.

女性予以尊重和敬畏的同时，亦强调了女性（母亲）的责任；西方生态女权主义因其"女权主义"本身的革命性，倾向于将更多精力投注于批判与声讨男性对女性肉体的侵略、西方现代科学观、现代工业和市场经济发展。[①]奥吉布瓦传统文化中的男性中心主义思想、西方现代科学技术、工业化和市场经济化的成分比较少，因此奥吉布瓦文化强调女性责任和女性精神，不像生态女权主义这样具有鲜明的战斗性。

随着白人文化的不断渗透与影响，奥吉布瓦文化在关照女性生存时，也不得不审视女性所遭受的来自外域文化的毒害。譬如，维泽勒在《地母男人与伊甸园苍蝇》（*Mother Earth Man and Paradise Flies*）中借奥吉布瓦人马克瓦（Zebulon Matchi Makwa，又名地母男人 Mother Earth Man）之口反复吟唱"我们的女人中毒了，一部分人变白了，另一部分人晚上脱光后把自己深埋在死人频频出现的地方……我们的女人中毒了……我们的女人中毒了，一部分人变白了……太多了".[②]"一部分人变白了"指的是女性受到白人文化的同化，放弃了自我的奥吉布瓦传统；"把自己深埋在死人频频出现的地方"指责的则是经历了灾难的奥吉布瓦女性变得不堪一击，甚至胆怯无为。厄德里克在《羚羊妻》中对两种女性均有所讨论，前一种女性"戴着一次性隐形眼镜，头发剪过、做过、梳过，还喷了油""反物质""青春永驻"（*AW*, 143），最终生养出了像卡莉（Cally）这样的"代际怪胎"（generational amomaly *AW*, 143）；后一种女性则被罗津外祖母（Grandma Zosie）讥讽为"更像鸡，害怕活着"。（*AW*, 213）

《四灵魂》作为一部聚焦于土地、森林、女性的小说，具体讨论了在森林被砍伐、土地遭到破坏的过程中，女性所受到的迫害。小说中的奥吉布瓦女性既遭遇到了来自毛瑟的迫害，还遭遇到了来自毛瑟所象征的物质主义的腐蚀。

小说中，女性自我认同为森林，毛瑟对森林的破坏同他对女性的

---

① 金莉. 生态女权主义. 外国文学，2004（5）：58—60.

② Gerald Vizenor. *Wordarrows: Native States of Literary Sovereignty*. Lincoln: University of Nebraska Press, 2003: pp.89-90.

迫害是齐头并进的。白人迫害土著女性的方式有很多种，比如《爱药》中，白人安迪凭借自己经济上的优势收买土著女性卖淫；《圆屋》中，白人男子林登凭借暴力强奸土著女性。小说《四灵魂》讨论的是"通婚"这种看似浪漫、柔情的方式。早在皮毛贸易时期，不少法英商人就为了经济利益同部落首领的女儿们结婚，在他们看来，"如果一名毛皮商人想要确保土著人的领袖每年都把皮毛送到他的贸易站来，没有比同他的女儿结婚更好的方法了"。①这样留下的后果是，当白人离开后，"部落里多了许多陌生的孩子，都长得和她的孩子们很是相似。她明白那是白人的旋风刮过印第安的地之后留下的印记"。②厄德里克在《沉默游戏》中对此做过揭露，小青蛙的父亲去法国人的贸易站寻认自己的法国父亲，却受了一番羞辱。《四灵魂》中，早年的毛瑟为得到土地上的森林，频频与奥吉布瓦女孩们结婚："最初的那些日子里，英俊、聪明，他娶了那些刚从寄宿学校毕业的奥吉布瓦女孩们，从她们那儿得到了许可，他伐光了她们继承来的分配地上的树。"等到这些女孩没有利用价值了，他便又转向下一个奥吉布瓦女孩，最后，"毛瑟留下的只是树桩子和大肚子"（FS, 23-24）。

　　毛瑟之所以能够得逞，一方面得益于他的"英俊"能够吸引女孩子，他的"聪明"使他懂得钻营"一个又一个空子"；另一方面，这些从寄宿学校毕业的奥吉布瓦女孩们同本部族的奥吉布瓦传统文化发生了断裂。19世纪末20世纪初，随着《道斯土地分配法案》的推行，大多数印第安人不得不定居于保留地，生活方式也不得不随之发生改变。在这期间，美国政府专门针对保留地印第安人建设寄宿学校，目的旨在"让印第安孩子们适应文明生活的习惯和优势"，并"使他们对自己的印第安生活状态深恶痛绝"。③这些学校主要教授语言、算术、自然、历史、艺术，强化印第安人的个体意识（白人认为印第安人过

---

① Daniel Francis. *Battle for the West: Fur Trade and the Birth of Western Canada*. Edmonton: Hurtig, c1982: p.64.

② 张翎. 金山. 北京：十月文艺出版社，2009：93.

③ David Adams Wallace. *Education for Extinction: American Indian and the Boarding School Experience, 1879-1928*. Lawrence, Kan.: University Press of Kansas, c1995: p.21.

分看重族群，而非个人利益），并教他们像白人一样工作，譬如女孩子学习如何做佣人，男孩子学习农活等。[①]就读于寄宿学校的孩子们，常年不准回家，不允许讲自己的本族语，也不可以穿自己的本族衣服，更不能举行同自己本族文化传统相关的任何仪式。很多孩子经过数年的寄宿学校生活之后，完全忘却了自己的文化之根。[②]更可怕的是，它给印第安人带来了心理层面的迫害，动摇了印第安人的民族自尊心和文化自信力。待在保留地的父母与从寄宿学校毕业后回到保留地的子女们第一次痛苦地体会了"将彼此隔离开的文化断裂"，"昔日白人与印第安人在战场与生意场上的文化冲突，转移到了父与子在篝火旁与厨桌边的争执上"。[③]最终，它给印第安传统文化带来了毁灭性的重创，被痛批为"旨在消亡的教育"（education for extinction）。这些被毛瑟盯上的从寄宿学校毕业的女孩们已经不再珍视土地和土地上的森林，她们也不再崇尚"大地母亲"土地观，以至于土地上的森林对于她们而言，与白人眼中的金钱无异。

事实上，不仅年轻的奥吉布瓦女孩们忘却了"大地母亲"土地观，部落中老一辈的女性也在白人的物质洪水中迷了心智、丢了自我，这是另一种的"女性遭到毒害"。小说中，在印第安事务局官员的安排下，奥吉布瓦人可以用自己分配所得的土地抵押贷款，拿到钱后的奥吉布瓦人几乎淹死在物质的海洋中，他们有些人夜夜买醉、暴食暴饮，有些人去投资冒险、一败涂地，还有些人去买压根儿不会弹的钢琴、日常根本不会穿的漂亮衣服、银质的餐具（买的人并没有食物）、镶金的画框（买的人没有画，甚至连墙都没有）。那那普什的妻子玛格丽特是他们中的一员。"自从她去过修女们的住处后，她就想要一块和她们一

---

① David Adams Wallace. *Education for Extinction: American Indian and the Boarding School Experience, 1879-1928*. Lawrence, Kan.: University Press of Kansas, c1995: pp.21-24.

② 最臭名昭著的寄宿学校是卡莱尔寄宿学校（Carlisle Boarding School，1879—1918），它在当时一度成为寄宿学校的典范，很多学校纷纷效尤。该学校通过教育军事化、教育寄宿制、削发、更衣、易名、英语霸权主义、违规惩罚等，强迫学生中断和放弃印第安语言文化传统。（蔡永良. 语言失落与文化生存：北美印第安语衰亡研究. 上海：上海人民出版社，2010：180—223.）

③ 蔡永良. 语言失落与文化生存：北美印第安语衰亡研究. 上海：上海人民出版社，2010：277.

样的地面"，尽管那那普什提醒她，"大地要比你渴望的油地毡好得多"（*FS*, 76, 79），玛格丽特丝毫不为所动。最终，她把儿子内克特的32.37万平方米土地典当出去，用所得的钱买了一块油地毡。显然，玛格丽特已经完全背离了传统的母亲形象，因为"在过去的日子里，母亲本该长年累月地嚼牛皮，直到把牙齿磨坏。太阳本该反复煎晒她的皮肤，直到她的皱纹成堆。人们将把她视为老人、长者，她无欲无求，满足于为血气方刚的年轻人提提建议"（*AW*, 143）。

女性与大地的悲惨命运是共时的，奥吉布瓦女性，不论年轻人（那些嫁给毛瑟的女孩们），还是长者（玛格丽特），都在深遭毒害，这恰如大地母亲的命运，他们"砍倒了我们的树、我们的家，劈开了土地，我们的母亲"（*FS*, 79）。她们的悲惨命运又是一体的：如果土地不遭受灾难，白人的土地观以及他们的土地观所暗含的物质主义、排他主义、重商主义也不会侵蚀到奥吉布瓦女性；反过来，倘若奥吉布瓦女性能够在白人文化入侵的过程中秉承传统、恪守"大地母亲"土地观，大地母亲所承受的灾难也会少一些。厄德里克在创作《四灵魂》时的心境和情感想必是分外微妙：我们既能读到她对毛瑟破坏土地恶行的痛斥，也能隐隐地读出她所流露出的对奥吉布瓦女性（玛格丽特、年轻女孩）的些许抱怨和轻微责怪。不过，厄德里克仍然是抱有希望的，所以她让玛格丽特在一次意外的幻见中重新找回自我，让年老的那那普什穿上了奥吉布瓦人的药裙（扮演一位地母男人），让年轻的芙乐走进城市去索要土地。因此，与其说厄德里克在痛斥、抱怨和责怪，毋宁说她在探寻一种适用于当下的解决两种文明冲突的途径，她提供的参考是对话融合：天生种族、性别不同的人，持不同土地观的人，心怀不同生活目的的人，在对话中交流，进而融合。

第三节　对话与融合

上文已经谈到，《四灵魂》是在《痕迹》结束的地方开始的，这里所说的"开始"涉及两个层面。故事内容层面上，《四灵魂》续写了

《痕迹》中芙乐的故事，这一点上文已经介绍过，不再赘言。故事的叙事层面上，《四灵魂》沿用了《痕迹》多个叙事者的叙事技巧。《痕迹》共有 9 章，由那那普什和宝琳之口交替完成叙事，那那普什讲述所有的奇数章节，宝琳讲述所有的偶数章节。《四灵魂》共有 17 章，仍由那那普什担任所有的奇数章节的叙事者，白人妇女波莉·伊丽莎白·葛辛（Polly Elizabeth Gheen）和玛格丽特担任偶数章节的叙事者。万纳（Irene Wanner）提出，多个叙事者所带来的拼贴质量和迂回焦点导致了一种十分明显的含混不清。①哈里森（Summer Harrison）并不赞同万纳的"含混不清"的提法，相反，他倒是对多个叙事者的使用推崇备至，他认为"小说这样，不仅仅是为了求得第一人称叙事的不同视野，更是为了质疑故事的建构过程"，"文本中相反的观点事实上不是风格上的不一致，而是一种刻意为之的形式技巧"。他把这种技巧归为"元小说"（meta-fiction）叙事。②

将《四灵魂》当作一部元小说来解读也并无大不妥，不过论者更愿意将它视为一部对话小说。诚如哈里森所强调的，叙事者那那普什在小说中表现出了较强的"文学自省"，不断地提醒读者要认清故事本身的虚构性。不过，这样一来，《四灵魂》似乎难免再次成为希尔克早年对厄德里克《甜菜女王》指责的佐证。当时，希尔克批判厄德里克："自省写作有着空灵淡雅的清澈和闪闪发光的美丽，因为既没有历史也没有政治强行闯入来搅浑这口纯粹必要之井，而这种纯粹必要性是语言自身所包含的。"③《四灵魂》强烈的文学自省性是难以绕避的，这是厄德里克对实验小说广泛阅读后做出的形式的冒险。④然而，我们在《四灵魂》中却较难发现后现代小说中驱之不散的混乱、碎片、分

---

① Irene Wanner. *Four Souls*: Love and Revenge and Too Many Voices. *The Seattle Times* July 25, 2004.

② Summer Harrison. The Politics of Metafiction in Louise Erdrich's *Four Souls*. *MUSE* 23.1 (2011): p40, 42.

③ Leslie Marmon Silko. Here's an Odd Artifact for the Fairy-tale Shelf. *Studies in American Indian Literature*, 10.4 (1986): p.179.

④ Johns Malcolm. Life, Art Are One for Prize Novelist. in Allan Chavkin and Nancy Feyl Chavkin eds. *Conversations with Louise Erdrich and Michael Dorris*, p.4.

裂。相反，厄德里克试图凭此实现融合。下文将从玛格丽特与历史（奥吉布瓦妇女灾难史）的对话、那那普什与女性的对话、波莉与芙乐的对话入手，剖析各种融合。

一、玛格丽特与历史的对话：传统与现代的融合

我们已经知道玛格丽特在物质的洪波中随波逐流，小说的后半部分，她因一次偶然的幻象与奥吉布瓦女灾难史进行对话，在对话中被赋予了重任，而后又在重任的完成过程中回归了传统，重塑了奥吉布瓦女性长者的智者、医者和导师身份。

那那普什对自己的老仇人奢奢波（Shesheeb，奥吉布瓦语，鸭子的意思）心怀嫉妒，把他想象成自己的情敌，试图下套套住奢奢波，不想却套住了玛格丽特：

> 当我老头下的捕套套紧我的脖子时，我感到我的性命都要被挤出来了。一块黄斑笼罩住了我的视野，不过我还没死，透过那庄严的光辉，我看见了那条裙子。最初是透明的，随后是用办不到的材料做的。即便我的生命之河退潮了，我也禁不住思量。我想知道。你是怎么用水做裙子的？你是怎么用鱼鳞和鱼血做裙子的？怎么用石头做裙子？我看见一条又破又瘦的饥饿之裙。我看见一条满是网眼的同化之裙。一条母亲穿过的圣餐裙，她试图像白人一样生活，她最终放弃了。我看见一条用熊的叹息做成的裙子。用湖里的水草和愤怒做成的裙子。用威士忌做成的裙子。用迷失做成的裙子。我这一生一直在做那条裙子。绳索猛拉了一下。我的心要碎了。当我知道我可能没法完成那套为人疗伤的衣服时，我满心悲伤。

（*FS*, 175-176）

"鱼鳞""鱼血""石头"是奥吉布瓦人早期做衣服的材料和工具，它们代表着一种传统，当时的奥吉布瓦人通过自己的辛勤劳动丰衣足食，更重要的是，他们自治并享有自由。在奥吉布瓦人早期，即未曾

与白人发生接触之前，奥吉布瓦人没有布匹、剪刀、针线等，最初的制衣材料、工具均取自他们的日常生活。譬如，奥吉布瓦人最原始的制衣材料是"鞣制的皮革、植物的绿叶、荨麻茎纤维制成的料子"；缝制材料是"荨麻茎和肌腱"；缝制工具是"木锥子"。①有些材料甚至更出人意料，《羚羊妻》中，"这对双胞胎缝制……一个人用的是水獭的磨尖了的阴茎骨做成的锥子，另一个用的是熊的；她们的线是单股的，肌腱做的……蓝珠子是用鱼血染过的，红珠子是用粉末心染过的"（AW, 71；99）。

自"饥饿之裙"到"用迷失做成的裙子"，小说向读者展示了自19世纪下半叶至20世纪30年代奥吉布瓦妇女的灾难史。"又旧又瘦的饥饿之裙"将读者带至19世纪下半叶，当时奥吉布瓦人赖以生存的野牛消失殆尽，奥吉布瓦人又得不到美国政府所承诺的给养，陷入饥馑之灾。"同化裙"则将奥吉布瓦女性的苦难同寄宿学校联系起来。奥吉布瓦人青鸟（Laura Youngbird）曾做过一条"同化裙"，整条裙子褴褛不堪，净是网眼，裙子的上半身布满绑架字体（kidnap lettering）式的"assimilation（同化）"。青鸟以此象征和控诉在其祖母的时代（大致为20世纪初期），白人把奥吉布瓦的孩子们强行带离他们的家庭，送入寄宿学校。②"圣餐裙"的意义就不用多说了，尽管奥吉布瓦女性试图接受并按照白人的生活方式生活，但最终，她们仍然不为白人社会所接纳。"熊的叹息""湖里的水草和愤怒"把历史的镜头拉近，对准了芙乐，芙乐的氏族是熊，芙乐的保护神是麦基大神湖里的湖神。③1919年，芙乐家的土地、森林、湖泊易主白人，也难怪祖先（熊）会叹息、湖神（湖中的水草）会愤怒。后面紧跟着的"威士忌"让我们再次想到芙乐，1919—1933年，她在明尼阿波尼斯城中学会了酗酒，同时我们也很难不想到保留地上"夜夜买醉"的其他女性。最终的"迷失"是玛格丽特的精神状态，她在白人的物质海洋中失去了传统和自

① Frances Densmore. *Chippewa Customs*, p.30.
② http://muse.jhu.edu/journals/frontiers/v023/23.2youngbird.html.
③ 有关芙乐与熊的关系、芙乐与麦基大神湖的关系，可以阅读厄德里克的《痕迹》和《手绘鼓》。

我，也是保留地奥吉布瓦妇女的总体精神状态。

由如上分析可以看出，玛格丽特在被绳套套住脖子、生命即将走向终结的过程中，完成了自我与奥吉布瓦女性灾难史的对话。玛格丽特与历史的对话从"我想知道。你是怎么用水做裙子的？你是怎么用鱼鳞和鱼血做裙子的？怎么用石头做裙子？"开始。历史像放无声电影般，推出一个又一个无声的意象（"饥饿之裙""同化之裙""圣餐裙""熊的叹息做成的裙子""湖里的水草和愤怒做成的裙子""威士忌做成的裙子""迷失做成的裙子"）。问题"你怎么用"变成了问题"玛格丽特为什么不会"，问题的答案隐藏在这一系列的意象中：奥吉布瓦女性传统发生了断裂。玛格丽特的这番对话是在幻象中完成的，寻找到幻象本身就是一次奥吉布瓦传统文化的回归。寻找幻象对于奥吉布瓦人至关重要，一般情况下，当男孩、女孩进入青春期时，他们的父母或者祖父母就会帮助他们斋戒、寻找他们的幻象。[1]"曾有些奥吉布瓦妇女因为幻象，成为受人尊重的医者或者能干的工匠；有些妇女还担当了狩猎的重任及其他通常由男子扮演的角色"，[2]"一个人直到看见他的幻象（vision）才开始存在"。[3]小说中的玛格丽特虽然已年过半百，但她并不曾看见自己的幻象，因此，她也并未开启自我的奥吉布瓦意义的"存在"。或者我们可以说，在一定程度上，她仍然是一个"女孩"。经历了这次幻象之后，玛格丽特与传统取得了联系，她明白了自己的责任，"我知道这条裙子希望有人来做它"（*FS*,176）。

做裙子的过程，同样是一场对话，在这场对话中，玛格丽特完成了自我与自我的过去的对话，而她的过去又是包含在奥吉布瓦的线性历史中的。一方面，玛格丽特重温了奥吉布瓦古老的制衣之法，"它（裙子）上的任何东西都不能是白人的"（*FS*,131），她带领并指挥自己的丈夫、儿子借助一切非白人的工具和方式获得兽皮、装饰用骨头、染色剂等。这样一来，玛格丽特的儿子和丈夫也均与过去产生了联系，

① Ruth Landes. *The Ojibwa Woman*. New York: Columbia University Press, 1971: pp.8-9.

② Christopher Vecsey. *Traditional Ojibwa Religion and Its Historical Changes*, p.125.

③ Basil Johnston. *Ojibway Heritage*, p.119.

这正好反映了"大地母亲"土地观部分所讨论的人与土地不可分割，"土地是连接土著人与他们的祖先、神灵和自然世界的生命线"。另一方面，玛格丽特在缝制的过程中，把自己"50年里业已遗忘的事情讲述给裙子"（*FS*, 177），包括她的幼年、青年和老年经验。尤其值得一提的是她儿时的"学校"经历。为了躲逃寄宿学校工作人员在保留地的抓捕，年幼的她躲在曾祖母裙子（dress）下。玛格丽特将曾祖母称为"我的学校"，在这所学校里，她听到了诸多有关奥吉布瓦老妪的故事，这些女性可以回溯到奥吉布瓦部族的最初。通过回忆自己的这段经历，玛格丽特再一次与奥吉布瓦女性史联系了起来，并且她自己也成为这条历史长河中的一朵浪花。

上述两次对话帮助玛格丽特开启了其作为奥吉布瓦意义的"存在"，成为医者和导师的玛格丽特在两种文化间并不厚此薄彼，相反，她采用了一种积极融合的方式。玛格丽特发现，"我在做这条裙子，但似乎是它在做我"（*FS*, 180）。裙子成了一件"药裙"（medicine dress，*FS*, 175），帮助她治愈了她的断裂病（与奥吉布瓦女性传统断裂之病）。玛格丽特不再为白人丰富多彩的物质世界蒙蔽双眼，她成了一名医者、一名导师。玛格丽特的"医者"和"导师"身份是通过她为芙乐治病体现出来的。也正是在这个治病的过程中，玛格丽特体现了一种融合精神，她与奥吉布瓦传统重新建立了联系，但她也仍然借鉴自己已有的知识。玛格丽特以奥吉布瓦人特有的"甜草熏疗（sweet grass smoke）"（*FS*, 203）[1]为芙乐祛病。同时，她把"天主教的圣洗圣水引入了一种新的仪式"。[2]

古老的奥吉布瓦传统加上玛格丽特从白人牧师那里学来的现代仪式[3]帮助芙乐净化了自身。小说几近结束时，芙乐穿着玛格丽特的药衣，开始自己的幻象寻找，玛格丽特对芙乐说："是时候让你来走这

---

① 奥吉布瓦人会用很多草本植物治病，如雪松枝用来净化空气，用鼠尾草治疗感染病，硬用灌木来洗手、擦洗锅具等。Frances Densmore. *Chippewa Customs*, pp.46-47.

② Summer Harrison. The Politics of Metafiction in Louise Erdrich's *Four Souls*, p.40, 59.

③ 鉴于天主教比奥吉布瓦教晚，此处将之视为一种现代仪式。有关天主教对奥吉布瓦人的传教历史可参见本书第二章第一节。

条中间道路了。"（middle way, *FS*, 206）"走这条中间道路"，是一种生存智慧。

二、那那普什与女性的对话：男性与女性的融合

如果说玛格丽特在传统与现代间开辟了一条中间道路，那那普什则在男性与女性间开辟了一条中间道路。厄德里克特意安排的男女互补叙事似乎也说明了这一点。小说中，那那普什凭借自己的异乎常人的机智和洞悉本质的敏锐，与被毒害的女性对话，最终完成了其作为一名"地母男人"的重任，守护了大地母亲，复兴了人们应回报给大地母亲的尊重和敬畏之爱。

《四灵魂》有意将那那普什塑造为一名"地母男人"，并赋予他守护大地母亲的重任。维泽勒的地母男人（马克瓦）洞彻到，保留地上"我们的女性中毒了"，那那普什则从玛格丽特买油地毡的行为中感受到了失望。此外，马克瓦与那那普什所表现出的另外三方面相似让我们很容易将那那普什解读为一个地母男人。在马克瓦方面，我们发现：其一，马克瓦是熊的孩子，这也意味着，马克瓦不是常人；其二，马克瓦知识渊博，多次在政府学校为印第安学童上课，他常常如布道般滔滔不绝；其三，马克瓦周身散发着恶臭，以至于苍蝇与他如影随形，他常常是一边上课，一边拍打苍蝇。那那普什表现出与之大体相似的三个方面：1. 那那普什的名字 Nanapush 暗示了奥吉布瓦的大神那那波什（Nanabozho），神话故事中那那波什系其母与大风神所生，鉴于奥吉布瓦人对名字的看重，这在一定程度上也使那那普什具有了某种神性。2. 在《痕迹》《报告》《四灵魂》中，那那普什均担当过叙事者或者讲故事人，他所讲的故事具救人的神效，"通过一个故事解救自我……死神没法插嘴，它垂头丧气，去找别人了"（*T*, 46）。3. 那那普什倒是没有马克瓦周身的恶臭，不过在《四灵魂》的第 13 章，那那普什自己也以大篇幅绘声绘色地讲述了自己与苍蝇的大战。再有，维泽勒的马克瓦是龟山保留地人，《四灵魂》中的保留地又是以厄德里克的龟山保留地作为模板来虚构的。因此，我们更有充分的理由将那那普什解读为"地母男人"。

地母男人的主要任务无疑是拯救大地母亲，那那普什通过一场对话，实现了对大地母亲的拯救：

（A）朋友们，亲人们，nindinawemaganidok①，我是那那普什，诸多灾难的见证者、愚蠢的朋友、龟氏族人、以壮举拯救过我们族人生命的老米拉吉的儿子，我是百分之百的纯阿尼什纳比人，我既能讲我自己的语言又能讲英语。但是今天，英语说着难受，说着让人作呕，因为正是这种语言，我们被，并且总是被欺骗。正是英语制造了谎言。所有的协议是英语的，难道不是吗？在它的措辞中，我们的土地被人偷走了。威士忌酒瓶上的标签是英语的，没问题吧？当我们喝着写着英语的酒瓶子时，我们耗费了我们的理智。当谎言重重地压住我们奥吉布瓦人的舌头时，我们怎么能说英语？

……

（B）我不害怕，不像其他人那样，担心我的男性气质会因为穿上一条裙子这样的小事儿而有所损减。我的男性气质是由更坚固的东西组成的。不，我不担心那个。相反，我担心，自己像很多吹嘘他们的优越、滥用他们的蛮力、聪明或权力的男人们一样，没有资格穿一个女人的裙子。

（C）我们把大地称作**祖母**。当日子难熬了，我们向她求助。当我们孤独了，或者受到死亡困扰了，我们在她的胸口哭泣。我们所在的一切，我们生存所依靠的一切，都来自**祖母**。没有她不给我们的。但是，什么事情都有个度，你亲奶奶的耐心也会是这样。

（D）不是这条裙子跟我说话。而是我张开了耳朵，听到了这所有的我身为男人时错过的。

（E）听，老傻瓜们，我听见地神跟我讲。你在我美丽的身体上行走。我允许你这样——不是因为你是人，不是因为你是男

---

① 此处为奥吉布瓦语，据上下文猜测，可能是类似于"你们好"之类的打招呼用语。

人——而是因为是女人生了你。我，地神，尊敬女性的伤痛，它
是生命延续过程中的所得。你们男人所经历的唯一的痛苦是，你
们吃妻子给你们做的饭，撑得太饱。听我说完，你这个可怜的、
走神的家伙！可怜虫，长着一个门把手和一对球。你会怎么办，
地神笑着问我，如果这世上所有的女人都对你们男人夹紧双腿？
灭绝，就是这。要是我慷慨的特质也这样呢。你们所有的一切都
是我给的。你们欠我的命。

　　（F）现在我问你们，你们回报我什么了？

　　（G）"我们给了她什么？"我的问题，没有人回答。我说得
够多了。我走了，让会众去想我说的。当他们投票的时候，他们
拒绝了土地变现。

　　（FS, 154-156，黑体原文是首字母大写，下划线及字母标识为
笔者自加。）

　　那那普什的这段演讲实际上包含两组对话，第一组是那那普什与
会众的对话，第二组是那那普什与大地祖母的对话，上文中以下划线
进行标识。为了争取到会众的选票，阻止土地变现，那那普什开门见
山，激发人们对土地购买者的憎恨，见段落 A。会众的男女比例是 1:2，
那那普什明白想要在最终投票中保住土地，更稳妥的办法是争取到女
性的投票，鉴于此，那那普什一方面抨击男性，见段落 B；另一方面，
他还唤起人们早已遗忘的对待大地祖母理应抱有的感激和敬畏之情，
见段落 C。这样还不够，那那普什想象了一场自己与大地祖母的对话，
文中画线部分。在这场对话中，大地祖母强调以自己的"慷慨特质"
为代表的母性精神的重要性，它决定着部族乃至人类的兴衰灭亡，借
此警告男人（那那普什）要善待土地、善待女性。最终，那那普什赢
得了选票，保住了土地。

　　那那普什试图在男性与女性这二者间做出融合，并获得成功，这
种融合主要包括两方面：一则，我们看到那那普什在自我的男性身份
和女性的大地祖母身份间转换；二则，那那普什外在的女性服饰、装
扮与他内在的男性话语结合为一体。第二组对话是那那普什想象的，

一定程度上，对话中的那那普什是那那普什，同时那那普什也是大地祖母。这样的话，那那普什兼具男性的自我和女性的大地祖母两种身份，他在男性、女性中间做出了自主变换，这可以视作一种精神性或者思维方面的融合。那那普什在物质方面也进行了男性与女性的融合，这主要体现在他的服饰和外貌上。服饰上，那那普什是穿着玛格丽特的药裙来的，这本是让人耻笑之事，他却以一句"我担心……没有资格穿一个女人的裙子"扫除了尴尬，拉近了与女性的距离。外貌上，那那普什刻意将自己装扮成一位女性，把"头发梳成了完美的女辫"，拔掉了"乱蓬蓬的胡子"，平滑了"眉毛"，"在脸颊上抹了点彩"（*FS*, 151）。显然，那那普什在服饰和外貌方面都趋近于女性，但同时，在演讲的过程中，他的话（大地祖母所说的除外）又是男性的，虽然他在不断地指责、痛斥男性（段落 B、E）。这样一来，那那普什又实现了内在的男性和外在的女性的融合。不过，厄德里克的幽默之处就在于，她笔下的那那普什并不是有意穿药裙来开会，而是一次"无心插柳柳成荫"的歪打正着：那那普什前一日穿着药裙去修道院偷酒喝，酩酊大醉，开会当天来不及换衣服，只得穿着药裙来开会，虽然他一路上还想着"谁的衣服，我能讨来"（*FS*, 151）。

对于奥吉布瓦人而言，重新获得男性与女性的融合是十分重要的。正如本书第一章已经谈到过的，奥吉布瓦人传统中的男性和女性是互补关系，白人文化的入侵改变了这样一种平衡关系，造成了奥吉布瓦人男性与女性的不公，女性沦为奥吉布瓦社会的底层，她们除了要遭遇来自部落外的其他种族的剥削，还得忍受本部族男性的压迫。这一点，那那普什在演讲中也有所提及，保留地的男人们"吹嘘他们的优越、滥用他们的蛮力、聪明或权力"。那那普什的"无心插柳柳成荫"的融合，冥冥之中，却复兴了人们对女性的尊重和敬畏，复兴了男女的和谐与共，因为所有的奥吉布瓦人又都有一个祖先，即大地母亲。

三、波莉与芙乐的对话：白人与奥吉布瓦人的融合

《四灵魂》涉及保留地和都市两处，那那普什根据芙乐回到保留地后的讲述以及他和达米安神父的聊天、二人的共同猜测等完成了他

对都市所发生的一切建构，波莉的叙事则来自她的在场。作为土著人的那那普什与作为白人的波莉的交叉叙事，这在一定意义上说明了两种文化在不断交流。有论者注意到了厄德里克小说中不同叙事者叙事眼光的差异，将其视为各种不同观点、视域的平衡，抵达一种仪式平衡。①事实上，《四灵魂》中的不同叙事者存在叙事眼光差异，同一叙事者的叙事眼光也在发展变化。下文将聚焦波莉叙事眼光的变化，以此来说明叙事者在自我与他人（主要是波莉和芙乐）的沟通交流中所获得的经验的丰富和心智的成长。在此基础上，我们或许还可以将整部小说中多个叙事者的叙事眼光解读为一种沟通和交流，而不仅仅是平衡。

波莉的叙事为第2、第4、第6、第8、第10、第12章，共6章，在第2章和第8章，波莉均对毛瑟的大房子有过叙述，但叙事眼光明显有了变化。第2章中，房子是"纯白的，就像蛋糕店橱窗里的蛋糕一样干净，高高地竖立在落满了雪的斜坡上，任何树都遮不住它，屋檐、山墙、门柱，全都雕刻精美"（*FS*, 11）。第8章中，房子变成了"可耻的，财富的汇集"，"里面……聚集着可怜的破败的无赖和错误的心"（*FS*, 98）。同时，我们还发现，波莉对房子中的人的认识也大有变化，仅以芙乐为例。在前面部分的叙述中，芙乐"闭塞""破破烂烂""灰暗""迟钝""愚笨""不聪明""变成文明人……就像把野狼变成家犬一样遥远""像努比亚一样黑""印第安娘们"，以及会"取出人心脏"（*FS*, 12-60）。在后面的叙述中，芙乐"相处起来容易""给我（波莉）带来平静""忧郁""富有爱心""热情"，以及"芙乐是我（波莉）的姐妹"，"她得到了葛辛小姐（波莉）"（*FS*, 65-129）。

原本让波莉引以为豪的大白房子最终成为罪恶、可耻的象征，最初让波莉鄙夷、轻视、厌恶的"印第安娘们"也变得可亲可爱可敬。事实上，房子、芙乐没有太多变化，真正变化的是波莉的认知。

波莉主动与芙乐接触，这为她新的认知提供了可能性。1921年左

---

① Robert Rosenberg. Ceremonial Healing and the Multiple Narrative Tradition in Louise Erdrich's *Tales of Burning Love*, pp.113-131.

右，毛瑟与波莉的妹妹普拉西德（Placide）离婚并娶了芙乐，波莉同妹妹一块儿搬出了毛瑟的大房子。几个月后，芙乐怀孕。波莉异常喜欢孩子，当她得知芙乐怀孕后有流产的危险时，主动来到芙乐的身边照顾她。孩子出生后（大致是 1922 年），波莉搬回了毛瑟的大房子，自愿做起了"育婴女佣""医生""想象中的姨母""小家伙（小毛瑟）的仆人""母亲（芙乐）的仆人"等。波莉一直与芙乐和小毛瑟待在一起，直到 1933 年毛瑟破产，芙乐和小毛瑟搬回保留地。

在长达 10 余年的亲密接触中，波莉改变了自己的一些成见、偏见乃至谬见。小说虽然没有提供给我们太多波莉与芙乐的对话，并且叙事者波莉也一再强调芙乐和自己的沟通不需要有声的语言，但小说中的两个小片段仍然足以揭示二人情感的发展和变化。小说中，波莉与芙乐的第一次对话（时间大致是 1920 年冬天），波莉作为毛瑟家的女管家对新雇的洗衣女工芙乐颐指气使，芙乐面对吩咐，只作答"好""现在""不是伊丽莎白"。这样的对话显然只聚焦于公事本身，不存在沟通交流情感的目的，也就没有促进理解的可能。几年之后，波莉和芙乐带着小毛瑟去湖边郊游（时间大致是 1930 年左右），芙乐不仅帮助波莉抵御了她之前爱恋过的一名男子的未婚妻的羞辱，还对波莉提起了自己的母亲："'我母亲的名字'她说。我不理解。'Anaquot。我母亲的名字。所有名字中的一个。''Anaquot。听起来很可爱。什么意思？''云。'"（*FS*,123）对话已经不再是命令与执行命令的关系，而变成了个人化的交谈，芙乐向波莉讲述自己的母亲，她代表着一种过去、一种传统和另一种文化。波莉也显示出了关注的兴趣和喜爱。

小 结

波莉的认知转变源于她后来主动、自主、自愿地对奥吉布瓦历史进行关注，对奥吉布瓦人命运予以关切。玛格丽特能够重拾自己的长者、智者和师者身份，源于她在传统与现代间的往返对话。那那普什能够成功地保护土地，源于他对"大地母亲"土地观的固守和因固守而调动起的男性与女性的对话。不论是无声的心灵之交，还是有声的言语之流，在这些"对话"中，一种新的互补的、共存的、求同存异的新意识均会由此诞生。回到土地灾难本身，事实上，白人并不是印第安人灾难的始作俑者，白人身后的白人文化传统才是这一切的根源。[①]印第安人无法将白人从北美大陆攥出去，不论从技术上讲还是从道义上讲，显然这都是不可能，也是不合适的。两种不同的文化需要交流，只有这样，彼此才能体会和理解对方的"事出有因"，做到融合，达到共生共存。波莉的叙事最后交代，她改变了自己之前对毛瑟的华裔仆人范檀（Fantan）的种族歧视，嫁给了她，并且二人为了以后能够多与芙乐和小毛瑟有联系，搬到了芙乐和小毛瑟所在的保留地与一小镇的边界处生活。波莉与范檀的结合、二人最终所选定的"边界"再次让我们想起了玛格丽特对芙乐的教导："是时候该你走中间道路了。"或许，《四灵魂》想告诉读者，我们所有的人，不论印第安人、白人，还是华人，都需要走中间路线。一旦走了中间路线，印第安人还会存在吗？蒙特祖玛（Carlos Montezuma）用诗告诉我们："变化不是消失！"[②]果真如此？《手绘鼓》告诉我们，要想不消失还需要铭记关于传统的记忆，尤其当我们创伤累累时。

---

① 伯德罗（Peter G. Beidler）指出，当下，美国教授土著文学课的老师常会遇到这样一个难题，有些学生倾向于认为"土著人是破坏他们土地的白人征服者的受害者"，伯德罗更愿意将印第安人视为"白人破坏自然环境的受害者"。Peter G. Beidler. The Earth Itself Is Sobbing: Madness and the Environment in Novels by Leslie Marmon Silko and Louise Erdrich, p.114.

② Carlos Montezuma. Changing is Not Vanishing. in Robert Dale Parker ed. *Changing is Not Vanishing: a Collection of Early American Indian Poetry to 1930.* Philadelphia: University of Pennsylvania Press, c2011: p.287.

第四章 《手绘鼓》: 创伤灾难下的记忆与回归

> 如果不把它们放下，我们全都变得痛苦，然后我们的痛苦会抓住我们……总之，我现在要告诉你的是，通过现有的、手边的事情，把痛苦放下。把它们讲出来，这样就能活下来，别让它们驻留心间。看，这就是那面鼓的好处。它让这些痛苦从你的心底流出来，进入到这个世界里，这样，那些歌就可以把它们带走了。
>
> （PD, 105）

厄德里克在早期的访谈中强调："保留地的人物是重要的，但并不如与之相联系的主题如生存、生命的治愈力这般重要。"[1]生存，尤其是饱经创伤的人的生存往往成为厄德里克作品的关注点。在她的小说中，创伤宛如幽灵，隐秘但从不自行消失，它在创伤受害者的心理空间重复上演。创伤受害者因此产生分裂：一个自我生活在陌生的现实世界里；另一个自我生活在痛楚的悲情世界中。后者影响、阻碍甚至最终摧毁受害者的现实世界。在创伤的攻击下，作为个体的创伤受害者失去了自我，创伤受害者的个体创伤往往同奥吉布瓦族的传统文化断裂纠缠在一起，他们共谋成为影响奥吉布瓦部族生存的灾难。《手绘鼓》中，法耶（Faye）幼时意外遭遇了妹妹内特（Netta）之死，"多年里"，法耶的生活均"围绕着对她（内特）的记忆"展开（PD, 73）。老沙瓦诺（old Shaawano）中年之时，长女鼓女（Drum Girl）意外丧生狼口，数年里，老沙瓦诺亦遭创伤所拘禁，这一创伤又在他的后代间传播与异化，不仅摧毁了老沙瓦诺自己的生活，还破坏了老沙瓦诺

---

[1] Chavkin Allan and Chavkin Nancy Feyl eds. *Conversations with Louise Erdrich and Michael Dorris*, p.14.

的儿子、孙子一家三代人的生活。尽管小说充斥着低迷、悲伤、痛苦、死亡，厄德里克仍然矢志于寻找出路。一面在"鼓女"①的灵魂指引下制成并在鼓腹中收入了鼓女骨头的手绘鼓将遭遇创伤侵蚀的受害者聚在一起，从创伤记忆向叙事记忆的转变过程中，作为个体的自我得以重建；从个体记忆汇入集体记忆的过程中，作为群体的部族得以续存。

第一节　创伤的再现：鬼魂和风景

1993 年，世界卫生组织出版的《国际疾病分类》（*International Classification of Disease, ICD-10*）将创伤事件描述为极具威胁性的灾难性（exceptionally threatening or catastrophic nature）事件，经历事件的人会不停地回忆、体验创伤事件，包括侵入性的闪回、生动记忆、反复做梦、面对创伤事发地情绪失控、刻意避开事发地、回避各种联系等，这些事件均可能为事件的经历人造成弥漫性的悲痛（pervasive distress）。②

从最初的《爱药》到最新的《拉罗斯》，厄德里克的几乎每一部作品都充斥着大量的创伤性事件。《爱药》中，琼与白人男子性交易失败，冻死在回家的路上；亨利越战中遭俘，重获自由后投水自戕。《甜菜女王》中，姐弟三人遭到乘观光飞机逃走的母亲的遗弃。《痕迹》中，那那普什、芙乐的亲人在疾病中丧身；芙乐在小镇遭白人男子强奸；

---

① 小说中，老沙瓦诺的长女"鼓女"（drum girl）没有名字，其他诸多人物不仅有名字，小说还详细交代了数个人物名字的由来。譬如，女孩肖妮（Shawnee）的名字取自其家族中的一位预言家的名字；老妪"吉石克"（Geeshik，奥吉布瓦语，"天空"的意思）的名字来自另一位叫做"卡卡吉石克克"（Kakageeshikok，奥吉布瓦语，"永恒的天空"之意）。鼓女没有名字，这对于极其看重人名的厄德里克来说，显然是一种刻意为之的不命名。笔者认为，通过这样一种不命名，小说将单个的奥吉布瓦人，也即老沙瓦诺的长女，融入了以奥吉布瓦鼓为象征的奥吉布瓦文化中，体现了一种个体对集体的参与、当下对历史的建构。

② World Health Oragnization, ICD-10. *The ICD-10 Classification of Mental and Behavioural Disorder: Diagnostic Criteria for Research*. Geneva: World Health Organization, 1993.

宝琳亲手杀了自己的情夫。《羚羊妻》中，女儿躲在车中窒息而亡；理查德·白心珠（Richard WhiteHeart Beads）于前妻再婚婚宴的当晚自杀。《报告》中，玛丽（Mary）的父母双双罹难，玛丽遭拿破仑强奸。《俱乐部》中，菲德里斯（Fidelis）和塞浦路斯（Cyprian）分别效力于德、美两军，后侥幸活命；菲德里斯的好友死于第一次世界大战战场；菲德里斯的 4 个儿子又分别效力于第二次世界大战德美两军，两儿子死于战场，一儿子被美军俘虏；菲德里斯的妻子罹患癌症，不治身亡。《鸽灾》中，一家数口除一女婴外均遭灭口；3 名印第安人被白人以"莫须有"的罪名施以绞刑；玛蔻（Marn）在身体与精神两方面遭丈夫比利（Billy Peace）的禁锢。《踩影游戏》中，艾琳的前夫吉尔（Gil）强奸了她；艾琳和吉尔溺水身亡，3 个孩子自此成为孤儿。《圆屋》中，杰拉尔丁（Geraldine）遭到白人男子强奸并险遭焚烧；杰拉尔丁 13 岁的儿子同伙伴正法了白人男子后却噩梦连连。《拉罗斯》中是一起意外事故，印第安男子艾恩（Iron）猎鹿时误杀了白人好友的儿子。

　　《手绘鼓》可谓是厄德里克诸多小说中的一部颇具代表性的讨论创伤的作品。依据时间顺序，小说中出现的"毫无准备""极其恐惧"[①]的创伤事件包括：1900 年左右的冬天，9 岁的奥吉布瓦女孩鼓女狼口丧命；20 世纪中期，6 岁的奥吉布瓦女孩内特（Netta）从树上落下身亡；21 世纪初期的某个冬天，已经上大学的白人女孩肯德拉（Kendra）与白人男孩达凡（Davan）车祸丧身；肯达拉与达凡逝世后的第二年冬天的深夜，9 岁的奥吉布瓦女孩肖妮（Shawnee）同弟弟妹妹又饿又冻，生火取暖，引发火灾，肖妮领着弟弟妹妹冰天雪地里逃命。前三件事件的创伤受害者是她们的亲人，第四件的受害者是肖妮和弟弟妹妹本身。鼓女之死、内特之死和肖妮的雪地逃命串联成为整个小说，这三件创伤事件宛如原子弹爆炸一般，在创伤受害者的心灵空间辐射出层层的能量波，进而引发新一轮的灾难。除此，小说还涉及内特父亲在女儿内特去世后的猝然离世、肯德拉母亲在女儿高中时的车祸身

---

① Cathy Caruth ed. *Trauma: Explorations in Memory*. Baltimore: Johns Hopkins University Press, 1995: p.153.

亡、达凡母亲在儿子辞世后的罹患癌症、肖妮的亲生父亲对肖妮母子4 人的抛弃、伯纳德的母亲在孩子年幼时的撒手人寰、伯纳德的祖父在鼓女死后酗酒殴打儿子沙瓦诺、沙瓦诺在妻子辞世后酗酒殴打伯纳德兄妹 3 人、内特的外祖母去卡莱尔寄宿学校学习、芙乐的亲生父亲在跳鼓舞的过程中倒地身亡、皮拉杰一家除了芙乐和去卡莱尔寄宿学校学习的内特的外祖母均在疾病中死亡等。

　　厄德里克小说中创伤事件大致可以分为四类：普泛的全人类均可能遭遇的创伤事故，如疾病、丧亲、丧偶、遗弃；战争创伤，如世界大战等；弱势群体遭遇暴力创伤，如女性遭受性暴力创伤、儿童受虐创伤；美国土著及世界上的某些民族所遭遇的殖民创伤，如寄宿学校同化。卡鲁斯的创伤定义倾向于将创伤的本质视为"被一个意象或一桩事件所控制"，①这使得创伤自其诞生之时起便携带了一种天然地抵御常规叙事结构和线性叙事时间的力量，如何再现创伤也因之吁求作家的探索精神和尝试能力。厄德里克的小说中，创伤的再现途径大致可以分为"鬼魂"和"风景"两种。

一、创伤再现之鬼魂

　　不少作家都曾用鬼魂来具体并可视化创伤，文学化的鬼魂作为线性时间断裂的恰当体现，积极谋和了创伤的抵御力量，厄德里克的小说也对鬼魂青睐有加。莫里森的《宠儿》可以看作以鬼魂再现创伤的富于开拓性的上品之一。②事实上，早在莫里森发表《宠儿》之前，厄德里克就已在 1981 年所发表的短篇小说《荆棘王冠》（*Crown of Thorns*, 1981）中召唤过鬼魂的出场。这则鬼故事收录在厄德里克 1984 年出版的《爱药》中，小说为她赢得了当年的全国书评家协会奖。《荆

---

① Cathy Caruth. *Unclaimed Experience: Trauma, Narrative, and History.* Baltimore: The Johns Hopkins University Press, 1996: pp.4-5.

②《宠儿》中，塞丝的手锯结束了宠儿在现实世界中的生命，宠儿的鬼魂不断返回现实世界，永无餍足地索求母爱，并肆无忌惮地破坏塞丝一家人的生活。宠儿的鬼魂并不是一个真实的存在，它是一种心理苦难的象征，所象征的是奴隶制未曾解决的创伤，鬼魂不过是这种未曾解决的创伤的一种具体化和可视化。

棘王冠》讲述了这样一个鬼故事：醉酒后的高迪在自家的卫生间看见了趴在窗子上悲伤地挠抓窗玻璃的已逝前妻琼；高迪逃出卫生间，房间里的一切都开始运转，突然一声巨响，周围漆黑一片，一个红色的光球掉在他手里，琼从窗子里挤了进来；高迪夺门而出驱车逃命，途中撞死了一只母鹿，被高迪扔到后座去的母鹿后来奇迹般地站了起来，高迪用撬棍把母鹿打死；在清醒的那一刻，高迪发现被打死的母鹿变成了死去的琼（*LMN*, 212-229）。鬼故事再现了高迪与琼的日常生活：琼在世时，高迪终日贪杯酗酒，醉后暴打妻子。假借母鹿的身体站起来的琼的鬼魂象征着琼对自己死亡的抗议，高迪酒醉时可以让这种抗议倒下，但清醒时却无法办到。琼的鬼魂归来成为保留地酗酒创伤的再现，作为一种象征，她的抗议也不再只是个人的，而是女性对男性酗酒暴力的总体抗议。

继《爱药》之后，琼的鬼魂在《炙爱集》中再次现身，对土著女子所遭受的来自保留地之外的白人男子的性暴力创伤进行控诉。[①]其后的《羚羊妻》中有更大篇幅的关乎鬼魂的描写。《羚羊妻》中共出现了 3 个鬼魂，迪安娜·白心珠（Deanna Whiteheart Beads）的鬼魂、理查德·白心珠的鬼魂和一位不知名的奥吉布瓦老妪的鬼魂。迪安娜的鬼魂始终萦绕于活着的妹妹卡莉（Cally）和母亲罗津（Rozin），二人时常落入迪安娜意外之死的无限自责中。理查德自杀后，其鬼魂试图继续如他生前一般纠缠并控制罗津，引得罗津决定"要去北方，剁碎理查德的坟墓，如果他还不放过自己，（她）就放火烧他的骨头"（*AW*, 192）。奥吉布瓦老妪的鬼魂则在老罗伊（Roy）暮年之时造访于他，

---

① 《爱药》中，琼受白人男子安迪（Andy）的诱惑，与之共饮并行男女之事，以期换来他送自己回家。事毕，安迪睡着，琼只得独自一人走回家，最终冻死在回家的路上（*LM*, 1-7）。安迪后来变身为杰克（Jack），在《炙爱集》中出场：暴风雪之夜，杰克在车里看到了已死的琼，琼等待杰克送自己回家，迷路的杰克自身难保，杰克转而看见琼在车前引领他回家（*TB*, 377-387）。《爱药》中的安迪凭借自己的经济优势（有钱为琼买酒、有车可以送琼回家）拥有了权力优势，从而拐骗琼从事她并不心甘情愿的性交易，这是一种隐性的性暴力。杰克遇难的这一晚与琼遇难的那一晚，在天气上很相似，均为冬天且寒冷异常。厄德里克让琼的鬼魂在一个对于杰克而言似曾相识的时刻出现，这显然是一种文学的刻意，既能让读者对当初琼的劣势处境掬以更多同情，也能激起对杰克/安迪的性暴力行为的更多指责。

频频的造访使得老罗伊不得不为自己年少鲁莽加入美国政府骑兵团血刃奥吉布瓦小村庄的罪行买单，作为赎罪，他将自己的孙子送到当年的事发地。三个鬼魂分别代表了至亲之人意外死亡之事故创伤、男性强暴控制女性之性创伤和白人虐杀土著人的种族屠杀创伤。

《手绘鼓》中，厄德里克延续了创伤的鬼魂式再现，不同的是，在《手绘鼓》中，鬼魂同现实生活中的人一样，可以并需要成长，鬼魂的最终成长过程亦说明创伤受害者本人的成长并康复。

鼓女的鬼魂在老沙瓦诺的梦中出现，引导老沙瓦诺做了一面奥吉布瓦传统手绘鼓，鼓腹中收拣了鼓女的两根尸骨。本来作为创伤再现与具体化的只在创伤受害者的精神世界与梦境中出现的鬼魂以"手绘鼓"这样一种物质形态回归人间，这也是厄德里克鬼魂书写的新变化。最初，手绘鼓救治了部落中的许多病人。后来，手绘鼓露出其"任性，像孩子一样，生起气来就管不住自己"（*PD*, 185）的一面，因此被尘封了 40 年。40 年后，鼓又被重新使用，助人疗伤。内特的鬼魂也同样有成长。最初，内特的鬼魂常常在法耶的梦中出现，法耶被迫把被压抑的内特之死当作一种当下经验重复，而不是像医生们希望看到的那样，把它当作属于过去的东西来铭记。法耶常从恐惧的状态中醒过来，噩梦代表着重返经历。后来，内特的鬼魂停止造访法耶的梦境，法耶为之思念不已。已过半百之龄的法耶邂逅了手绘鼓，在鼓声的召唤下，内特的鬼魂又重回法耶的梦中。不同的是，内特不再是个孩子，而变成了一个生活幸福美满的优雅女子。鼓女和内特的鬼魂都经历了最初的童稚、封存或离去后的成长和最终成人后的重返。与之相伴的也是创伤受害者老沙瓦诺和法耶的成长与康复，二者均从创伤的萦绕中走了出来。

厄德里克以鬼魂再现创伤，并赋予鬼魂孩子气的童真和如人一般的成长经历，这与奥吉布瓦人对"人"的概念的理解是相吻合的。第一章中我们已经介绍过人的自由灵魂与身体独立，等人睡着了，它可以随意旅行；一个人的自由灵魂也可以待人死后在阳世逗留一段时间再离开。不同于塞丝在光天白日里领回宠儿，厄德里克小说中的人物总是在非清醒状态下邂逅这些灵魂。高迪在醉酒后、安迪在暴风雪的极度恐惧中邂逅了琼的鬼魂。卡莉在自我身份的痛苦迷惶中听见姐姐的声音。罗津在前夫死后的自责、悔恨和昏迷中看见了前夫的身影。老罗伊在高烧之时与老妪重逢。法耶在睡眠中与妹妹团聚。老沙瓦诺在沉醉或昏睡中得到女儿的指引。我们可以将在世之人与鬼魂的重逢视为他们潜意识中的对亲人死去这一行为本身予以拒绝后的心理机制使然。同时，我们也可以将重逢解读为奥吉布瓦意义上"自由灵魂"的重逢。在身体的睡眠状态下，生者的"自由灵魂"从身体中飞逸而出，同死者的仍然逗留于世的自由灵魂得以相聚。

二、创伤再现之风景

风景是厄德里克小说中的创伤得以再现的另一重要途径。中国人往往以"登山则情满于山，观海则意溢于海""感时花溅泪，恨别鸟惊心"等之类的诗句说明人类情感作用于外部风景：人置身于风景之中，容易将自我的情感投射到风景之上，客观风景成为个人情感的表征和再现。与此相似，厄德里克小说中的创伤受害者也将自我的情感投注于外部风景之中。创伤事发地成为受害者心灵空间的外部延展，创伤通过受害者的"想象力介入树木、水和岩石"[1]中。事发地不再是一种纯粹的自然景观，而是一处渗透了创伤记忆的场所。创伤也不再是一种仅驻留在受害者内心世界的自我体验，它因事发地的风景而获得了疯长的生命力。同时，事发地又因为创伤的"灵魂附体"而变得富有魔力，对创伤受害者的行为产生一定的影响力，并试图与创伤合谋埋葬创伤受害者。

对于法耶而言，屋后的果园并非自然地生长着苹果树的园子，而是一处不可以触及的伤痛，它饱含了法耶的痛苦记忆，并继而成为法耶悲愤乃至仇恨的对象。内特失事那年，法耶9岁，自此之后，整座果园就人为地封存了。直到40多年后，法耶的情人库特（Kurt）自作主张地闯入果园。所谓"闯入"，有两层意思：一层是语言层面的提及；另一层是行动层面的进入。这两种闯入都像突然碰触了法耶的神经一

---

① Simon Schama. *Landscape and Memory*. London: Fontana, 1996: p.61.

般，法耶表现出语言的失常和行为的失态。第一次，库特在法耶家中向她提出修饬果树的建议，未等他把话说完，法耶就粗鲁地打断了他，俨然一副神经质的模样。在场的埃尔希（Elsie，法耶的母亲）试图稍加劝说，法耶发现自己的"内心充满了愤怒""想伸出手来摇醒她"。紧接着，法耶打翻了巧克力热饮，她感到"埃尔希的突然背叛刺痛了她的心"。随后，法耶立刻驱车离家而去。法耶的这一系列行为再现了法耶对果园的态度：果园是妹妹的失事之地，它在一定程度上也应该对妹妹的死负责，所以果园没有权力再次"美丽、生机勃勃"（*PD*, 56）。第二次，库特在二人约会的餐厅问询法耶不让他修饬果园的原因，法耶再次失常和失态，她的声音变得"不同"，"女孩子似的成熟女人的恐慌"（*PD*, 64）淹没了她，她从餐厅的桌子堆、椅子群中觅得一条活路逃命而去。库特两次的言语闯入均以失败告终，他擅自行动为果园改观，这也同样带来了二人爱情的改观——法耶换掉门锁，把库特排斥在了自己的家门之外。

　　法耶对果园的情感又是极为复杂的，她对果园心怀悲愤甚至仇恨，任其"死亡和荒芜"，同时，果园又是专属于她一人的私密世界，它连接着阴阳两隔的法耶和内特。在子夜的静谧中，"一阵果园的甜香起航，曲曲折折地流入我的房间，我想起那些日子里，果园也这样逢春绽放。当时，我的小妹妹还活着"。时间的闸门在香气的宛转一流中突然洞开，法耶回到了儿时姐妹嬉耍的欢乐时光。这段追忆的时态是一般过去时，其上一段的时态是一般现在时。过去与当下、现实与回忆、真实与想象的界限虽然逼近，却仍然泾渭分明。紧接着的下一段中，小说的时态跳回至一般现在时，法耶走至窗前，手搭在手绘鼓上，"我看见妹妹，她穿着格子短裤在奔跑，褐色的头发像旗帜一般飞扬。她正在爬树，又快又巧。我仅能辨清模糊的树影，它们弯曲的臂膀拥抱着她。没有风，白花馥郁的香味弥漫进整个空气"（*PD*, 73-74）。仅从小说的时态，读者已经无从辨明这是幻境还是现实。不过从生活常识推断，时值"满月"，要透过窗子看清妹妹的"格子短裤"、头发的"褐色"是不太可能的。即便能够看清，这与"模糊的树影"显然又自相矛盾。因此，奔跑、爬树只是法耶的幻象，模糊的树影、馥郁的花香才是法耶真实的所见所嗅。整章叙述均借由法耶的口吻，她从上一段的泾渭分明的现实世界，一头扎进了这一段自我营造的混沌不分的创伤世界，这再次成为风景再现创伤的佐证。

法耶把自己的创伤施加给了果园，这是人对风景的加施和建构；果园也对法耶的人生转向进行干扰、影响和操控，这是风景对人的加施和建构。法耶将妹妹之死的仇恨转嫁给了果园，果园又以其自身作为事发地的优势在幻境的世界中对法耶给予补偿。这样看似公正的补偿是果园和创伤二者间的自私的合谋，它们的目的是要永远地占有、控制、拘禁和吞噬法耶。"果园"这一节的最后，法耶请塔特罗（Tit Tatro）换掉自家后门的门锁，因为库特有门锁的钥匙，他常常由这扇门进到法耶的卧室同她幽会。库特擅自"闯入"果园意味着要把一种新生活带给她，法耶以换锁的方式予以拒绝。当塔特罗换到一半时，法耶又改变了主意，她希望自己能够接受库特，接受一种新生活。当她透过后窗看到"那些树，那些盛开的如云的花海"（*PD*, 75），她又再次坚定了之前换锁的想法。很明显，事发地风景已经不再是纯粹的风景，而是作为创伤反复再现，对幸存者的生活加以干涉。

第二节　创伤与灾难

卡鲁斯（Cathy Caruth）将创伤定义为创伤受害者对极度撼人、猛烈事件的延迟或后发反应，其症状为事后不断出现不由自主的幻象、噩梦或其他相关行为。[1]怀特海德（Anne Whitehead）描述"创伤，在被感受的时刻，并非是一种经验的存在，相反它会导致传统认识论的动摇"。[2]这意味着创伤受害者会因此失去自我的主体性，同所要认知的外界认同客体陷入一种扭曲的反常关系中，即"受创主体无力建构

---

① Cathy Caruth ed. *Trauma: Explorations in Memory*, p.4.

② Anne Whitehead. *Trauma Fiction*. Edinburgh: Edinburgh University Press, c2004: p.5.

正常的个体和集体文化身份"。①创伤事件突如其来，未能被即刻消化，创伤事件也往往"通过其已经造成的影响或留下的痕迹而被重新建构起来"。②《手绘鼓》中，这些重新建构的创伤经验不断地束缚、牵制、圈役创伤受害者，使他们经久不断地徘徊、痛苦、生不如死，个体生存与部族生存双双行至生存的危机边缘。

一、卡在悲伤与渴望之间：个体的灾难

　　法耶的情人是一位石刻艺术家，他更出名的手艺是组装石头。不过，在小说的第一章，法耶告诉我们："他已经落入了他所称作的罅隙（zwischenraum）中，事物之间的空间（the space between things）……库特已经落进了各作品之间的空隙中，他默默无闻。多年里，他都没再完成过一个大手笔。"（PD, 6）此处所言的罅隙与本书第二章所讨论的"阈限空间"有一定的相似性。第二章中，艾格尼丝身处男与女、奥吉布瓦文化与天主教文化的中间地带，但她凭借自己的不断越界，成了一个生活在阈限空间里的跨界舞者。库特则不然，他卡在了自己的作品所搭就的中间地带，江郎才尽、碌碌无为。从儿童墓园驱车归来的法耶认为库特所处的"罅隙"也是她"自己偶尔看待世界的方式"（PD, 6）。国内一研究者将此处的"罅隙"译为"空隙"，认为："在菲亚与母亲的关系中，那段空隙是妹妹与父亲离开人世所带来的心理阴影。在菲亚与克拉赫之间，那段空隙是彼此无法走入的'往事'情结。"③该论者从人与人的关系对罅隙进行解读，这对于解读《手绘鼓》具有丰富的启发意义，而且论证也十分完整，此处不再多言。本书试从另一个角度出发，对法耶的"罅隙"做出阐释。笔者认为，法耶的"罅隙"，亦是妹妹内特之死对法耶所造成的创伤和法耶对未来美好生活的渴望这二者间的间隙。法耶身处创伤之中，但又渴望新的生活；她对新生活翘首以待，却又因为幸存者内疚感而对创伤顾盼流连。

---

① 陶家俊. 创伤. 外国文学, 2011（4）：117.

② Dominick LaCapra. *History and Memory after Auschwitz*. Ithaca: Cornell University Press, 1998: p.21.

③ 张琼. 族裔界限的延展与消散:《手绘鼓》. 外国文学, 2009（6）：93.

自 9 岁直至 50 余岁，法耶一直为幸存者内疚所折磨，沉浸于创伤之中难以自拔。9 岁的法耶和 6 岁的内特在果树上玩耍。天黑了，父亲叫姐妹俩进屋。二人想从树上跳进父亲怀中。内特先推了法耶所在的树枝，父亲心不在焉，法耶跌落于地，一动不动。内特立刻从树上下来。父亲急忙去接内特，被趴在地上的法耶绊了一脚，失了手。内特受了重伤。家里唯一的汽车被母亲埃尔希开出去与情人约会了。父亲辗转借来邻居家的车送内特去医院，内特身亡。法耶饱受幸存者内疚的啃噬。幸存者内疚（Survivor Guilt）也称作幸存者综合征（Survivor Syndrome），当人们遭遇一些创伤事件，一些人幸存下来了，另一些人却没能活下来。于是，幸存下来的人们可能会认为自己做错了什么，而对没能存活下来的人们感到内疚。幸存者综合征包括焦虑、压抑、不合群、睡眠障碍、噩梦、身体异常以及情绪不稳定等。[①]内特生前与法耶感情最好，法耶无法原谅自己的活着和妹妹的死去，她把内特的意外之死视为自己的过失，沉浸于悲伤是与妹妹的同在。同时，法耶的工作是整理死者的遗物，并为遗物估价以进行拍卖，这使法耶与"死"的接触和体悟更多于常人，死者遗物上所承载的喜怒哀乐也更易于影响法耶的个人生活。这颇像《痕迹》中的宝琳，虽经由伯纳黛特（Bernadette）的介绍为死人服务，宝琳看似进入了交流性、合作性的"族群（community）"，实则落入了"孤立（seperation）"的深渊。[②]部分地出于对自我的惩罚和毁灭，法耶常年未嫁，与母亲相守老屋。第一节中已经提及的法耶对库特的拒绝，拒绝整饬果园进而拒绝库特与自己的幽会，在一定程度上，也反映出法耶对自我创伤性生活的执拗。

小说中法耶的一段心理活动却又出卖了她内心深处潜藏多年的对自我欲望的认识：

① Raphael Beverley. *When Disaster Strikes: How Individuals and Communities Cope with Catastrophe*. New York: Basic Books, c1986: pp. 90-91.

② Bonnie C.Winsbro. *Supernatural Forces: Belief, Difference, and Power in Contemporary Works by Ethnic Women*. Amherst: University of Massachusetts Press, c1993: p.71.

我知道（I knew），父亲没必要说什么让所有的人相信是我推的她，或者我推的树枝，或者是她自己犯傻——他必须要做的一切，就是没完没了地责备自己，但是稍微想一想，人们都会认为他是为了保护我，任何一个父亲都会这么做。多多少少，**我知道**未来的一切将会怎样。**我知道**，从那一刻开始，我的母亲、父亲会怎么看我，我会怎么看自己。可能，我甚至在当时就**已经知道**了他的这堆谎言将在一年里要了他的命。**我知道**，我已经失去了他俩，或者说他们仨。**我当时就知道了**，我是孤单的。（*PD*, 93，黑体为笔者所加）

这段内心活动一连用了六个"我知道"（knew），看似法耶洞悉一切，但一个"我"（I）字又出卖了她，她所知道的这一切都不过是她从自我内心感受出发的自我认识。表面上看，法耶不在乎人们把她视为杀妹凶手，或者把妹妹的一跳视为一种犯傻，实际上，她又异常希望父亲能对当日的事发经过进行一些澄清。深深的自责与懊悔使得父亲半年之内就撒手人寰，沉默也随之成为永恒，"谎言"一词表明法耶对父亲沉默的不满。尽管法耶认为自己知道了未来会怎样，但言语中又明显透出内心的不甘：她仍然希望父母不要把自己视为凶手，不要抛弃自己，置自己于孤单。小说几近结束之时，法耶的恐惧——"我怕，直到现在，她都还没原谅我"（*PD*, 263）为我们的这种论断提供了支撑。法耶的六个"我知道"的独白，实则是一种渴望：对当日事件给予交流沟通并解释的饥饿，对日后生活仍能与人相伴、为人所爱的渴望。

《手绘鼓》的丰富性正在于厄德里克对人性复杂与细腻之捕捉的敏锐性，法耶的身上汇集了"死掉的自我"和"活着的自我"（*PD*, 45）："活着的自我"常常挣脱创伤的牢笼，进入到生活的真实中；"死掉的自我"又常常出其不意地潜入到生活的真实，来畸变甚至搅乱法耶的真实生活。库特的第二任妻子车祸丧生后，法耶与库特保持着私密的情人关系。这一点说明，法耶的身上仍然潜伏着生活欲望，也即一个"活着的自我"。不过，法耶实现此欲望的方式却又显示出"死掉的自我"所具有的威胁力量。法耶和库特将二人的这种关系隐匿在黑色的夜幕里，库特总是待法耶的母亲熟睡之后潜入法耶的家，而后又在法耶的母亲起床之前离开。库特避免和法耶的母亲打照面，这显得十分奇怪。从正常的逻辑角度来看，一位鳏夫同一位年已半百的未婚女性谈恋爱并无什么不妥。库特通过为埃尔希和法耶割草的方式将自己与法耶的情人关系公开，埃尔希用自己最珍爱的茶具招待割草后患了小感冒的库特，法耶对此感到"失望""害怕"。显然，法耶的母亲也极力促成女儿拥有属于自己的幸福生活。二人，尤其是法耶却极力地掩盖自己的恋爱，她的这种反常表现多少又得溯源到她所罹患的幸存者内疚症：妹妹已逝，作为姐姐的法耶不配独自享受人生的美好。法耶一方面压抑和控制自己的生活欲望，另一方面又借助黑暗的力量追求和实现自己的生活欲望。她自身成为一个矛盾的复杂体，她卡在"死掉的自我"所象征的悲伤和"活着的自我"所象征的渴望之间。

"渴望"与"悲伤"正如生死两极，法耶卡在中间，无法得到释放，同样，法耶也无从认知自我。解决渴望之痛意味着让大家知道法耶没有推妹妹也没有推树枝，但这样一来，妹妹的一跳就成了内特自己在犯傻，这是作为生者的法耶绝无办法接受的。法耶情愿保持沉默也不愿意诋毁妹妹的一跳，亵渎姐妹情深。与此同时，希望亲人的原谅、对新生活的向往却又催促法耶必须终止"悲伤"。法耶卡在"渴望"和"创伤"之间，这是一种矛盾而复杂的情感体验，它们互相撕裂对方又在对方的注视下死灰复燃，进入下一轮的再撕裂、再死灰复燃。其最大的可怕与骇人之处就在于它侵犯和破坏了创伤受害者对自我身份的认知。一个人的身份可以分为自我身份和社会身份两部分。自我身份主要强调自我的心理与身体体验，自我是其核心；社会身份则强调一个人的社会属性。法耶的身体和心理体验并不能帮助她清晰地认知自我身份：她认识到了自己的欲望，她又压抑了自己的欲望；她放逐了创伤，她又回返至创伤。可以说，法耶在做"困兽之斗"，幸存者内疚圈住了她，她虽然活着，却已死去；她虽看似掌控自己的生活，却又被卡在"悲伤"和"渴望"之间的困惑和矛盾牵制了她的生活。概而言之，她的心理与身体体验更多是围绕内特之死展开的，她对自我欲望的谴责也仍是以内特的死为出发点。法耶退出了自我身份认知的中心，她失去了自我，她"属于别人和母亲"，但并不属于自己。

法耶无从认知自我，她不断地借助小说中的一条长着"一只悲伤之眼"和"一只渴望之眼"的狗来认识自己的当下处境，并将自己的当下处境认同为这只狗的处境。透过自己的叙事眼光，法耶将自我的当下情感体验投射到一只狗的身上。

> 在埃克斯一家满是尘土的院子里，一条狗拴在那儿，已经多年了。这是一只可爱的动物，一半是德国牧羊犬，另一半是哈士奇；一只眼睛是褐色的，另一只眼睛是蓝色的。狗从没有离开过狗链子，狗链子拴在一棵树的树干上。不论严寒酷暑，它都生活在这极小的半径范围之内。耐心地活着，承受着它生命中的每个灰暗时刻，不曾流露出过一丝一毫的厌烦。（PD, 12）

多年里，这只狗安于狗链子的拘束，绕着树打转；40余年里，法耶亦时时因创伤的萦绕，从未稍离过果园。狗是法耶的情感观照之物，但狗并不全然受囿于法耶的情感控制，狗通过自己的努力逃脱了枫树和铁链，获得了自由，重新建构了自己的不受监禁、不受人为控制、不受他物束缚的自由的动物身份。枫树死了，倒下了，狗拖着狗链子走进了树林，"她不再有饥饿的表情。她生机勃勃——周身胖乎、皮光毛滑、体大型健"。法耶开始思念她的眼睛，蓝色的"悲伤之眼（sad eye）"和褐色的"渴望之眼（hungry eye）"。法耶自问："是那只悲伤之眼还是那只渴望之眼会看见我？哪只眼睛将给我自由？"（PD, 22-26）显然，法耶仍然卡在悲伤和渴望的生死两极之间。小说最后一章"链（chain）"中，法耶在树林中发现了狗链子，狗已经彻底摆脱了狗链子。法耶四处寻找，找到了狗。狗已经死了，法耶看见"蓝色的眼睛和褐色的眼睛，那只渴望的眼睛在微笑"（PD, 271）。长着一只渴望之眼和一只悲伤之眼的狗以摆脱狗链子的方式获得了自由、以微笑的姿态与这个世界告别。法耶能否离开"妹妹的那棵树"和那片果园？能否摆脱无形却残酷的创伤之链的羁绊？她生命的后半程能否展露自由的微笑？这一切都将有赖于她能否认知自我，重建自我的身份。

二、从个体创伤到代际创伤：族群的灾难

一般来说，当我们身处此地，却把自己想象为人在彼地时，这就构成了物理空间或者地理意义上的错位。① 《手绘鼓》为读者呈现了另一种错位，人物生活在当下，脑海里不断翻腾和涌现的却是过去的"僵化""画面"（*PD*, 154），这是一种心理学意义上的错位。老沙瓦诺、小沙瓦诺都曾有过这种错位。小说人物伯纳德将这种错位表述为，"我们仍然在遭受那些从上几代人那里传下来的悲伤（sorrow），那些悲伤在我们自己的悲伤之外运作，在我们无法忘却的地方残酷地寄住"（*PD*, 116）。原本只属于上一代人的创伤凭借着无法忘却这一路径曲折地爬进并留住在下一代人的内心世界中。下一代人的心灵世界因此并存了两个悲伤世界，一个是过去的，属于祖辈和父辈；另一个是当下的，属于自己。下文将从沙瓦诺家族的第一代创伤受害者老沙瓦诺入手，剖析"鼓女之死"的创伤如何借由"无法忘却"这一秘密通道爬进到第二代的小沙瓦诺和第三代的伯纳德的内心世界。原本只属于个体的创伤膨大为代际创伤，并占据整个家族，引发了族群身份危机。

折磨了沙瓦诺家族数代人的创伤事件是鼓女的意外之死。"鼓女"9 岁时，其母阿娜库特（Anaquot）与部族中的另一有妇之夫杰克（Simon Jack，法耶和内特的曾外祖父）发生婚外情，并产下芙乐。阿纳库特的丈夫老沙瓦诺难以忍受妻子的移情别恋，托人带口信给杰克，让他派人把母女俩接走。杰克的妻子兹格瓦那格（Ziigwan'aage，奥吉布瓦语，意为 wolverine，即貂熊，法耶和内特的曾外祖母）的弟弟受姐姐的委托去河对岸的老沙瓦诺家接阿纳库特母女。随行中，阿娜库特还带走了鼓女。小沙瓦诺因不舍母亲和姐姐，追撵马车，马车渐去渐远，小沙瓦诺昏厥倒地。父亲老沙瓦诺把儿子带回家。醒来的小沙瓦诺向父亲讲述自己看到有"阴影"跟在马车后，他自以为是"大神"现身（*PD*, 110）。老沙瓦诺根据儿子所描述的情形，推测阴影是一群恶狼，

---

① 石海军. 破碎的镜子："流散"的拉什迪. 外国文学评论，2006（4）：6.

他急忙带枪追撵。冰面上留有马车挣扎过的车辙，除此之外，"他看呀看，地上乱糟糟的一片，只有乌鸦，照看着狼群留下的令人心酸的小残渣"（*PD*, 111）。老沙瓦诺把这些残渣，即鼓女被狼撕成碎片的棕色格子围巾和鼓女的骨头带回家。

"鼓女之死"就像一块棱角锋利的玻璃，被厄德里克残酷地插入老沙瓦诺的内心，老沙瓦诺把自己的假想之光束投射到这块玻璃上，玻璃随之而映照出的画面在他的内心世界中不断地闪现并最终捕获了他。老沙瓦诺并没有亲见当时的事发真相，他对女儿掉下冰爬犁的经过持有自己的构建。老沙瓦诺将女儿的死亡过程认定为：阿娜库特为了让她自己和襁褓中的小婴儿活命，把鼓女从马车上扔下来喂了狼。这样一种设想表面看似将杀死鼓女的第一凶手指向了阿娜库特，他自己得以从中解脱和逃身。实际上，这种设想却将老沙瓦诺日后的生活导向了仇恨和内疚。好几年里，老沙瓦诺心中充满仇恨：第一，他恨阿娜库特对杰克的移情、对自己和儿女的无情；第二，他恨小沙瓦诺当时的昏厥，这使得作为父亲的他无法保护深陷狼群的鼓女；第三，他恨吃了自己女儿的饿狼。同时，老沙瓦诺的内心世界又满是痛楚，他陷入上文讨论过的幸存者内疚：如果他当初阻止妻子带走鼓女，鼓女的死就可以避免；如果他不是感情用事，而是耐心等到春天，即便阿娜库特带着鼓女离开，饿狼也不会出没。

创伤事件最大的令人惊骇之处并不在于事件本身会夺走生命，而在于它借由幸存者潜意识的重复展演，成为一个挥之不去的魅影，对受害者生吞活剥，老沙瓦诺身上汇集了厄德里克笔下的创伤受害者的几乎所有创伤后遗症。[①]"流浪"（wandering）是厄德里克小说中的一个惯用的创伤后应激障碍符号，它不断地提醒读者：一方面，从存在

---

① 《国际疾病分类》（1993）梳理了创伤后应激障碍（Post-traumatic stress disorder，PTSD）的几种症状：以各种经历重复经验创伤经历，如创伤记忆的闪回、生动的记忆、反复做梦等；记不起来应激源，或者想不起其中的某一部分；持久的创伤后病理症状，如失眠、易怒、无法集中注意力、高度警觉、惊吓夸大等；正常的反应机制受阻，如情感反应中的麻木和迟钝，以疏离的方式漠视身边的人，对有意义的事件表现出漠不关心、看不到未来等。（World Health Oragnization, ICD-10. *The ICD-10 Classification of Mental and Behavioural Disorder: Diagnostic Criteria for Research*, 1993.）

本身而言，土著人无家可归；另一方面，土著人还必须保持这样一种不定居的状态，除非他们能够获得真正的正义。①《羚羊妻》中的卡莉（Cally）因为文化身份之苦，从18岁开始流浪。《俱乐部》中的苏族女人"一步半"（Step-and-a-Half）终生无法"停留在一个地方"，一旦停下来，幼时（1890年）所经历的"伤膝谷大屠杀"（the massacre at Wounded Knee）②场景就会历历在目。老沙瓦诺的流浪还同反复讲述联系在一起。当讲述的必要攫取了老沙瓦诺时，他就出门去流浪。我们知道，通常叙事记忆代表着创伤的离去。流浪的途中，他如我们中国读者所熟悉的祥林嫂一样机械地重复描述一个画面，而无法将创伤记忆整合为叙事记忆。回到家中的老沙瓦诺一幅"病态"，"忘记照看孩子""无助""情绪失控""卧床不起""颤抖""听见或看见他确定并不存在的声音和事物"，他酗酒并殴打小沙瓦诺（*PD*, 149-50）。第二年，老沙瓦诺陷入了他事后所定义的"内疚"后的施暴：他对自己施暴，以惩罚自己在流浪阶段对儿子的遗弃和伤害。

厄德里克以异常冷静的语言和极其暴力的描述展演了老沙瓦诺的创伤体验，不过，厄德里克更大的冷静和残酷在于，她让我们读者看到老沙瓦诺的创伤记忆如何捕获并生吞活剥小沙瓦诺。老沙瓦诺的创伤记忆踏上了家族谱系之路，像幽灵一样游荡在沙瓦诺家族间。哈布瓦赫提出，记忆不是纯个体现象，更不是纯生理现象，"人们通常是在社会之中才获得了他们的记忆的。也是在社会中，他们才能进行回忆、识别，并对记忆加以定位"。③自鼓女死后，老沙瓦诺父子都不曾见过阿娜库特，关乎事发当日的描述也就成了老沙瓦诺单方面的诉说。

---

① John Carlos Rowe. Buired Alive: The Native American Political Unconscious in Louise Erdrich's Fiction. *Postcolonial Studies*, 7(2004): p.202.

② "伤膝谷"（Wounded Knee），美国南达科他州西南部的村庄名和小河名。1890年，操苏语的印第安人认为举行鬼舞道门仪式（ghost dance），白人就会消失，原有土地会失而复得，野牛会死而复生。他们的行为招致了联邦军队的干涉。12月29日，大约有200名由第七骑兵队看管的印第安人因抗拒被解除武装而遭杀害，死亡的印第安人中有大半数都是手无寸铁的妇女和儿童，也有约30名美国骑兵被杀。（威尔科姆·E.沃什伯恩.美国印第安人，陆毅，译.北京：商务印书馆，1997：233.）

③ 哈布瓦赫.论集体记忆.毕然，郭金华，译.上海：上海人民出版社，2002：69.

小沙瓦诺的创伤记忆来自父亲的认定。在父子组成的一个小集合体中，原本的想象经过老沙瓦诺口头描述和小沙瓦诺内心温习，最终成了小沙瓦诺的心灵之痛。小沙瓦诺"不断地看见母亲把婴儿放下，紧紧拢住姐姐的腰肢……然后，他看见阿娜库特毫不费劲地把女孩甩出马车架子……"（PD, 112）。小沙瓦诺不仅继承了父亲的创伤记忆，而且还继承了父亲面对创伤时的反应机制受阻。多年以后，在姐姐鼓女、妻子这两位至亲之人辞世的巨大悲痛下，已为人父的小沙瓦诺以近乎重演的方式放逐了自我，他变得酗酒、暴力、情绪失控、殴打孩子。

厄德里克对"鼓女死亡"这一创伤事件在老沙瓦诺家族的后续影响的跟踪性描写，在很大程度上，可以视为她对克鲁斯所持的创伤延迟观点的文学性回应，厄德里克对创伤延迟的时间进行了剖析。从上文老沙瓦诺父子的创伤体验，我们已经洞悉了创伤延迟的时间和程度。从时间上看，创伤延迟并不受时间的限制。它作用于一代人、二代人还是十代人，取决于僵化不变的创伤记忆能否转变成有益的变化的叙事记忆。老沙瓦诺和小沙瓦诺均失败了，老沙瓦诺反复地向人描述鼓女之死，小沙瓦诺则通过保留姐姐的方格子头巾碎片的方式将这一创伤事件保密了起来。不论反复讲述还是刻意保密，创伤都将作为一种有声的或者沉默的在场进入下一代。后代人也将在有意识或无意识中从祖辈或者父辈那里继承一种生命的裂缝、一种他们自己无从确知、难以识别、却又无限恐怖的创伤经验。

同时，厄德里克更为我们揭示了创伤延迟的后果，奥吉布瓦人的个体创伤转化为家族内的代际创伤，这对部族的生存造成了巨大的威胁。美国政府通过宗教、文化、语言等政策对奥吉布瓦部族进行钳制和同化，这已经造成了奥吉布瓦部族命运的步履维艰。同时，家又因为创伤的后延会跨越代际，并像传染病一样不断扩大自己的疫区而失却了家的意义：祖辈、父辈，不论虚弱无力还是残忍暴力，都无法引领下一代人正常地进入部族传统；相反，他们还将自我创伤在并非有意为之的条件下，毫不负责地传给下一代。这样一来，在外部的白人政策和内部的代际创伤的双重夹攻下，部族的生存土壤几乎流失殆尽。厄德里克早期的《爱药》中，从越南战争归来的小亨利遭受战争创伤的折磨，小亨利一家人既不相信白人医生的医术，也不愿求助保留地上唯一一位会治病的老印第安人，而是把治愈小亨利创伤后遗症的希望投向了一辆红色的敞篷车。小亨利溺水自戕，红色敞篷车隐没在湍急的河水中。倘若说以红色敞篷车治愈小亨利的创伤还只是一种失败的尝试，那么《手绘鼓》中，作者敏锐地捕捉到了创伤对部族生存的巨大威胁，她同样敏锐地发现了部族传统文化对创伤治愈的巨大作用。在此基础之上，她为创伤的治愈开了一副名为"记忆与回归"的良方。

第三节 记忆与回归

中国人习惯了"白纸黑字""口说无凭，立据为证"，奥吉布瓦人则不然。虽然早期的奥吉布瓦人也在桦树皮上刻下复杂的符号，并把它们制成卷轴，不过人们更依赖与这些符号相伴的记忆，"每个人都会记住重要的一切"（GS, 20）。他们之所以如此，一方面是因为，在漫长的奥吉布瓦史上，他们从没有过自己的书写文字，现代的奥吉布瓦语字典、词典等也只是在 20 世纪初才陆续出现；另一方面是因为，奥吉布瓦人在与白人的交往过程中，虽多次与白人缔结协约，但白人政府一再食言，这使得他们怀疑文字的可靠性。奥吉布瓦人所记住的重要的一切包括他们的各类故事、各种歌谣和各项仪式等。这些故事、歌谣和仪式等储存了他们的传统文化，构成了他们赖以生存的记忆。记忆帮助奥吉布瓦人超越苦难，获取生存。同时，奥吉布瓦人也在生存的过程中重建记忆，使其延续并发展。

一、记忆复苏下的个人身份回归

自厄德里克出道以来，她经常在自己的作品中对记忆进行思考。《爱药》塑造了一个晚年失忆的老人内克特，借此厄德里克对记忆与遗忘的辩证关系作了探究。罹患失忆症的内克特与昔日恋人露露重修旧好，这展示了遗忘的有效性和有益性。同时，他的遗忘和旧情复燃又对妻子玛丽造成了伤害，并且他也因其对过去的全然忘却而无法给予后人（孙女拉伯丁、孙子利普沙等）长者与智者的指引，这是遗忘的残酷性和破坏性。记忆，到底该为人所铭记，还是被人所忘却？《爱药》只是给出了一个无解的案例。《报告》中，厄德里克试图对此给予解答。艾格尼丝自称为"记忆的学生"（*LR*, 40），她在迟暮之年追忆往事。记忆，支张着伤口，却又变身为师者，它把生存的智慧传授给读者：在生命的罅隙中，人以跨界为自己谋得生命的绽放。坦率地讲，尽管艾格尼丝建立了属于她自己的流动性身份，她仍是孤单的，这种孤单的最大体现是她临终前的独饮和自泣。《手绘鼓》大致是厄德里克目前所有的作品中对记忆做出的最为深刻的思索，同时也是她对她之前有关记忆的反思。下文将以老沙瓦诺一家三代人的创伤治愈过程来分析厄德里克所展示的记忆作为师者的另一面，族群记忆的复苏帮助创伤受害者重建了自我与部族文化的联系，创伤受害者得以重拾自我的个体身份。

受害者之所以会沉浸于幸存者内疚之中，一定程度上源于受害者本人无法对自己创伤事件之前的个人行为做出公正的评判，重拾创伤事件之前的记忆也因此显得弥足珍贵。从上文我们已经知道，老沙瓦诺在女儿死后，几乎中断了自己之前所有的正常活动，偏离了生活的正轨，对整个外部世界丧失了兴趣，失去了爱的能力，无法爱儿子小沙瓦诺，同样无法爱自己，整日龟缩在家中自我谴责和自我辱骂，并在自我妄想中期待自己受到惩罚并接受自我惩罚。不过，重要的是，当老沙瓦诺在自我妄想中，"把自己周身都责罚一遍后"，他开始"忆起（remembered）"（*PD*, 154）。老沙瓦诺的"忆起"表示出他对自我当下行为改观的渴望。人们已经达成共识，先见会影响人对现在的认识。其实，现在同样会影响人对于过去的建构。这在哈布瓦赫那里能够找到回声，他指出："过去是一种社会建构，这种社会建构，如果不是全部，那么也是主要由现在的关注所塑形的。"[1]老沙瓦诺看似是对过去展开回忆，实际上这种回忆又是暗含了他当下的生命意图和生活旨向的建构性回忆。

---

① 哈布瓦赫. 论集体记忆. 毕然，郭金华，译. 上海：上海人民出版社，2002：45.

他忆起在摘浆果的季节里，女儿躺在他的臂弯里，同他一起围着篝火聆听老人们讲故事。他从不会推走他的小女儿，哪怕她攥住了他的裤管。相反，当她需要他时，他蹲得和她一般高，凝视着她的眼睛，然后把她抱起来。当他们的双眼对视时，他觉得他们交换了一种秘密的爱。它只存在他们二人中间，他的头生女。每当他把女儿抱至胸口，他都感受到一股强烈的情感。他将用生命来保护她！既然如此，他怎么没做到呢？一遍又一遍。现在，他忆起了女儿失事那天实际发生过的一切。他试图说服阿娜库特，但当分歧出现时，他都以失败告终。随后是难以承受的结果。想到狼群们出于无知所做的这件事，血流冲撞着祖父的心口，他不得不大口呼吸。正是在那个时候，无法再僵化他脑海中的画面，祖父昏厥倒地，做了一个梦。(*PD*, 154)

老沙瓦诺的这段记忆与他之前的创伤记忆作别，走进了具有了社会功能性的正常记忆，成为一种持续和变迁、连续与更新的复合体。老沙瓦诺的记忆共包括三个方面：首先，老沙瓦诺忆起了自己与女儿的父女情深；其次，老沙瓦诺忆起了事发当日所发生的一切，自己试图说服阿娜库特的失败；最后，老沙瓦诺忆起了狼群的无知。这三方面的"忆起"部分地冲淡了他最初几年的仇恨，正是这种仇恨将他抛入了绵绵无期的创伤记忆中，也即小说中提到的"画面"。有研究者曾经讨论过叙事记忆（narrative memory）与创伤记忆（traumatic memory）的关系，他们认为："与作为社会行为的叙事记忆（或正常记忆（normal memory））相比，创伤记忆是顽固不变的（inflexible and invariable）。创伤记忆没有社会的成分；它是一种孤独的行为（solitary activity）。相反，常规记忆基本上是为社会功能服务的。"①女儿死后的好几年里，老沙瓦诺憎恨狼的残暴、自己的无能和妻子的无情，自我拘禁在创伤记忆中，完全放弃记忆的社会功能。通过建构性地回忆自我的慈父形

---

① Bessel Van Der Kolk and Onno Van Der Hart. The Intrusive Past: The Flexibility of Memory and the Engraving of Trauma. in Cathy Caruth ed. *Trauma: Explorations in Memory*, p.163.

象、好丈夫形象以及狼的无知者形象，老沙瓦诺放下了仇恨，"无法再僵化"，这为他找寻到了疗治心灵创伤的出口。老沙瓦诺在忆起中将自我建构成一个好父亲、好丈夫，但当女儿托梦给老沙瓦诺，嘱托他制造一面奥吉布瓦手绘鼓时，老沙瓦诺又陷入了对自我的怀疑与否定中。

　　诸多印第安部落都有至少一种鼓，鼓或为他们世俗歌唱时的乐器，或为神圣仪式时的神物。拨浪鼓是在美国传播最为广泛的一种印第安鼓，几乎诸多部落都有这种鼓。鼓女要求老沙瓦诺做的"鼓"则是一种几乎鲜有外人所知的奥吉布瓦"鼓"，更确而言之，"奥吉布瓦舞鼓"（Ojibwa dance drum），厄德里克称它为"手绘鼓"（the painted drum）。"舞鼓"虽与奥吉布瓦族文化紧密相连，但在一定意义上，"舞鼓"是个"舶来品"。相传，19世纪初，白人士兵入侵苏族，一苏族女孩尾羽女（Tailfeather woman），为了逃脱白人士兵的追杀，藏身于白人营地旁池塘里的睡莲间，后得到大神指点，做出了第一面鼓，大神还教给她一些歌。苏族人围着鼓且歌且舞，前来围剿的白人士兵观看入迷，忘却战争。最终，双方重获和平。①苏族人与奥吉布瓦人毗邻而居，同属平原印第安人，这种地理上的得天独厚促成了舞鼓由苏族传入奥吉布瓦族。有民族志学者对其进行考证，认定它主要是"仪式用途"（ceremonial use）。②一方面，舞鼓诞生于战乱，连接着死又联系着生，具有汇聚功能——让深受战乱之苦四处逃命的人聚在一起；另一方面，又具有释放功能——人们在歌舞的过程中让苦闷、痛楚得以释放。对于信奉萨满教的印第安人而言，"各种鼓通常是为歌做背景的，歌又是为舞做背景的。歌和舞，在传统意义上，又缘起于神圣"。③因此，舞鼓不是世俗的、享乐的发明，而是一种仪式的存在。

　　舞鼓仪式不是单纯地围着舞鼓唱歌、跳舞，制作与养护是其中的一个非常重要的组成部分（另一个重要组成部分是围着鼓唱歌跳舞），通常情况下，只有被大神给予了权威的人才拥有制造舞鼓的机会，一

---

① Thomas Vennum. *The Ojibwa Dance Drum: Its History and Construction*. St. Paul: Minnesota Historical Society Press, c2009: p.253.

② Ibid., p.12.

③ Ibid., p.31.

般是部落里英勇无畏、博爱无私的至善之人，反过来说，一个人也往往会因为被选中为制鼓人而被广泛地认可为至善之人。①一旦落定人选，大神会以梦的方式或者在当事人处于一种类似于梦的迷幻的状态下显形，向当事人传达制造舞鼓的指示。这些当事人还会在梦中得到一些符号或者一些歌，这些符号将被用于装饰舞鼓，这些歌则成为同这面鼓相连的鼓歌，而围绕这面鼓形成的鼓社会（drum society）也会以制鼓人的姓名来命名。②

小说中，老沙瓦诺正是在自己酩酊大醉之时（一种类似于梦的状态）得到女儿的指示的。女儿的嘱托让老沙瓦诺再次开始追忆，他忆起，被挑选出来照看手绘鼓木材的人是"最善良的""最靠得住的""博得众人信任的"，而那些"烂醉如泥""鄙劣""沮丧""令人讨厌"的人则不配（PD, 156）。伴随着个人过去记忆的复苏，老沙瓦诺看到了自我人性中的善良、慈爱、宽仁。伴随手绘鼓之传统记忆的复苏，老沙瓦诺又窥见了自我人性中的另一面，残暴、悲情、颓废，尽管它们只在他饱受创伤折磨时才显露身影。老沙瓦诺自己"（他）没法相信他应该是那个制造这面鼓的人"（PD, 156）。

人性的两面性与丰富性在老沙瓦诺身上得到了汇集，这也正好打破了主流文学对印第安人的文学建构，在很多主流文学中，印第安人常常丧失了丰富的人性，成为单一的、片面的符号，要么野蛮，要么高贵。对于鼓励读者将其作品中的印第安人解读为人的厄德里克而言，她在此处赋予老沙瓦诺的"无法相信"也绝非简单的"我是好人还是坏人"的道德性判断，老沙瓦诺所陷入的是对自我控制力的怀疑。他能否控制住自我性格中的暗流，让其明媚的一面永恒地呈现？倘若他能够做到这一点，他将跻身于那些至善之人之列，完成女儿的嘱托，而他自己也将因此回归到奥吉布瓦人的传统之中，成为一名传统奥吉布瓦人。

---

① Thomas Vennum. *The Ojibwa Dance Drum: Its History and Construction*. St. Paul: Minnesota Historical Society Press, c2009: pp.61-62.

② Ibid., pp.79-100.

　　奥吉布瓦老妪"吉石克"（Geeshik，奥吉布瓦语，意为"天空"）在老沙瓦诺的记忆中适时出现，帮助老沙瓦诺进一步深化自我与传统的联系。身处质疑之所的老沙瓦诺认为自己"得跟人聊聊"（PD, 156）。他最先想起的是那些照看木材的人，他们均已作古。随后，他想到那些与自己的祖父祖母相熟的人，这些人也业已去往另一个世界。最后，他想起了吉石克。老妪吉石克的名字取自一个更加久远的奥吉布瓦女性"卡卡吉石克克"（Kakageeshikok，奥吉布瓦语，意为"永恒的天空"），吉石克"甘为他物作背景""少言寡语"，并且充满"耐心"和"爱心"，"易被忘记却又总在那里"（PD, 157）。我们发现，这些特征也可以用以描述老沙瓦诺对奥吉布瓦部族的记忆。他幼时所得到的族群记忆沉淀为他日后个体记忆乃至创伤记忆的背景，这些族群记忆为老沙瓦诺所遗忘却又耐心地等待老沙瓦诺的再次造访。找到老妪吉石克后，老沙瓦诺从妻子移情别恋带给自己的痛苦讲起，一直讲到女儿梦中托付带给自己的疑问和犹豫。最终，老沙瓦诺询问老妪吉石克："为什么是我？"老妪吉石克作答："照着她告诉你的做就行了。"（PD, 160）她看似没有给予老沙瓦诺任何的帮助，然而实际上，她以不动声色的方式肯定了老沙瓦诺的制鼓人身份，也随之开启了老沙瓦诺寻找族群记忆之路。

　　老沙瓦诺寻回族群记忆是与他找回制鼓之法并驾齐驱进行的。鼓舞仪式是在 19 世纪末进入奥吉布瓦部族的，后来，大致在 20 世纪 30 年代，骤减。19 世纪末，奥吉布瓦人丧失了大片的土地，数代人挤在只有一个房间的小木屋里，既面临着不健康的饮食，还遭受着结核病、遗传性梅毒等疾病的威胁，同时，婴儿死亡率极高，奥吉布瓦人不论在文化上，还是在物质上，都贫困潦倒。在这种情况下，鼓舞在奥吉布瓦人中间诞生了。[①]不过，奥吉布瓦鼓舞于 20 世纪 30 年代在奥吉布瓦人居住的明尼苏达州和威斯康星州骤减。[②]小说中，厄德里克将

---

　　① Thomas Vennum. *The Ojibwa Dance Drum: Its History and Construction*. St. Paul: Minnesota Historical Society Press, c2009: p.28.

　　② Ibid., p.136.

制造奥吉布瓦手绘鼓手艺的消失推算为 1900—1910 年，这并非毫无道理。从 19 世纪 80 年代开始，奥吉布瓦传统开始落败。一方面，《道斯土地分配法案》的颁布使得具有"会众性"（congregational）①的奥吉布瓦手绘鼓不再广受欢迎。美国政府在 1887 年颁布了《道斯土地分配法案》，原本归部落所有的土地由共有变为个人所有，这导致了印第安人部族意识的弱化和个人主义的强化。奥吉布瓦鼓作为部族的仪式之物，显然不再像法案颁布之前那样受人欢迎。另一方面，1887 年之后，奥吉布瓦鼓舞遭到了来自基督徒区奥吉布瓦人的反对，这些奥吉布瓦人改宗基督教，抵制传统的奥吉布瓦传统，包括奥吉布瓦鼓舞。②再有，1887 年，普拉特（Pratt）受政府委任在美国东部卡莱尔开办了第一所印第安寄宿学校，该年 9 月，寄宿学校在达科他地区（Dakota Territory）招收印第安学生，不少奥吉布瓦人被迫入读寄宿学校，语言、文化和宗教等方面开始遭到同化。③

　　小说中，老沙瓦诺制造手绘鼓的时间大致是 1900—1910 年间，在造访记忆的过程中，老沙瓦诺完成了女儿的嘱托，复兴了奥吉布瓦鼓舞仪式，更重要的是，他还在自我身份上回归了奥吉布瓦传统。老沙瓦诺的父亲做过鼓，不过那已是"一个世界以前"（a world ago, PD, 160）的事情。那个传统世界显然已经在《道斯土地分配法案》、奥吉布瓦人改宗和寄宿学校等外界权力干涉与异质文化同化作用下不复存在。不过，老沙瓦诺保存了对这个传统世界的记忆，它不仅包括如何制作奥吉布瓦手绘鼓，还包括如何向神灵敬奉烟草，如何同他人共享和平烟斗等。老沙瓦诺开始回归传统，第一步从像父亲一样向神灵敬奉烟草开始。半年之后，老沙瓦诺不再害怕、恐惧，为悲痛所吞噬，也不再梦到死人，他一改之前喋喋不休却一事无成的习惯，将精力落实到行动本身。这显示出了奥吉布瓦传统文化对创伤的治疗功效。随后，老沙瓦诺开始依据梦中女儿的嘱托寻找制造手绘鼓的木材。这里

① Thomas Vennum. *The Ojibwa Dance Drum: Its History and Construction*. St. Paul: Minnesota Historical Society Press, c2009: p.81.
② Thomas Vennum. *The Ojibwa Dance Drum: Its History and Construction*, p.143.
③ http://www.austincc.edu/pgoines/Carlisle%20Indian%20Industrial%20School.html

需要强调的是，老沙瓦诺此刻仍然是依据记忆——梦境后的记忆在行事，换言之，依然是记忆本身在引领老沙瓦诺前进。

在老沙瓦诺、艾伯特和艾伯特的侄子三人共同寻找木材的过程中，老沙瓦诺既对他之前耿耿于怀的对妻子之恨、对狼之恨释怀，又回归了奥吉布瓦人的一些传统。老沙瓦诺邂逅了当日吃掉女儿的狼群，狼群向老沙瓦诺诉说了当日狼群的所见、所感和所食，老沙瓦诺明白狼群吃掉自己的女儿，这不过是狼性使然，这件事情的关键之处在于人的选择。显然，老沙瓦诺对当日的事件有了更为客观的理解视角，他放下了对狼的记恨。老沙瓦诺在鼓木边休息时，看见了自己年轻时与妻子阿娜库特的鱼水相欢之地，他们二人正是在那里有了鼓女，进而老沙瓦诺放下了对妻子的仇恨。老沙瓦诺同原本戏弄自己的艾伯特（Albert）从一支烟斗中共享和平，这是传统的部族兄弟情谊，《报告》中喀什帕临终前曾与那那普什共吸一支烟斗。老沙瓦诺、艾伯特和艾伯特的侄子，三人共同寻找鼓木，这本身就是奥吉布瓦传统合作的模式，早期奥吉布瓦人，常常以氏族为单位，通过协作的方式狩猎或者捕鱼。

老沙瓦诺借助自己一次又一次的记忆复苏，重新找到制造手绘鼓的传统之法，制成手绘鼓并将手绘鼓投入使用为人治病，这一切都说明他最终回归了奥吉布瓦传统，成了一名至善之人。关于老沙瓦诺最终回归传统，小说中有两处细节更具说服力。细节之一，杰克临死前，来到了手绘鼓面前，挨着老沙瓦诺坐下，老沙瓦诺虽然一言不发，却把自己打开的口嚼烟草罐递给了杰克。再一次通过变了形的共享同一只和平烟斗的方式，老沙瓦诺与给自己造成苦难和悲伤的杰克进行了和解，而这种方式正是传统的变形。细节之二，杰克汇入围着手绘鼓跳舞的人群，舞至半圈，猝死倒地，老沙瓦诺"却是唯一一个对他掬以同情的人"（*PD*, 185）。他以亲人之道为杰克送行，尸体搬到了老沙瓦诺的家中，放到了他家院子的松树枝上。

从老沙瓦诺的身上，我们看到了复苏的记忆如何在过去与未来之间通架了一座彩虹之桥。原本支离破碎、遭人遗忘的记忆，在复苏的这一刻，进入到受害者的当下世界中，成为至珍瑰宝，指引受害者泅渡过创伤的暗河，打破悲情的枷锁，走回到部族的家园。老沙瓦诺生活在保留地上，他对奥吉布瓦部族文化仍保留着或深或浅的记忆。因此，归家之路，对于他而言，总归还有记忆之光芒，或明或暗，从头顶的天空处照射进他的内心。那些生活在保留地上却不曾有过族群记忆的奥吉布瓦人、那些离开了保留地的奥吉布瓦人、那些从出生之日就生活在保留地之外的奥吉布瓦人，他们又当如何泅渡过创伤的暗河、打破悲情的枷锁？他们的归家之旅又该从何处启程？发生在伯纳德、法耶身上的故事告诉我们，当记忆的光芒无法透过阴霾的天空为受伤的奥吉布瓦人指路时，奥吉布瓦人可以通过自我回家的方式重建自己对部族的记忆。

二、记忆重建下的族群身份回归

虽然制造手绘鼓的过程帮助老沙瓦诺治愈了他的心灵创伤，但这个过程无法惠及这个家族中的其他人，小沙瓦诺和伯纳德仍然身处创伤事件的阴影之下。小说以另外一种方式，对伯纳德的心灵创伤给予疗治：手绘鼓在使用的过程中，以其所承载的文化记忆灌溉受害者的心灵，帮助他重建自我对奥吉布瓦传统的记忆，并一劳永逸地帮助他走出创伤世界。与此相似，厄德里克也特意让手绘鼓走进法耶的心灵世界，它所象征的奥吉布瓦传统文化进入新的时间和空间，最终手绘鼓带走了法耶的创伤，法耶也在治愈创伤的过程中重拾了自我的奥吉布瓦身份，重新建立了自我对奥吉布瓦传统的记忆。

《手绘鼓》中的手绘鼓是奥吉布瓦传统记忆的支柱之一，借由它，人们得以聚合在一起，文化得以在不同的代与代之间获得连续性和传承性。因此，对于长者而言，传统文化有了可以生根的土壤，它们不再是明日黄花，等着入殓进棺，或者陈尸博物馆。对于年轻人而言，传统文化也给予了他们对自我的更多了解，毕竟不论他们承认或者不承认，血缘都将他们同奥吉布瓦部族联系在一起。不过，我们还应该注意到，手绘鼓，固然有诸多传统文化意涵，但它必须进入到奥吉布瓦人的心灵世界，才可以获得新生。同时，奥吉布瓦人，也需要将自我融入这样一种仪式之物所象征的奥吉布瓦传统世界中，才能真正地抵达自我的血液深处。

手绘鼓引领居于保留地的伯纳德进入到一个新的鼓社会，这个社会连接了现实世界与过去的奥吉布瓦传统世界。一旦鼓制成，一个以该鼓为核心的鼓社会也随之诞生，每面鼓都有自己的成员，"鼓，代表着这个世界，其成员围绕着它就如同诸灵围绕着世界"。[1]除了普通的成员，这个社会里还有鼓长、女成员负责人、护卫、热鼓手等。当所有成员进入到又跳又唱的仪式状态时，代表着大神的鼓长（Drum Leader）会始终像神一样端坐在那里，观察人们的言行。倘若出了错，他将指出并予以纠正。同时，他也将照料大家以免遭到其他邪物的侵扰。[2]这些都体现了奥吉布瓦鼓的"会众性"（congregational），因此，伯纳德参加手绘鼓仪式的过程，也是重新建立归属意识和集体意识的过程，因为"如果一个个体属于一面鼓，那么他或者她就属于他们所有的人"。[3]

当然，要真正进入鼓社会，除了身心的到场，还有十分重要的一点，就是唱鼓歌。回到手绘鼓的起源，我们不难发现，仪式中所唱的歌多与奥吉布瓦人文化、传统、部族灾难等有关，这些歌的最终目的是帮助当事人释放自我、开始新生。参加鼓会，甚至被一些人称为"去和祖父谈话"。[4]年少时，伯纳德同自己的弟弟妹妹一样努力以遗忘的方式来原谅父亲对自己兄妹三人的伤害。这种规避即便有效，也只可能是暂时的。伯纳德的疗伤需要进入一个新的群体，因为"只要我们把自己置于特定的群体，接受这个群体的旨趣，有限考虑它的利益，那么，我们就会把自己的记忆汇入这个群体的记忆"。[5]伯纳德在父亲少有的几次清醒下，接触并学习了鼓歌，这帮助他进入新的集体中，一个由神奇的手绘鼓会众而成的鼓社会。

新的集体所强调的奥吉布瓦传统文化帮助他重新思考了影响沙

① Thomas Vennum. *The Ojibwa Dance Drum: Its History and Construction*, p.81.
② Ibid., p.81.
③ Ibid., p.81.
④ Frances Densmore. *Menominee Music*. New York, Da Capo Press, 1972: p.151.
⑤ Ibid., pp.92-93.

瓦诺家族三代人的创伤事件，这种思考最终终结了这起创伤事件在家族中的隐秘传播和蔓延。进入到鼓社会的伯纳德从奥吉布瓦传统文化出发，对父亲的创伤记忆提出了质疑，给予鼓女的死因以新的阐释。首先，伯纳德重建了自己与本族传统文化的联系，对那场意外给予重新思考：善良的鼓女知道，除非车上有一个人主动送入狼口，不然整车人都得被饿狼吃掉。婴儿离不开母亲，母亲和婴儿又都离不开车夫。这种情况下，鼓女自己主动从马车上跳了下来，因为鼓女是那种传统的奥吉布瓦人，这种人总是把对他人的好放在首位。伯纳德的这番想象与祖父当年所想象、父亲所听闻的事故描述完全不同。厄德里克亦在文中为鼓女对他人的好留下了蛛丝可寻，譬如，半夜婴儿啼哭时，鼓女就像婴儿的第二个母亲一样起身侍弄婴儿吃奶。在伯纳德的解读下，鼓女的勇敢一跳既象征着传统奥吉布瓦文化中所强调的对亲人的无私的关爱，也象征着奥吉布瓦人传统的人与动物的关系：人与动物是平等的，动物可以成为人的牺牲，同样，人也可以成为动物的牺牲。在饱受创伤吞噬的日子里，老沙瓦诺执迷于自己的所想，小沙瓦诺执着于自己的所闻。唯有伯纳德借由手绘鼓回归了奥吉布瓦传统，重建了自我的族群记忆，以此终结了创伤的蔓延。

鼓一度在奥吉布瓦人的历史上发挥过巨大的作用，被视为是力量的源泉，帮助物质世界与精神世界双重荒芜凋敝的奥吉布瓦人重新整合已经支离破碎的身份，在满目疮痍的现实世界中获得生存的动力和韧力。鼓也因此得以厚待："我们像对待人一样对待（这鼓）……甚至为那面鼓精心铺各种床……我们这么做，出于对神的敬仰；感激、好好地照顾这面鼓，因为那是他的力量。因此我们对那面鼓进行装饰，让它看着漂亮、洁净，因为它来自神。"[①]不幸的是，经济方面、宗教方面的压力，以及传统奥吉布瓦文化的瓦解，奥吉布瓦鼓舞不再风靡，奥吉布瓦鼓也失去了其昔日的为人尊重：有些鼓被埋了起来；有些鼓被改成了咖啡桌；有些鼓，像其他艺术品一样，被偷偷地卖给白人，

---

① Thomas Vennum. *The Ojibwa Dance Drum: Its History and Construction*, p.61.

换得一点酒钱。①

　　法耶的疗伤过程是从她把手绘鼓偷偷拿回家开始的，不过这并非偷窃，而是一种实际意义的物归原主。法耶拿回家的鼓遭遇了前述的第三种命运，老沙瓦诺死后，小沙瓦诺为了买酒把鼓卖给了当时在保留地印第安事务局工作的事务官塔特罗（John Jewett Tatro）。塔特罗退休后，将鼓连同许多其他奥吉布瓦艺术品带回家乡。塔特罗死后，其侄女雇佣法耶为塔特罗的遗产进行分类估价。正是在这个过程中，法耶发现了这面鼓，并在鼓声的召唤下，将鼓带回自己的家。这个塔特罗与《四灵魂》中最终占有芙乐土地的特塔罗为同一人。当年，塔特罗在保留地上，利用职权之便巧取了芙乐的土地。同时，他在保留地上开酒吧、设赌场，豪夺了奥吉布瓦人的诸多艺术品。他是印第安人事务官的典型代表，"弄虚作假""玩忽职守""威士忌酒的推销员""酒吧间的阿飞""纵情声色之流"。②因此，真正的窃贼是塔特罗，他不仅盗窃了鼓、芙乐的土地，而且还陷奥吉布瓦人于窘困混乱的深渊。

　　法耶在冥冥之中，将鼓带回自己的家，后来又同母亲将鼓送回保留地，表面上，这只是鼓的归家之旅，事实上，这更是法耶的归家之旅，伯纳德通过自己的口头叙事帮助法耶重建了与传统的联系，完成了创伤救赎。

　　厄德里克在小说的第一部分通过法耶叙述了她 40 余年里遭受的创伤。小说的第四部分再次借法耶之口向读者展示了一个从创伤中走出来的新法耶。整部小说并没有交代法耶的思想、心理转变过程，唯一的秘密就隐藏在第二部分伯纳德对法耶母女所讲的故事中，而这个故事就是本章一再讨论的沙瓦诺家族故事。在第二部分第一节的结尾，伯纳德对自己的故事意图开门见山：

　　　　这些人不知道她们是谁，我的意思是她们是皮拉杰家族的
　　　　人。她们不知道她们是西蒙·杰克（Simon Jack）的后人，她们

---

① Thomas Vennum. *The Ojibwa Dance Drum: Its History and Construction*, p.136.

② 威尔科姆·E. 沃什伯恩. 美国印第安人, 陆毅, 译. 北京: 商务印书馆, 1997: 229.

不知道他对阿娜库特都做了什么，他对我那未曾留下姓名的姑姑都做了什么，他对他自己都做了什么。他们也不知道这面鼓对他做了什么，这面鼓知道些什么，这面鼓里装着什么。他们不知道我的父亲为什么会卖了这面鼓，尽管它曾屡屡救人。他们不知道这整个的故事，但是我确实知道。因此，我讲给他们听。(*PD*, 107)

　　显然，伯纳德为法耶母女讲述的是一百多年前围绕鼓女展开的家族故事。在一开始，伯纳德就明了自己讲故事的目的——帮助这对从城里来的母女找回自己的部族身份，领着她们回家。事实上，伯纳德讲故事，这本身就已经是对奥吉布瓦古老口头叙事的回归了，因为"口头故事"本身就是"数代人凭借记忆实现的历史、文化和整个世界观的传承"。[①]
　　从保留地归来的法耶，在妹妹死亡近半个世纪之后，就内特之死与母亲展开了对话：

　　　　"那天你去了哪儿？"我问。
　　　　"哪天？"她避开我的目光，装作这不过是个一般问题。
　　　　"她从树上**走出来**（stepped out of the tree）的那一天。"
　　　　"**跳的？**"（jumped？）
　　　　"不是，是从高树枝上**走开的**。（stepped off a high branch）
　　她见父亲没接住我。她可能以为我死了。我也不知道。她就走下来了。车不在家。你也不在家。去哪儿了？"
　　　　现在，她直直地看着我，手指尖捏着那块土司皮，看我在等她作答，她吞了一小口面包。
　　　　"她从树枝上**走开的**（stepped from the branch），"她说。
　　　　她点点头、闭上双眼，就好像在看她自己。我知道她以前总是看到另一幅图画，相信另一个故事：确而言之，哪一幅都不重要——只是它事关她是否会原谅我，这是她每一天都在做的事情。

---

① Leslie Marmon Silko. *Stroyteller*. New York: Arcade, 1981: p.6.

我怕，直到现在，她都还没原谅我。但随后，她睁开双眼，带着一种决意已定的神情，她张口了。

"我同某个人在一起。"（*PD*, 263，黑色强调为笔者所加。）

妹妹死后的 40 余年中，法耶一直纠结的是别人如何看待内特从树上掉下来的原因，小说的末尾，法耶才开始真正摆脱旁人的眼光，去了解妹妹从树上掉下来的原因，并就此与母亲对真相的可能性进行交流。母亲的"点点头""闭上双眼"等动作表明，在内特之死这件事上，她的确拥有一个不一样的版本，这也是这么多年来她无法原谅法耶的原因。法耶在 jump 和 step 两个词上的甄别与强调，则说明她已经窥见了内特跳下树的真正原因：jump 本身暗示了动作行为者本身是知道距离的存在的，动作行为者本身也对之有心理准备，即便丧身，也只是行为者对自我能力的估计不足造成的，也即一种"犯傻"；step 则不具心理防范意义的提前准备，它是一种随性行为，妹妹的随性正是源于她担心姐姐摔死了，所以根本忘却了自己是身在高处。当年的埃尔希为了出外与情人约会，疏忽了对一双女儿的照顾，酿成了内特的意外之死；当年的阿娜库特同样是为了满足自己的情欲追求，导致了鼓女的入入狼口。鼓女甘愿为了车上的人和地上的狼，牺牲自我；内特同样出于对他人的关心，而置自己的安危于不顾。

小说没有点明是伯纳德故事中的哪一点唤醒了沉浸于创伤的法耶，这也正是厄德里克讲故事的高明之处，她总是留给读者无限的自我思考空间，我们已然在两起创伤事件中找到了走出创伤的出口。在与母亲谈话前，法耶向母亲建议：卖掉生意，迁回保留地上姥姥的土地，自己开始写作，写下这面手绘鼓的历史，写下伯纳德讲述的那一切，写写诗，写给内特。回到保留地，意味着法耶将重拾自姥姥到母亲埃尔希再至自己这样的母女三代所中断的奥吉布瓦传统。姥姥 10 多岁时，被强行送到政府开办的寄宿学校学习白人语言文化宗教。成人后，姥姥留在了城市，生儿育女。埃尔希也一直生活在都市，最终法耶提议回到保留地，她也仍然做了拒绝。实际上，这种拒绝是对她自身与传统相系可能性的拒绝。第三代的法耶，显然无法从姥姥、母亲处认知自己的身份。在伯纳德的故事中，她窥见了内特的一跳与鼓女的一跳的相似性，内特身上闪耀着与鼓女一样的与人为善、关爱他人的传统奥吉布瓦精神。"写写诗，写给内特"（*PD*, 262），更确而言之，是写给像内特一样的具有传统奥吉布瓦精神的女孩，这是向奥吉布瓦传统的致敬与回归。法耶决定与执意留在都市、守着生意的母亲分道扬镳，再一次印证了法耶创伤的结束，向自我传统身份的回归。

小说最后，对自我身份做出抉择的法耶最终实现了自我的传统身份回归，这也从侧面回答了现实世界中保留地之外的奥吉布瓦人重拾传统身份的可能性问题。在族群身份认同问题上，大致有两种观点：工具论者认为族群认同是个可选择的、可被利用的社会生存工具；根基论者认为族群认同是一个人由出生中获得的，并且，族群感情永远是人们温馨、安全的家。①法耶的族群身份回归体现了二种论调的融合：它可供选择，并且可以服务于人在社会中的生存；同时，它又以血亲为前提。法耶决定回到保留地之后，走进树林，先是邂逅了我们上文提到的"渴望的眼睛在微笑"的狗。随后，她邂逅了一只熊，

> 我无限惆怅地继续朝那只熊走去。**它（it）**立起身，靠两条后腿站住，凝视着我，敏感的鼻子伸向天空，弱视的眼睛四处搜索。我跟一只熊的距离从没有这么近过，但我不害怕。**它**的（its）站姿毫无威胁；甚至也不好奇。这只熊似乎知道我是谁，我是什么。这只熊并没有什么了不起。我赞美**他**的（his）体型、黑色、健康、光彩，**他（he）**消失之前留下的画面。**他（he）**的确消失了。**他（he）**转过身去，在他隐没之前，我看见**他（he）**一跨而过。这是唯一神秘的部分——他是如何在那儿然后又不在那儿的……我想起了果园，成熟的苹果，沉甸甸的树枝，确信那只熊已经在那儿了。（*PD*, 271，黑体为笔者强调）

在法耶的眼中，熊最初是动物"它（it）"，后来变成了人物"他

---

① 王明珂. 华夏边缘：历史记忆与族群认同. 北京：社会科学文献出版社，2006：18.

（he）"，法耶与熊建立了一种神秘的联系，她把熊纳入与自己同一的范畴进行认识。怀亚特（Jean Wyatt）从熊与法耶的家族关系及熊在奥吉布瓦文化中的特殊意义两方面对上述引文进行分析，认为法耶与熊的邂逅帮助她彻底走出了创伤。[①]熊是奥吉布瓦人诸多氏族中的一支，皮拉杰家族即为熊氏族，法耶是皮拉杰家族的后代。这一点在《痕迹》中有着清晰的明示，皮拉杰氏族人坟墓上的标志是"四只交叉阴影线画的熊"（T, 5）。法耶与熊的相逢，是自我氏族身份的确认，一种认祖归宗的血亲联系的重建。法耶发现"这只熊似乎知道我是谁，我是什么"，这与上文伯纳德所承诺过的"我讲给他们听""这些人不知道她们是谁，我的意思是她们是皮拉杰家族的人"（PD, 107）形成呼应。

这只熊是否真得出现在法耶的面前，却也值得怀疑，它是"神秘的""在那儿又不在那儿"（PD, 271）这让我们不得不想起《痕迹》中芙乐（皮拉杰家族人）难产时，那只闯入产屋给了芙乐力量的熊。熊冬天冬眠，春天爬出洞穴活动，这样一种季节性的循环，被奥吉布瓦人视为疾病与康复的循环。[②]"熊是大自然源源不断地所产生的治愈能力的活生生的体现"[③]，熊也因此被视为拥有巨大的药力。不过笔者认为法耶的创伤能够彻底治愈还归结于法耶的选择：法耶决定回到保留地，这意味着她决定做一名真正意义的奥吉布瓦人，当人选择了某种身份，这种身份最终也为人所用。我们看见法耶朝妹妹的树走去，决定尝尝苹果的味道。当天晚上，她在库特家过夜。她认识到："生活会伤害你。没人能够保护你免受其害，独居也无济于事，因为孤单也会因其渴望而伤害你。你必须去爱。你必须去感受。这是你在这片土地上的原因。"（PD, 274）法耶放弃了独居和孤单，与库特再续情缘，

----

① Jean Wyatt. Storytelling, Melancholy, and Narrative Structure in Louise Erdrich's *The Painted Drum. MELUS*, 36.1 (2011): p.27.

② Susan Scarberry-Garcia. Beneath Creaking Oaks: Spirits and Animals in *Tracks*. in Greg Sarris, Connie A. Jacobs, and James R. Giles eds. *Approaches to Teaching the Works of Louise Erdrich*. New York: MLA, 2004: p. 46.

③ Susan Scarberry-Garcia. *Landmarks of Healing: a Study of House Made of Dawn*. Albuquerque: University of New Mexico Press, c1990: p.40.

她以在库特家用库特家的电话给母亲打电话的方式将自己的这段恋情公布于世，这是走出创伤的法耶第一次迎接爱情、拥抱生活，这也代表着法耶已经完全治愈。

法耶决定回到保留地去写作，但她最终的痊愈却发生在她尚未回到保留地之前，这从另一个侧面说明了厄德里克所理解"回归"具有迁徙的特性。"回家"（homing-in）是印第安文学中的一个重要主题，许多印第安文学大师都倾力于描写回归，典型如莫马迪、希尔克。他们二人都将人物的回归设定为既在地理意义上回归，又在文化意义上回归。对于他们而言，回归，至少从地理位置而言，是静止的、确定不变的。厄德里克笔下的法耶回到保留地，又离开保留地；可能会再次回到保留地，因为她要去写作；还可能再次离开保留地，因为她的爱人库特在保留地之外。这样一种回到—离开，实质是奥吉布瓦传统文化中的"迁徙"（migration）特性。"早在殖民者到来之前，迁徙就已经成为一种主要的文化价值观。奥吉布瓦人活在移动（move）中……它产生不同：新的社区、新的人、新的生活方式、新的祭神食物、新的故事和新的仪式。旧的并没有死去，它与新的互为补充，多样性由此产生。"① 《羚羊妻》中，双胞胎姐妹一会儿出现在葬礼，一会儿又现身于赌场；一会儿去了北部的工场，一会儿又去了加拿大的保留地；治疗师、珠饰者、硝皮匠、学校的语言顾问、牧师的管家。她们活在传统与现代之间自由变换，活在她们自己迁徙的流动性中。她们却又是最富有奥吉布瓦传统精神之迁徙性的奥吉布瓦人。

小　结

工业文明的发展，势必将奥吉布瓦人带离保留地，带入城市，这也势必带来各种伤害。为了躲避创伤而将自己藏身于保留地显然也是

---

① Richard Scott Lyons. *X-marks: Native Signatures of Assent*. Minneapolis: University of Minnesota Press, c2010: p.4.

不合时宜的，这也是厄德里克所不提倡的，她自身就生活在明尼苏达的明尼阿波尼斯大都市，但同时，她又经常回到龟山保留地。面对工业文明大举进攻带给奥吉布瓦人的累累创伤，厄德里克从奥吉布瓦传统文化中寻找解药，提倡"记忆与回归"，"手绘鼓"既为广义的象征，也是狭义的存在。不过她对回归所做出的流动性、迁徙性的诠释，进一步说明了，不论奥吉布瓦人身处何地、饱受何种创伤，文明冲突所致也好，情感纠葛造成也罢，只要在身份上回归奥吉布瓦传统，重新复苏部族记忆、重新建构部族身份、重新延续部族生命，那么奥吉布瓦人就不会在创伤的暗河中溺水而亡，因为"剥削的根是记忆的丧失"。[①]最终，"他们将会像法耶一样靠着苹果树，嗅着苹果的芳香"，"尽可能多地品尝到"它们的甘甜（*PD*, 274）。

回到保留地写作的法耶到底会写出一部怎样的作品，厄德里克为我们留下了无限的遐想，我们甚至可以把《手绘鼓》本身即视为她的第一部作品，因为我们在这部小说中发现了不少类似于日记的以法耶之口完成的一般现在时叙事。在《踩影游戏》中，我们发现了名副其实的日记，同时，我们也看到了厄德里克作为部族良心对奥吉布瓦作家创作伦理的深刻思索：面对灾难性的汗牛充栋的白人对印第安人的书写，奥吉布瓦作家需要反抗和重塑。

① Paula Gunn Allen. *The Sacred Hoop: Recovering the Feminine American Traditions*. Boston: Beacon Press, c1986, 1992: p.213.

第五章 《踩影游戏》：虚构灾难下的反抗与重塑

> 现在，名字成了附着在类像（simulacra）上的密码。肖像画无处不在。为了她的丈夫，她待着不动，摆出种种姿势。她已经把一个替身释放进了这个世界。现在不可能把那个影像（reflection）抽回来了。吉尔占有了它。他踩在了她的影子（Shadow）上。
>
> 事实上，影子偷走了它们的主体，对除了这个主体的整个世界而言，它们愈发真实，直到它们似乎成为真正留下来的东西。
>
> （*ST*, 40; 143）

厄德里克出版于 2008 年的《踩影游戏》为我们展示了一个既包含绘画世界又涵盖了商品世界，还涉及媒介世界的小说世界。19 世纪的印第安女子貂（the Mink）为 19 世纪的白人画家凯特林（Catlin）[①]担任模特，21 世纪的印第安女子艾琳为 21 世纪的印第安画家吉尔担任模特。以貂和艾琳为原本的画均从凯特林和吉尔的绘画世界中独立出来，貂的肖像画以画展的形式获得了流通的机会，为凯特林赚得名利；艾琳的肖像画假借画展、网络为媒介让吉尔名利双收。相似于王尔德笔下的格雷、鲍德里亚笔下的布拉格大学生以生命为代价找回自

---

① 乔治·凯特林（Geroge Catlin，1796—1872），美国画家、作家和旅行家。自幼受到母亲的影响，对印第安文化十分着迷。成年后，深入西部，以印第安风土人情为素材作画。其西部经历后来成书《关于北美印第安人的风俗、习惯和环境的信札与笔记》（*Letters and Notes on the Manners, Customs, and Condition of the North American Indians*）。

己的正常人像①，艾琳在寻回自我正常人像的艰难路上命丧黄泉。不过，令人欣慰的是，艾琳的女儿里尔多年以后凭借自己的硕士论文，即读者手中的《踩影游戏》，为母亲的寻找之旅画上了圆满的句号。这既想象性地重建了母亲的真实影像，又出其不意地疗治了里尔兄妹三人因父母意外之死而饱受的创伤吞噬。一场因艺术的虚构并经由商品世界的流通而引发的灾难最终又在里尔对虚构的反抗和重建中得以平复。小说的结尾，一切走向正途，里尔回忆，那一天（父母出事的那一天），"烈日当头，脚下路面发烫，热气腾腾，感觉不错。时值正午，我们脚下没有影子，我们身边也没有影子，四周明亮、平坦、耀眼"（*ST*, 255）。

第一节　"刻板的"美国土著与虚构

早在 20 世纪 90 年代，厄德里克和她的前夫多瑞斯就对破除印第安人的刻板形象、重建真实的印第安人表现出了浓厚志趣。在二人看来，老套的美国土著形象是有害的，即便生态印第安形象也是有害的，因为任何一种老套形象都使得丰富的印第安人变得简单，并不同程度地限定他们的自由。②厄德里克对老套印第安形象的最早反抗可以追溯至短篇小说《勇者的一跳》（*The Plunge of the Brave*, 1985）：1957年，白人女画家以内克特为模特画了题为"勇者的一跳"的画，一名赤身裸体的印第安男子从悬崖上跳入岩石四立的河流。女画家刻意将

---

① 1970 年，鲍德里亚出版了《消费社会》。在该书结论"论当代异化或与魔鬼协议的终结"的"布拉格的大学生"中，鲍德里亚讲述：一位贫穷却壮志凌云的大学生，迫不及待地想过上好日子，他用自己的镜中影像同魔鬼进行金钱交易。变得富有的大学生发现自己的镜中影像被魔鬼唤醒进入了流通的现实世界。影像与大学生相伴相随，甚至取代大学生进行行动。当大学生对自己的影像变得忍无可忍时，他举枪瞄准自己的影像，镜子破碎，镜中的影像消失，大学生杀死了自己，临死之前，他抓起镜子的碎片，发现自己又能从中看见自己。（让·鲍德里亚. 消费社会. 刘成富，全志钢，译. 南京：南京大学出版社，2000：219—223.）

② Chavkin Allan and Chavkin Nancy Feyl eds. *Conversations with Louise Erdrich and Michael Dorris*, pp.xii-xiii.

模特内克特想象性地画成必死无疑的印第安人，这积极地谋和了 19世纪流行的"死去的印第安人才是好印第安人"①这一说法。小说中，内克特对这种说法做了戏仿，"死去的，或者从马背上向后翻落致死的印第安人才是有趣的印第安人"。内克特想象了自己落水后的逃生："触及河底时，我屏住呼吸，水流把我冲向水面，在凌厉的岩石处逗留。我听凭水流，这样，我就能抵达河岸。"（*LMN*, 124）内克特的戏仿、自我想象下的有惊无险的生还，均对白人所建构的（此处以白人女画家为代表）消亡的印第安人形象给予掌掴：印第安人并非必死无疑，相反，他们知道求生的技巧并能适者生存。

在随后的诸多作品中，厄德里克不遗余力地戳穿白人所建构的印第安人刻板形象之谎言，重建印第安人作为人的形象，分量最重的当属《踩影游戏》。不少学者曾以阴影来比拟美国土著的刻板形象，旗帜最为鲜明的是斯特德曼（Raymond William Stedman）的《印第安人的影子：美国文化中的刻板形象》（*Shadows of the Indian: Stereotypes in American Culture*, 1982）。书中，斯特德曼对书籍、电影、卡通和广告中的各种印第安人形象进行检视，对刻板形象进行嘲弄，以纠正人们对美国土著人的误解。《踩影游戏》具有异曲同工之妙，并且它走得更远。小说中的影子跨过了种族的界限，既是白人画家对印第安女孩貂的绘画虚构，也是印第安画家吉尔对印第安人艾琳的绘画虚构，还是作为个体的艾琳对自我的文学虚构，艾琳的自我虚构又成为她迎战吉尔绘画虚构的反虚构。三样虚构，三重影子。虚构与反虚构中，真实与想象、历史与当下，既为交错，又为共生。凭此，小说深刻地思索了虚构对印第安人真实形象的侵入和危害，积极地探求了祛除虚构、

---

① "死去的印第安人才是好印第安人"（A good Indian is a dead Indian）的说法来自一位白人将军，虽然原话并非如此，但经过演变，变成了现在大家所熟悉的这句。1867 年 12 月，美国内战时期的史瑞丹将军（General Philip Sheridan）监督一部分阿拉帕霍人（Arapahos）、夏安人（Cheyennes）和卡其曼人（Comanches）投降。当一名叫图萨维（Tosawi）的印第安人被人介绍给史瑞丹时，图萨维对这位将军说："图萨维，好印第安人。"史瑞丹却回答："我看见的唯一的好印第安人死了（The only good Indians I ever saw were dead.）。" Utter Jack. *American Indians: Answers to Today's Questions*, p.181.

重塑"后印第安人"①的途径。

　　白人女画家、白人画家凯特林以及印白混血画家吉尔均是以白人意识中固有的刻板的美国土著形象作为参考和依据，只有符合白人大众想象虚构的美国土著人才可以被称为美国土著人，而那些溢出了固有形象之外的土著人则无法得到认可。那么，何为白人大众想象虚构中的美国土著？本节从"刻板称呼与虚构""刻板形象与虚构"两方面对此问题做出解答。借此，我们既可以管窥到这些白人大众想象中的美国土著在其诞生过程的偶然性，也可以感受到它们背后所暗藏的"显性态度"。②

一、刻板称呼与虚构

　　早在 1492 年之前，美洲大陆上没有一个"印第安人"，哥伦布自以为自己抵达了印度，而将当地人称作印第安人，维泽勒认为"哥伦布犯了一个错"，这是一场"殖民主义的虚构"。③维泽勒的指责并非毫无道理，作为"欧洲人衍生出来的词与观念"，④"印第安人"这一概念本身笼统并含混了各种有着不同社会、政治、文化、宗教背景的部族。哥伦布抵达北美之前，至少有 400～500 个不同的部落在这片土地上繁衍生息。伴随着越来越多的欧洲人登陆美洲，当地土著失去了自我的身份，变成了同一个词统治下的"印第安人"。

　　抵达美洲的欧洲人不仅虚构了印第安人这一概念本身，且日后的美利坚合众国政府还通过联邦立法对这一概念进行法律层面的定义。譬如，美国印第安事务局曾对印第安人做过如下定义：有资格为事务局服务，已被联邦政府所承认的印第安部族、氏族或群落的一员；居住在保留地上或者保留地附近；拥有 1/4 甚至更大比例的印第安人血统。⑤事实上，血统并不是美国土著进行自我土著身份认定的必要条

---

① "后印第安人"（post-indians），维泽勒术语，详见本章第三节。

② "显性态度"（manifest manners），维泽勒术语，详见本章第三节。

③ Gerald Vizenor. *Postindian Conversations*. Lincoln: University of Nebraska Press, c1999: p.84.

④ Jack Utter. *American Indians: Answers to Today's Questions*, p.25.

⑤ Ibid., p.26.

件，维泽勒、厄德里克等人更强调文化身份的选择。《美国诺顿文选》（*The Norton Anthology of American Literature*）所提供的与当事人史密斯（John Smith, 1580—1631）所讲述的截然不同的生死奇遇也从一个侧面反映了至少在印白交往早期，印第安人更多是以文化而非血统作为考量身份的标准。[①]美国印第安事务局所做出的定义将不足 1/4 血统的美国土著、远离保留地的美国土著均排除在外，它为控制基金分配、土地分配等事务发挥了重要的作用，因为美国政府是按照其法规所认定的印第安人人数进行各种物资和土地的分配。由此我们看到，不仅"印第安人"这一概念本身存在虚构，而且由"印第安人"这个概念生发而出的各种法规也是虚构的，它们共同为美国政府的殖民主义进程铺路。

　　"红种人"是我们惯常听到的指称美国土著的另一种说法，这个词并不是美国土著用以描述自我的词，"红种人"作为一种虚构，同样出于偶然，也同样掩盖了真实的美国土著。红种人这个词并不始于哥伦布，据说，哥伦布最初抵达北美大陆的时候，曾对其所遇见的土著人的肤色做过如下描绘："加纳利居民的肤色，既不黑也不白"。[②]很长一段时间内，白人对土著人肤色的描绘各不相同，这主要是因为土著人肤色的确有深有浅，深色可能深至深棕色甚至黑色，浅色可能浅至淡黄色乃至白色。譬如，1643 年时，美国罗德岛（Rhode Island）

　　[①] 约翰·史密斯在《弗吉利亚通史》（*The General History of Virginia, New England, and the Summer Isles*，1624）中写到波瓦坦公主波卡洪塔斯（Pocahontas，1596—1617）出手相救了身陷囹圄的自己。据他的描写，被波瓦坦人抓回去后，他遭遇了部落首领的盛怒，在执行死刑的前一刻，波卡洪塔斯舍命将头贴在了他的头上，救下了他。事实上，在波卡洪塔斯和史密斯之间所发生的并不是美丽公主舍命救心上人。《美国诺顿文选》指出，当时所发生的可能只是"一场收养仪式，目的旨在把他吸纳进波瓦坦部族"。印第安人自己对此事的描述与史密斯的叙事也大相径庭。波瓦坦人根本就不是要杀死史密斯，而是要接纳他为部落的一员，接纳要通过一种收养仪式完成——他需要背起部落中的一位地位很高的女性，恰巧波卡洪塔斯成了那个人。（Nina Baym and Robert S. Levine, co. eds. *The Norton Anthology of American Literature* (shorten eighth edition).W.W. Norton & Company New York & London, 2013: p.58.）

　　[②] David R.Wrone and S. Nelson, Jr.Russel, eds. *Who's the Savage: a Documentary History of the Mistreatment of the Native North Americans*. Fawcett Publications, Inc. Greenwich, Conn, 1973: p.35.转引自 Jack Utter. *American Indians：Answers to Today's Questions*, p.95.

的罗杰·威廉（Roger William）发现当地人的肤色是白色的；1680 年左右，威廉·潘（William Penn）将印第安人描述为黑色、意大利人的颜色；1720 年，理查德·布莱德雷（Richard Bradley）眼中的美国土著有点白；18 世纪中期，本杰明·富兰克林（Benjamin Franklin）将当时美国土著人的肤色描述为全都是黄褐色的。[①]"红色"一词在 18 世纪中期之后变得流行，这主要是源于瑞典学家林奈（Charles Linnaes）1758 年所提出的人种分类。林奈依据人类的不同肤色和不同地理分布，把世界上的人类分为四个种族：亚洲黄色人种、欧洲白色人种、非洲黑色人种和美洲红色人种。1775 年之后，"红色"一词用以形容土著人肤色变得愈加流行。[②]美洲土著人有战争之前在脸上和身上涂抹红色以表征战决心和鼓舞士气的作用，如美国独立战争期间，很多参战的土著人都把自己涂成红色。欧洲人来到北美后，偶然看到这种红色的"战争颜彩"（war paint），更加深信土著人是红种人。白人文化用单一的红色涂抹和掩盖了其他深浅不一的肤色，原本丰富多彩的土著人变得单一和呆板。与红色相关联的是嗜血、残忍、野蛮、暴力等血腥词汇。白种人和红种人作为两个相对独立的敌对阵营诞生，与之相伴的是数百年里白种人对土著人的种族偏见、歧视和迫害。

　　无可奈何的是，哥伦布因为犯了一个偶然的地理性错误，而导致美洲土著自此易名为印第安人，数以百计的部落名称变得无足轻重。林奈的"美洲红色人种说"也因为抵达北美的欧洲人偶然地捕获了土著人周身的红色颜彩而变得令人信服，红色之外的其他肤色都不复存在。无足轻重、不复存在的并不止部落名称、各种肤色，还有他们的形象。下文则回到上面的那个问题"何为白人大众想象虚构中的美国土著？"

二、刻板形象与虚构

斯坦斯兰德（Anna Lee Stensland）在其著作《美国印第安文学与

---

① 此处参考 Jack Utter. *American Indians: Answers to Today's Questions*, pp.95-98.

② Ibid., p.98.

有关美国印第安人的文学：带注释的目录》（*Literature by and about the American Indian: an Annotated Bibliography*）一书中曾就"什么是印第安人（What are Indians？）"自问自答。斯坦斯兰德指出，当下大多数美国白人都会给出相似的答案：印第安人是美洲的早期居民，他们头上戴着羽毛装饰的头冠，身上穿着鹿皮衣服，住在圆锥形的帐篷里，骑着高头大马猎杀野牛。在斯坦斯兰德看来，之所以会如此，因为19世纪下半叶，野牛·比尔（Buffalo Bill）带着他的狂野西部表演团（wild west show）四处巡演，不曾见过真正的美国土著人的白人将表演视为真实。①后来的电影电视、博物馆展览以及旨在招揽游客的观赏性典仪又不断地重复和强化这一形象，也难怪史密斯（Paul Chatt Smith）在《你所知道的关于印第安人的一切都是错的》（*Everything You Know about Indians is Wrong*）中愤然地感慨："难以置信，有关印第安人的一切都是由相机塑造的。"②电影电视是摄像机下的产物，其拍摄意图免不了迎合消费；博物馆展览和观赏性典仪也有赖于白人观察视野和关注兴趣的捕捉。因此，它们均具有局限性，不能反映真实的美国土著人生活。

事实上，健壮的身躯、驰骋的骏马、飘逸的长发、夺目的羽冠、低矮的帐篷，它们共同搭建了长存于我们心底的根深蒂固的土著形象，这些形象隐没了真实的印第安人。首先，从历史时间上来看，美洲大陆上的马是外来品，16世纪时，西班牙人的家马经由墨西哥进入北美洲，后来经过约200年的时间，绝大多数平原和草原土著人才有了自己的马匹。③其次，从上述物品的普及率来看，仅以帐篷为例，即便在与白人接触之前，也并非所有的土著都住在帐篷里，譬如，当代美国土著作家西尔克是普韦布洛（Pueblo）人，这个部族早在公元700年时就已经学会在河边修建泥砖房子，并懂得将河中的水通由专门的

---

①　Anna Lee Stensland. *Literature by and about the American Indian: an Annotated Bibliography*. Urbana, Ill.: National Council of Teachers of English, c1979: p.11.

②　Paul Chatt Smith. *Everything You Know about Indians Is Wrong*. Minneapolis: University of Minnesota Press, c2009: p.4.

③　茨格内·查勒尔. 印第安人. 马立东，译. 武汉：湖北教育出版社，2010：11.

水渠引灌庄稼。①我们所熟知的因纽特人还会用冰修建住宅。最后，从土著人本身所具有的迁徙性来看，土著人体现出了变动的灵活性，而我们将土著形象固定于某一类或某几类是有悖于这种精神的。土著人是灵活多变的，至少有些部落是灵活多变的，前文笔者已经介绍过奥吉布瓦族的流动性，不少部落的变形者故事也充分体现出了他们对流动性的赞美和推崇，如西南部印第安部落的变形者是草原狼、西北沿海部落的变形者是乌鸦。

　　绘画作为一种视觉艺术，同样有悖于真实的美国土著形象。根据格瑞斯（O'Neill Catherine Grace）等人的考证，19 世纪的画家所绘制的 1621 年感恩节场景常常是错误的。他们画笔下的土著是以西部大平原印第安人为参照的，这些平原印第安人的模样又是以白人所陈列的记载了印第安人历史庆典时的模样为蓝本的。②在这些画中，凭借印第安人的援助活下来的白人同前去与白人共同庆祝第一个丰收节的土著人形成了鲜明对比：画家们极力铺排欧洲白人至深至诚的慷慨、非凡突出的勇气、简朴却生机勃勃的风貌，他们高高地或站或立；土著人则显得呆滞、潦倒、破败、野蛮，人数上比白人少，而且他们或者蹲卧或者蜷缩。③这些图片不断地复制，在美国的大小教室、舞台、书籍插图中出现，人们习惯了这就是事实。④除了 19 世纪的画家，早期的画家如布里（Theodorus de Bry, 1528—1598，荷兰人）等在借用自己的画笔描绘印第安人时也常常有违真实。最初抵达美洲的哥伦布缺少对土著人的广泛而深刻的了解，面对新奇、陌生的世界，用"粗鄙陋俗""毫无信仰"等词来描述它。布里等一批画家根据哥伦布等人

---

　　① 樊英，译. 天地父母：印第安神话. 北京：中国青年出版社，2006：2.

　　② O'Neill Catherine Grace. *1621: a New Look at Thanksgiving. Washington*, D.C.: National Geographic Society, c2001: p.27.

　　③ 以建于 1824 年的朝圣大厅博物馆（Pilgrim Hall Museum）中所收藏的一幅 1621 年感恩节图画为例：辽阔的旷野中，一群白人环绕长桌坐着，桌旁一神父站着，带领众人祷告，桌的前方一位白人妇女侍弄着三个小女孩，离长桌稍远的后方一群土著人坐在地上，面色呆滞地看着白人。桌子及桌边的白人占据了整幅画的核心部位（约占整幅画的 1/4），侍弄小女孩的妇女占据了整幅画的前端（约占整幅画的 1/5），土著人占据整幅画的一个小角（约占整幅画的 1/20）。

　　④ O'Neill Catherine Grace. *1621: A New Look at Thanksgiving*, p.27.

的文字描述将土著人再现为"赤身裸体的、手舞足蹈的、混沌不化的、身材矮小的、凶悍食人的、被异教秩序所禁锢的"。[①]原本以哥伦布等人的描述作为来源的画作，日后却成为用以支撑哥伦布描述的佐证，变成了"强有力的话语，数世纪以来，与'印第安'如影随形"。[②]

　　作为文字艺术的文学作品，虽然不比上述的电影电视、绘画、博物馆展览等视觉艺术直观化和具象化，但它们在虚构老套刻板的土著形象方面却是有过之而无不及。斯坦斯兰德将美国文学作品中的刻板土著形象分为7类：1.高贵的红种人；2. 野蛮的异教徒；3. 凶残的窃贼；4. 懒汉和醉鬼；5. 美丽的印第安少女；6. 消亡的民族；7. 忠实的朋友和仆人。[③]这种划分已经十分具体，不过仍有疏漏，譬如与"美丽的印第安少女"相对的是"印第安老娘们"。前者优雅，受人尊重；后者低人一等且道德败坏。倘若要具体，这个单子还会变得更长。鉴于此，笔者更愿意采用较为概括的二分法：一类是高贵优雅，另一类是野蛮卑劣，不论高贵的还是野蛮的印第安人都注定走向灭亡。国内已有邹慧玲、关晶等人对美国文学中克雷夫科尔、贝弗利、库珀、麦尔维尔、马克·吐温、福克纳等文学大师笔下的刻板印第安形象进行过研究：克雷夫科尔、贝弗利、福克纳笔下的土著人高贵优雅，与自然和平共处；马克·吐温作品中的土著人则野蛮、粗俗、凶残；库帕和麦尔维尔的土著人物则两类均有。[④]此处，笔者有意选取另外两名作家进行介绍，19 世纪诗人朗费罗（Henry Wadsworth Longfellow, 1807—1882）和 20 世纪儿童文学作家怀德（Laura Ingalls Wilder, 1867—1957）。前者作为 19 世纪美国最伟大的诗人之一，所创作的《海华沙之歌》（The Song of Hiawatha）曾被德国诗人弗瑞里格拉特誉为"为美国人发现了美洲"，并且厄德里克大学期间曾与父亲就朗费罗以书信方式进行过讨论。后者作为一名家喻户晓的儿童文学作家，所创作的

① Scott Richard Lyons. *X-marks: Native Signatures of Assent*, p.24.

② Ibid., p.24.

③ Anna Lee Stensland. *Literature by and about the American Indian: an Annotated Bibliography*, pp.11-19.

④ 邹慧玲. 19 世纪美国白人文学经典中的印第安形象. 外国文学研究, 2006（5）：45—51.

"小屋系列"（the Little House series）"已经成为 19 世纪美国边疆经历的标志性代表"，①造就了美国数代人对土著人的认识，厄德里克在1996 年特别针对怀尔德的"小屋系列"创作了"桦树皮小屋"系列。

朗费罗《海华沙之歌》中的海华沙，是一位高贵的神明一样的土著人，他亲自将白人迎进家门，并在对白人基督的感恩戴德中驾船西去。全诗从海华沙的出生写起，赋予海华沙无尽的智慧和无比的勇气，他既为西风之子，更是自然之子。后来，各种疾病侵袭了海华沙的亲人和朋友，他的生活发生急流直下的逆转，他所代表的传统文化亦开始风云流散。海华沙梦见一艘长着翅膀、满载着百余名白人的船从大海彼岸驶来，他认出，"那造物之神，伟大的神明，/派他们到这里来完成他的使命，/派他们给我们带来他的福音"。当白人真正地到来时，"高贵的海华沙呀，/他把双手高伸，/高伸着双手表示欢迎，/他等待着，满怀高兴……那皮肤白皙、穿着黑袍的首领，/他的胸前挂着十字架，/终于踏上了多沙的水滨"。②在朗费罗的赞歌中，我们读到海华沙正在遭遇的一切苦楚和艰难都因白人的到来而消散殆尽，生活再次甜美、和平再次降临。朗费罗对土著文化显示出了比其同时代其他作家更加浓烈的情感，譬如他以土著传统神话故事中的造物主——变形人为模板塑造了主人公海华沙。不过，他在诗歌的最后两章"白人足迹"和"海华沙的离去"中所宣传的基督思想和土著文化末日论观点，不能不让读者对朗费罗关乎土著文化的情感是否真挚心生疑问。

怀尔德的"小屋系列"共包括 9 部，这里重点只讨论第二部《大草原上的小屋》（*The Little House on the Prairie*），故事中的印第安人或为窃贼，或为乞丐，或为野兽，他们是高贵的反面——野蛮。故事的背景是 19 世纪白人的西拓运动，白人小女孩萝拉（Laura）一家因为威斯康星白人越来越多，放弃了威斯康星丛林中的小木屋，向西挺进，在大草原上重建新家。印第安人曾先后两次造访萝拉一家的大草

---

① Papazien Gretchen. Razing Little Houses or Re-envisionary History: Louise Erdrich's Story of the American "Frontier" in *The Birchbark House* and *The Game of Silence*. in Sawhney Brajesh etc. eds. *Studies in the Literary Achievement of Louise Erdrich. Native American Writer*, p.188.

② 朗费罗. 海华沙之歌. 王科一，译. 上海：上海译文出版社，1981：283.

原小木屋：第一次，两名印第安人示意劳拉的母亲为二人做饭吃，临走时还拿走了萝拉父亲的烟草；第二次，两名印第安人当着萝拉母女四人的面，拿走了玉米饼、烟草袋、枪和毛皮卷。透过白人小姑娘萝拉的观察视角，我们看到印第安人"青筋爆满""光秃秃""凶巴巴""恶狠狠""让人害怕""（这些野人）没有头发""一动起来，黄鼠狼的气味更加浓烈""脏兮兮""双眉紧皱""卑劣粗俗""就好像这屋子是他们自己的""拿走所有的""吃了很多"。①怀尔德同样持有土著文明末日论思想：大大小小的印第安人骑着马离开了萝拉一家所在的草原区。通过将印第安人蓄意建构为野蛮的、危险的、懒惰的种族，小说为"同化印第安人景观和定居边疆这一文明化进程的合法性进行了维护"。②针对怀尔德有违历史事实的"小屋系列"，厄德里克特意创作了旨在针对儿童的更加真实可信的"桦树皮小屋系列"（含《桦树皮小屋》《沉默游戏》和《豪猪年》）。在其中，我们看到了一个完全有别于怀尔德笔下的西部边疆：白人没有开始西拓之前，边疆并非无人居住，相反，诸多印第安人居住在这里；白人到达西部边疆之后，这里也只是变成了一块儿印白接触地带；印第安人并不全是嗜血的、残暴的，相反有的部族也与白人建立了深厚的情感，他们在白人身处危难之时曾慷慨地施以援助之手。

《踩影游戏》中，温妮·简（Winnie Jane）向女儿艾琳讲过几则影子故事：一位药师通过自己的影子治愈了病人；一名邪恶的温迪戈武士把他的魔力藏在他的影子里，不过正午时分，即便是弱小的小女孩也能毫不费力地杀死他。再次回到上文已经提及的斯特德曼的《印第安人的影子：美国文化中的刻板形象》，一个个刻板形象就是一块块加附在印第安人身上的阴影。这些凭借虚构而诞生的阴影到底是具有治愈之力，还是邪恶之力呢？厄德里克的《踩影游戏》以故事的语言告诉我们：来自凯特林和吉尔的阴影中潜藏着温迪戈的邪恶之魔力，他

① Laura Ingalls Wilder. *The Little House on the Prairie*. New York: Harper & Row, c1953, pp.138-233.

② Smulders Sharon. "The Only Good Indian": History, Race and Representation in Laura Ingalls Wilder's *Little House on the Prairie*. *Children's Literature Association Quarterly*, 27.4 (2003): p.191.

们的虚构是一场灾难。

第二节　虚构与灾难

《踩影游戏》中，艾琳向丈夫吉尔讲述了这样一个故事：1832 年，白人画家凯特林以曼丹族（Mandan）①年轻貌美的女孩貂为模特作画。画作完成后，凯特林带着肖像画离开，貂吐血不止。貂的族人依据部族文化认为凯特林以貂为模特的肖像画太像貂了，把画带走也会把貂的灵魂带走，貂会因此而死去。族人追赶凯特林以期要回肖像画。凯特林拒绝把画还给族人，因为他认为自己在创作时也将自我的一部分投注其中了。曼丹族人提出立即烧掉画作，凯特林承诺回去后会自行将画烧掉。事实上，凯特林不仅没有把画烧掉，反而把画用于 1838 年纽约阿尔巴尼凯特林印第安艺术展（Catlin's Indian Gallery in 1838, Albany, New York）。

在奥吉布瓦语中，waabaamoojichaagwaan 这个词有三重意思：1. 镜像；2. 影子；3. 灵魂（*ST*, 40）。凯特林所绘制的肖像画十分像貂，这既是"镜像"，也是"灵魂"。因此，族人们会认为凯特林带走肖像画也就是带走了灵魂。艾琳之所以把貂的故事讲给丈夫吉尔听，因为她感到自己正在遭受着同貂一样的命运：凯特林通过画貂捕获了貂的灵魂，吉尔通过画艾琳捕获了艾琳的灵魂。下文将从画家创作与暴力的肆虐、画作流通与主体的消失两方面入手，剖析隐秘复杂却又痛苦的画作取代现实的灾难过程。

---

① 曼丹人（Mandan），北美平原印第安人，讲苏语（Sioux）诸语言，居住在今拉科他州西南部密苏里河沿岸。曼丹人住圆顶土房，聚成村落，围以栅栏。他们种植玉米、豆类、南瓜及向日葵，猎捕野牛，制陶编筐。他们举行复杂的仪式，包括太阳舞和熊仪式（一种治疗和备战的仪式）。他们有按年龄分类的各种武士会，以及巫医、妇女团体。曼丹艺术家把英雄功绩绘在水牛皮长袍上。到 19 世纪中期，因天花而人数骤减的曼丹人已迁至北达科他州保留区，现人口约 1000 人。

一、画家创作与暴力的肆虐

事实上，厄德里克本人并不认为肖像画一定会捕捉到人的灵魂，整个捕捉过程倒是一项复杂的工程。在回忆录《奥吉布瓦国的书与岛》中，厄德里克对画作/摄影作品如何捕捉人的灵魂进行了更加详尽也更加令人信服的说明。奥吉布瓦语 mazinaakizo 的意思是"被人摄影/拍照/绘画"，词的本义和偷走灵魂毫无关系。摄影者或者绘画者拿不走奥吉布瓦人的灵魂，"要拿走奥吉布瓦人的灵魂也没那么简单。政府、天主教修女和神父们需要借助他们虚构出来的使人蒙羞受辱（inventive humiliation and abuse）的体系化的艰辛劳作才能窃得灵魂"（*BI*, 5）。早年的天主传教士和修女们不断地贬抑奥吉布瓦教，将之称作邪教、异教、魔鬼的宗教。早年的政府为了强制推行英语，也极力诋毁土著人的语言，污蔑他们的只有口头形式而没有书写形式的语言是低等人和野蛮人的语言，禁止寄宿学校的土著儿童讲自己的母语。不过颇具讽刺的是，两次世界大战期间，美国军方的军事密码屡屡被破译，最终却是借助纳瓦霍语（Navajo）这一曾被歧视和禁止的土著语成功地传送了军事机密。[1]奥吉布瓦人置身于种种贬抑和诋毁下，巨大的耻辱感最终将他们的民族自信心和自信力挫败，他们最终失去了自己的宗教身份、文化身份。

透过厄德里克所列举的神父、修女、政府捕捉印第安人灵魂的例子来看，不论何种行为，只有当它给对方造成了心理伤害，这种行为才可能攻破对方的心理防线，使其失去自己的灵魂。打个比方，只有当乌云在植被上投下阴影时，这些阴影才会影响到植物的光合作用，对它的正常生长产生负面影响。小说中的凯特林和吉尔，作为画家常常不动声色，却借助他们手中的画笔在所画对象的内心世界投下一片阴影：他们通过自己手中具暴力性质的来复枪和酒精获得了绘画对方的机会；他们又在绘画的过程中，凭借自我艺术凝视下的暴力，将对

---

① 更多内容可以阅读 Paul Doris Atkinson. *The Navajo Code Talkers*. Philadelphia: Dorrance, 1973.

方虚构成合乎自己内心需求的艺术对象。

先从凯特林的绘画行为谈起，凯特林的绘画行为常常同象征着暴力的"枪"联系在一起。凯特林据自己的西部经历，著书《北美印第安人的风俗、习惯和环境的信札与笔记》。在该书中，我们可以读到凯特林自我记录的诸多绘画场景。譬如，"我从我的口袋里掏出素描本，把枪放在我的腿上，开始画他"；"我把画架支在我面前，12磅重的枪后膛成了我的舒适的椅子，同时，枪口正对着某个洞口"；"贸易站的法国人……拿起枪跑了……我，同时，跑回我的画屋"；"我用画笔和我的素描本武装自己"。①类似的场景在凯特林的这本书中还能找到不少。

作为一个外人，凯特林从白人的世界进入到印第安人的世界，陌生、恐惧、惶然，他假借枪的在场来替自己壮胆，甚至是自保，这样想来，他时时刻刻拿着枪，倒也无可厚非。不过，当我们读到这句时，我们又该做何感想？"我手里拿着速写本和画笔，在我的枪口下，每个人都站好了等着我来画"，②在实际的绘画过程中，凯特林并不受欢迎。他所深入的不少印第安部落，都像上文已经提到的曼丹族一样，害怕他人为自己画肖像画。"有些人心神不安地发誓，那些让他人给自己画肖像画的，死后会死不瞑目，因为他们身体的某些部分还活着，眼睁睁地看着这个世界"（ST, 142）。有论者指责"凯特林抹平了记录装置和枪械的差别，这暗示了，在枪口下，不仅画像是安全的，而且它们就是通过枪获得的"。③画笔和钢枪沆瀣一气，画笔记录了钢枪的威力，钢枪扩大了画笔的所画范围。凯特林的作画要求很容易被漠视乃至拒绝，在这种情况下，枪的在场帮助他实现了绘画要求，所以凯特林也不再是他所宣称的他的画笔和画刷并没有伤害到印第安人，相

---

① George Catlin. *Letters and Notes on the Manners, Customs, and Condition of the North American Indians* (Vol. 1). Philadelphia: J.W. Bradley, 1965: p.26, 29, 38,199.

② Ibid., p.142.

③ Joshua David Bellin. *Medicine Bundle: Indian Sacred Performance and American Literature, 1824-1932*. Philadelphia, Pa.: University of Pennsylvania Press, c2008: p.54.

反"它们所过之处，留下一片忧伤"。[①]

吉尔是一名混血印第安人，他和他的画作模特艾琳由最初的画师—模特关系转化为恋人关系，后来又结为夫妻。吉尔不必像凯特林那样一手拿着画笔，一手端着来复枪。不过，为了能让艾琳乖乖地给自己当模特，吉尔端起了酒杯。倘若将酒放至印白交往史的长河中，我们就会发现，酒也是具暴力性的，至少是软暴力性的物质。

早在 17 世纪印白皮毛贸易时期，酒就曾被商人们用以麻痹奥吉布瓦人的神智、巧夺他们手中的动物皮毛。《奥吉布瓦国的书与岛》中，厄德里克记下了这样一则故事：年轻的奥吉布瓦猎人同白人商人交换皮毛，谈判未妥之前，白人已为猎人递上了酒杯，年轻猎人只换回了朗姆酒；年轻猎人嗜酒成性，进而倾家荡产、妻离子散；尚存一丝意识的猎人后来在奥吉布瓦大神的帮助下戒了酒，重获新生（*BI*, 39-41）。如果说早期贸易时期，酒精夺去了奥吉布瓦人的皮毛，那么美国建国后，酒精则夺去了奥吉布瓦人的土地，充当了暴力化的殖民工具。厄德里克曾坦言："没有一个阿尼什纳比人，包括我这样的混血，不曾因酗酒而遭受过痛苦的煎熬。对酒精的堕落性渴望乃至绝望性渴望甚至改变了我们中的最负智慧的人。"（*BI*, 41）酒已经畸变为赤裸裸的暴力。

小说假借时空位移展演了酒的暴力实施过程：

他们钱不多，但吉尔无论如何也要买高档酒，三种不同的酒。那天晚上孩子们都睡了后，他们拿着酒瓶、酒杯还有冰桶上楼去了他的工作室。

……他知道她正在开玩笑，她并不想上楼去。不过，一旦她到了那儿，坐在陈旧的平绒扶手椅上，她就变得温柔和忧伤起来。他把那幅画给她看，从她脸上的表情，他知道她已经为她肖像画中难以隐忍的渴望打动了，打动她的还有其他别的。

很熟练，最后她评价道。你最好的作品之一。

① Joshua David Bellin. *Medicine Bundle: Indian Sacred Performance and American Literature, 1824-1932*. Philadelphia, Pa.: University of Pennsylvania Press, c2008: p.53.

突然高兴和幸福起来，他给她倒了一杯冰凉的、醇香的、微微泛着金红色的葡萄酒，看着她喝下。她笑了。吉尔松了口气，……一旦她喝下第二杯，她就会在他的赞美声中靠近他，用她以前的方式跟他讲话、调情、闹笑。

最终，她褪去衣物，躺在那儿啜饮葡萄酒。……到那会儿，她就醉了。

艾琳仰面躺着，双膝并在一起，朝向一边。她睡着了。手松开了，空酒杯歪倒在豪华的深绿色毯子上。吉尔调整了灯光，继续作画。最后，他放下画刷，走到妻子身边，轻轻地强行把她的双膝拨开。她并拢大腿，叹了口气，大腿毫无知觉似的扑通一下张开了。吉尔退回来，把所有的灯光都打向她的双腿间。她的脸陷入阴影之内。

他继续画，直到窗外由黑变成浅蓝。……他从冰箱里拿出一听番茄汁喝下，看着艾琳睡觉。一旦他画完了，他取出一瓶橘子汁、四片阿司匹林和一杯水。他把这些东西放在一个托盘上，然后把托盘悄悄地放在艾琳身边。最后，他展开一张柔软的棉布毯子，盖住她。她在睡眠中扭动了一下身子，舔了一下嘴唇，皱起了眉头。……

(*ST*, 161-163)

这可以说是印白皮毛贸易、奥吉布瓦人土地变现的一个当代版本，白人商人、白人政府变成了吉尔①，奥吉布瓦人变成了艾琳，皮毛、土地变成了绘画，不变的是引发并最终促成交易完成的酒。很明显，艾琳并不愿意上楼让吉尔画自己。吉尔用酒把艾琳骗进了工作室，坐进了那把陈旧的平绒扶手椅中。在第一杯酒的作用下，艾琳笑了。在第二杯酒的作用下，艾琳放下了她与他的距离、她对他的戒备。在第三杯酒的作用下，艾琳褪去了自己的衣物，开始为吉尔担当模特。

---

① 吉尔虽然是混血印第安人，但他对"白"有着无比的痴迷。在此意义上，厄德里克将吉尔隐喻性地塑造为已经被"白化"的印第安人。

当酒越喝越多时，她几乎完全不省人事了。不过，即便艾琳醉了，她仍然留着一点清醒，并在一起的双膝是她对自我隐私的最后一点象征性的遮护。吉尔则不然，他明明知道艾琳将双腿并在一起的用意，却故意强迫她分开，并且他还把所有的光都打向艾琳的最隐私处。这些句子，如"他知道""一旦她到了那儿""一旦她喝下第二杯""到那会儿，她就醉了""一旦他画完了"也不断地向读者暗示，这样的场景不是一次两次，而是经常上演。正是因为它的经常性重复，吉尔才拿摸准了艾琳喝酒的数量、自己作画的节奏。小说中，艾琳为吉尔担任模特近 15 年。

酒的最可怕之处或许并不在于它会在被人喝下的那一刻蚕食喝酒人的意志，而在于它会让喝酒人无从摆脱酒，以至于彻底地毁掉喝酒人的生活。数年的模特生活，数年的喝酒经历，艾琳酗酒无度，因酗酒而痛苦，因痛苦而再次酗酒。酒和艾琳成为难舍难分的一对共同体，以至于在 6 岁儿子斯托尼（Stoney）的画笔下，"母亲的手端都有一个小半月牙"（*ST*, 54）。半月牙型的酒杯，就如同母亲的手或者脚，俨然成了她身体的一部分。艾琳的博士论文多年也没有任何进展，因为"她只有啜饮着酒才能写东西，这已经成了习以为常的事儿"（*ST*, 173）。最让人无法忍受的是，艾琳原本为了配合吉尔作画才沾染了酒并酗酒，结果艾琳的酗酒行为却一度成为吉尔要挟艾琳的手段：吉尔拿艾琳酗酒无度没有抚养三个孩子的能力阻止艾琳同自己离婚。我们很难不从艾琳这一系列的遭遇中发现她与历史中的奥吉布瓦人相似的生命纹理。

剥除酒的历史外衣，我们还可以从凯特林和吉尔的作画过程中发掘出"凝视"的暴力。"凝视"（Gaze），意为长久的、专注的观看，也被译为"注视"或"盯视"等，它是视觉中心主义的产物。观看者因为享有权力而享有了"观看"的特权，通过"观看"确立自己的主体位置。"被观看者"则在凝视的目光下，承受来自观者的权力乃至暴力。整个观看过程体现为权力运作、欲望投射和利益实现，种族与性别色彩在整个过程中格外夺目。①二人画笔下的对象成了他们单向"凝视"下的各自用以形成自身、确立自身的对应物，变成了失去主体特征的抽象符号：凯特林的印第安人，成为第一世界（凯特林）对于第三世界的帝国想象；吉尔的艾琳，则变身为第三世界的民族精英（吉尔）对于第三世界女性（艾琳）的民族想象。被代言的二者都是作为需要和客体而存在，不具有自我主体性。

　　凯特林是艾琳未完成的博士论文的研究对象，他自诩"不让消亡中的美国原住民的形象和风俗死亡"，②终其一生致力于描画印第安人，其死后被冠以"印第安画家"。表面看来，凯特林以自己拙朴、真诚的画笔记录这些"之后很快就生病、死去"的印第安人，是一种广博的人文关怀，实际上，凯特林血液中所流淌的仍是殖民者的贪婪。从里尔的阅读经历中，我们得知，凯特林破入鲜花覆盖的墓地，偷走酋长黑鸟（Chief Black Bird）和他的坐骑的头骨，带回东部去展览。画野牛时，他故意弄伤其中的一只，并不断驱赶濒死倒下的野牛直到野牛死去。因此，纵使凯特林对印第安人的确抱有同情之心与悲悯之意，走在了他同时代人的前面，然而，正如斯密松宁国家博物馆的美国印第安部主任、出身于夏安和阿拉帕赫部族的理查·威斯特所持的看法："他并没有真正和印第安土著同呼吸共命运。他所迷恋的对印第安人的描绘，实际上仍然是对印第安人的一种特别的潜在伤害。毫无疑问，他把印第安人和西部当作商品那样在进行盘剥。"③

　　吉尔用画笔画下了众多艾琳的裸体像，并以艾琳的姓"亚美利"（America）来命定自己的画作——亚美利1号、2号、3号等。艾琳的全名是 Irene America。从艾琳的口中我们得知，意大利裔西班牙航海家亚美利哥·韦斯普奇（Amerigo Vespucci）不仅为两个大陆命名，还把她的一位祖先的姓氏命为 America，之前叫 American Horse。艾琳认为，祖先的名字被韦斯普奇窃取了。吉尔"将她（艾琳）的蒙羞受

---

① 陈榕. 凝视. 赵一凡主编. 西方文论关键词. 北京：外语教学与研究出版社，2011：349.
② 吴生. 乔治·凯特林和他的印第安人肖像. 书屋，2004（10）：42.
③ 吴生. 乔治·凯特林和他的印第安人肖像. 书屋，2004（10）：43.

辱放大了，放大为一个民族的象征性受难（iconic suffering of a people）"。他认为，自己作画时，"她（艾琳）的血亲祖先就从吉尔的画中走出来了"（*ST*, 37）。所以，在吉尔看来，以 America 来命定自己的画作，不仅可以提醒这段西方白人登陆美洲大陆的入侵史，还可以展示当下西方白人对美洲大陆的剥削史。吉尔异常喜欢伦勃朗·范·莱茵（Rembrandt van Lane, 1606—1669）的"卢克丽霞的肖像"，曾以该画为蓝本，画了一幅以艾琳为模特的"卢克丽霞的肖像"。在这幅肖像画中，吉尔把原画中杀死卢克丽霞的刀，换成了酒杯，表达了自己作为一名民族知识分子对于侵蚀并毁灭印第安人健康的酒精的憎恶。不过这也是最具讽刺意味的，因为吉尔在家中从来就不拒绝酒精，并且还一再诱惑艾琳喝酒。褪去吉尔所谓的民族知识分子的虚伪外套，我们看见民族主义畸变成了暴力、极权主义、法西斯主义的代名词和遮羞布。

以凯特林和吉尔的"凝视"来进行的殖民主义话语与民族主义话语均构成一种视觉中心主义。在这样一种范式下，视觉显示权力，确立主体，体现自我意志。所有的情感因素在这一"凝视"过程中都变得冷漠、理性、疏离并被压抑。美国印第安作家兼评论家维泽勒在评论一幅印第安人的照片[①]时说："部落被封存了，这不是真的，在照片里的；这些仿真（simulations）是博物馆意识的随意叙述，文明的同情。部落故事……更多存在于口头故事的被听与被看中，而不是在这一系列画片中。"[②]维泽勒强调的听和看是一种互动性、积极性，而不是单方面的侵略性。刚刚吵过架的吉尔"能心平气和地画艾琳""她在他面前，而他没有必要知道她正在做什么"（*ST*, 36）。主体与被视物之间隔着距离，根本无法实现二者的亲密互动，仅从自己的角度出发，为自己所谓的利益、权力服务的代言注定是失败的。凯特林与貂的关系也同样如此：凯特林画完貂离开时，貂就开始吐血不止，不管是生

---

① 此处维泽勒的讨论围绕摄影艺术展开，在笔者看来，凯特林和吉尔在创作期间并不考虑所画人物的情感，所以和维泽勒所谈论的摄影并无二致。

② Gerald Vizenor. Ishi Bares His Chest. in Lucy R. Lippard ed. *Partial Recall*. New York: The New York Press, 1992: p.67.

理的疾病还是心理的疾病，画作未就之前，貂想必都已经有了一些征兆，凯特林在自己的日记中丝毫不曾提及过一星半点的征兆，这或许是故意的回避，又或者是他当时的确只是关注于作为自己画作客体存在的貂，而全然忘乎了作为人之存在的貂。

二、画作流通与主体的消失

艾琳体会到了吉尔在作画过程中对自我隐私的侵犯，但她感受到的最大灾难是这些类像对真实自我的窃取和谋杀。艾琳发现："现在，名字成了附着在类像上的密码。肖像画无处不在。为了她的丈夫，她待着不动，姿势种种。她已经把一个替身释放进了这个世界。现在不可能把那个影像抽回来了。吉尔占有了它。他踩在了她的影子上。"（*ST*, 40）"事实上，影子偷走了它们的主体，对除了这个主体的整个世界而言，它们愈发真实，直到它们似乎成为真正留下来的东西"（*ST*, 143）。艾琳的这些心理独白更像是鲍德里亚的一段论述的回声：

> 这不再是模仿的问题，也非复制，甚至不是戏仿。更确而言之，它是这样一个问题，有关真实的符号取代了真实本身……真实再也没法产生……自此，一种超真实（hyperreal）避开了想象，避开了任何关乎真实与想象的区分，仅为模本（models）的轨道式再现和被仿真的代差（generation of difference）留下空间。①

鲍德里亚要批判的是在仿真占据了主导地位的后工业时代里虚拟世界与客观世界的真假难辨。对于艾琳来说，她同样遭遇了虚构世界与现实世界的难辨危机，甚至有过之而无不及，现实世界里的她被虚构世界的"亚美利亚"取代了，她找不到作为现实主体存在的自我了。

艾琳的真实自我被外在于她本人的影像——小说中吉尔所绘的肖

① Jean Baudrillard. *Simulacra and Simulation*. Trans. Shelia Faria Glaser, Ann Arbor: University of Michigan Press, 1994: p.2.

像画——所取代，这种取代是以艾琳出卖自我影像为前提的。多年以前，仍是大学生的艾琳为了钱成了吉尔的模特，这显然是有违于艾琳所了解的奥吉布瓦文化传统的。奥吉布瓦文化中，一个人的形象，包括人影都是人的组成部分之一。当这些东西遭受辱骂或虐待时，厄运也会降临到人的身上。[①]1832 年时，凯特林为达科他（Dakota）酋长小熊（Little Bear）画了一幅侧面肖像画。小熊的仇敌狗（the Dog）看见了这幅画，这给了狗诋毁小熊的借口：小熊的"另一半不中用、毫无价值、猥亵可耻"，小熊只是"半个人"。二人的矛盾升级，狗的枪从凯特林没有画出的小熊的另半边脸射中了小熊，小熊重伤身亡，狗亦被小熊手下的信众抓获杀死（*ST*, 141）。多年以后，当吉尔画艾琳的裸体画时，艾琳气愤地大叫："她不会允许你这样胡搞。温妮·简。"（*ST*, 35）温妮·简是艾琳的母亲，也是一位坚守传统的城市印第安人，她按照传统的方式教育艾琳，禁止她看电视，也同样是她为艾琳讲述了本章开篇所提到的两则与影子有关的故事。艾琳违背奥吉布瓦文化传统，将自己的影像作为商品售卖给吉尔，艾琳与传统文化在此处发生了断裂，这里既生长出了她日后的"被替代"之痛，也暗藏了治愈"被替代"之痛的良方。

倘若购买了艾琳影像的吉尔只是将影像封存起来，艾琳也不会有日后的"被替代"之痛，问题恰恰在于，吉尔身处商品世界之中，他视商品为自己的万能神。艾琳曾明明白白地告诉吉尔："我要你别再送我礼物。这只会让事情越来越糟。我告诉过你走开，你却送我一堆礼物。"（*ST*, 79）吉尔却已经习惯了通过商品购买和赠予的方式取悦家人，以此表达自己犯错后的后悔不已，但"这种后悔并不是真正的后悔，这种后悔会烟消云散，只要这种后悔能够成为某个礼物的动力"（*ST*, 64）。吉尔生活在商品世界并迷信于商品的魔力，他并不把时间花费在思考自己与家人矛盾产生的原因上，而是花费在为每个人准备"他们最想要的礼物"上，以为他的"心愿计划"将是"一个惊喜"，会"实现他们的梦想"（*ST*, 64）。这样的吉尔注定要失败。譬如，小

---

① Frances Densmore. *Chippewa Customs*, pp.52-53.

儿子斯托尼出生于美国"9·11"案事发日，厄德里克以此暗示了斯托尼与生俱来的恐惧与不安。他最害怕父母吵架，每当吉尔和艾琳发生冲突，斯托尼就会抱着自己所有的毛绒玩具去找哥哥姐姐。吉尔却从来只是活在自己的商品世界里，从未试图好好地了解斯托尼。譬如，吉尔问斯托尼想要什么礼物，斯托尼不过是皱着眉头挤出了一个答案"云"，吉尔找人在斯托尼的卧室顶上彩绘了一顶星空，进而自以为是地认为自己已经满足了小儿子的心愿。

透过吉尔对商品世界的着魔，我们发现真正让他着魔的是加附在商品之上的各种符号价值。马克思认为物存在使用价值和交换价值，其中使用价值是交换价值的基础。继马克思之后的不少理论家则认为，商品的使用价值已经退居次要地位，商品的交换价值和符号价值变得更加重要。伴随着"商品消费越来越多地表现为对其形象的消费"，人们也随之"更多地重视商品形象所带来的情感体验、文化联想与幻觉。"①吉尔也洞察到了商品形象掩盖了"幻觉"这一本质，在他与艾琳就"媚世（kitsch）"②一词所展开的讨论中，吉尔表达了自己的观点和立场。吉尔知道"媚世是与消费文化和符号信仰（iconic religion），一种骗人的信仰，一起出现的"。不过吉尔对这种"骗人的信仰"表示欢迎，因为在他看来，"真实是种糟糕的品位""一切都是媚俗的"，而他亟需待做的也是"为我们原初文化中所缺少的媚俗做点补偿"（*ST*, 95-96）。这既是吉尔对自我传统土著文化的遗弃，也是对西方"媚俗"文化的添砖加瓦。他本人连同艾琳和三个孩子都成了媚世文化的祭品。小说中的一处例证是吉尔对艾琳装扮的看重：只要艾琳打扮得贵气、迷人，同他一块儿出席各种聚会，他就觉得二人的婚

---

① 蒋道超. 消费社会. 赵一凡主编. 西方文论关键词. 北京：外语教学与研究出版社，2011：602.

② kitsch 一词自 20 世纪末进入中国，译法颇多，如"媚俗""媚美""奇俗""刻奇"等。本书此处译法采用了国内学者张法在《媚世（kitsch）和堪鄙（camp）：从美学范畴体系的角度看当代两个美学新范》一文中的观点，译作"媚世"，包含"媚钱""媚众""媚权"以及"自媚"的特点。（张法. 媚世（kitsch）和堪鄙（camp）：从美学范畴体系的角度看当代两个美学新范. 当代文坛，2011（1）：4—11.）

姻是外人眼中的"符号式婚姻"（iconic marriage）、"性感婚姻"（sexy marriage）（*ST*, 91）。显然，艾琳只是吉尔眼中的一件商品，她的穿戴就好似商品的外包装一样具有了超出它本身的特殊性、符号性价值，吉尔所看重的是这些，而非真实的夫妻情感。

吉尔所认同的各种外包装之外的特殊性与符号性价值又从何而来呢？对于这个问题的求解让我们进一步洞悉了厄德里克对应消费文化之运而生的媒介世界的批判。当艾琳明确地提出要和他分手时，吉尔想到：只要给艾琳办一个生日聚会，给她一个"完美的、难以忘怀的夜晚"，一切就解决了，因为女人都喜欢聚会。聚会成为他婚姻幸福的标志和见证，也是弥合剂，这种谬见又都"受益"于外界的宣传。譬如，在美国，不少家庭的家庭成员都懂点音乐，常在一起弹奏演唱，这被宣传为"幸福的家庭"。于是乎，当二人的婚姻着实无法继续时，吉尔跪在地上一番忏悔，最后吐露出的却是"我们每个人都得有一件乐器"（*ST*, 116）。美国电视里常常出现一家人其乐融融聚在一起看电视的场景。于是乎，吉尔规定家中的每周六晚是电视之夜，一家人必须坐在一起看同一个电视节目。他将艾琳对二人婚姻的失望归结为艾琳对媚世文化的拒绝，并因此劝说艾琳拥抱媚世，因为"当整个文化都参与到一个谎言中时，你才会有所感悟"（*ST*, 95）。显然，媒介世界所宣传的各种符号价值已经完全侵占了吉尔本人，他完全认同了它们，一直在以它们为准绳来求证、标定并塑形自身、家人和婚姻，真实世界越来越失去了其作为物质存在的意义。

一个为媚世所倾倒的人自然不会把可以卖出大价钱的画"敝帚自珍"，以艾琳为模特的肖像画被吉尔推进了商品世界，与媚世文化紧密相连的现代化的商品营销方式最终导致了艾琳"被取代"的悲惨命运。艺术创作上，吉尔以他所绘画的"死亡""女性裸体""印第安人"迎合了自19世纪以来的印第安之"消亡的民族"形象。这是一种艺术上的媚世，因为"媚世的是作为形象的印第安人"。艾琳曾建议吉尔"去记录一下他们（白人）日薄西山之旅"，因为"人口数据统计正在变化，他们才是正在消亡的民族"（*ST*, 125）。然而对于吉尔而言，他并不在乎自己描绘的是否真实，他所在乎的也只是这些画好不好卖，能不能卖大价钱，因为他迷信"真实是种糟糕的品位"，"要想不媚世，几乎不可能，但是只要你喜欢画画，不管怎么着，你都在画"。绘画行为，对于他而言，就如同不断喷射的火山，当岩浆尚未冷却之时，他就已经开始下一次的喷射。艾琳按照吉尔的要求摆出各种姿态：苗条少女、风韵少妇、月经来潮、身怀六甲、华服加身、赤身裸体、圣洁高贵、色情淫秽、精疲力竭、精力充沛、勃然大怒、深受屈辱……，吉尔以此创作了一系列画作。这些画作在各种画展中售卖。当画作售出之后，这些画作仍然以宣传册和网络电子图画的方式在这个世界上流通。这些画作，尤其是那些以 America 命名的赤身裸体画，最终"偷走了它们的主体，对除了这个主体的整个世界而言，它们愈发真实，直到它们似乎成为真正留下来的东西"（*ST*, 143）。

第三节　反抗与重塑

维泽勒用"显性态度"（manifest manners）一词特指 19 世纪文学对当时的殖民当局、政府当局迫害印第安人行为所做出的回应，命运天定论是当时文学的显性态度：

> 数百万部族人死于屠杀、疾病以及保留地的孤寂，命运天定论使得人们认为这即是他们的命定。国家主义甚嚣尘上，整个（部族）文化均销声匿迹，被赶尽杀绝。如今这些历史成为强势仿真，其后果则是文学中的显性态度。后印第安仿真是生存的核心，新故事是部族勇气的关键。文学中暗含了显性态度的仿真是对部落的持久监视和主宰。仿真扭曲了部落的本真面目，新故事描写的是主宰下的生存，在这些故事里，后印第安出场。显然，在白人虚构印第安这个词的数千年前，美洲大陆就有着各种各样的部落。后印第安用幽默、新故事和生存仿真瓦解种种虚构。[①]

---

① Gerald Vizenor. *Manifest Manners: Postindian Warriors of Survivance*, pp.4-5.

在维泽勒看来，白人代言印第安，但这些着力于描写印第安苦难、没落乃至消亡的代言缺少真实性，不过是虚构出的各种类像，其目的旨在满足白人心理欲望；当下印第安人应该书写新的印第安故事，这些故事也不必是真实的所在，可以是仿真，也最好是仿真；只有通过富含幽默精神与生存精神的新仿真故事，后印第安人才能够抗击强势文学对印第安人的监控，才能够重新塑造印第安人的自信，才能够为印第安人的现世生存赢得空间和可能性。《踩影游戏》正是一部"新故事"：里尔所虚构的艾琳通过自己的叙事反抗了吉尔加附在自己身上的阴影；厄德里克所虚构的里尔则通过整部硕士论文重塑了"后印第安人"，凭此厄德里克本人也成为一名名副其实的"后印第安人"。

一、反抗阴影

奥吉布瓦人的世界是由一个叫那那波什的神创造出来的。不过，那那波什除了创世，还做过许多其他的事情，拥有其他的本领，这其中就包括叙事，那那波什讲起故事来不仅没完没了，而且这些故事往往会成为他的武器。琼斯（William Jones）所收集的奥吉布瓦故事中提到，当那那波什的宿主们派他们的孩子送还那那波什的手套时，孩子们都会受到警告，让他们在比较远的地方就把那那波什的手套扔给他，因为那那波什一讲起话来就容易上瘾，"他总是禁不住对你没完没了地讲话"。①同样地，在两则有关跳舞天鹅的故事片段中，当那那波什靠近天鹅跳舞的湖时，一只年长的、聪明的天鹅警告小天鹅们赶紧游走，避开那那波什，因为他一定要对他们讲什么话。②为什么那些孩子以及小天鹅们会被人告诫远离那那波什？因为那那波什要讲的话多半话里有话，布满玄机。他往往会通过他的讲话实施他的计划，最终达到他的目的。在巴尔诺（Victor Barnouw）所收集的一则那那波什故事中，我们可以更加清楚地看到这一点。那那波什去拜访他的敌人——邪恶的食人魔所住的岛屿。到了那儿之后，他称食人魔为"兄

---

① William Jones. *Ojibwa Texts*. New York: AMS P., 1974: p.301-319.

② Ibid., p.103-169.

弟"，告诉他自己只是来看看他，不是来讨战的，食人魔因此放下了武器。当天晚上，二人在食人魔的棚屋里休息并轮流讲故事。等轮到那那波什时，他又开始没完没了地讲，直到把食人魔送入梦乡。然后，那那波什溜出棚屋，为第二天与食人魔的恶战想了一个让自己得胜的妙计。①《踩影游戏》中的艾琳继承了那那波什的叙事本领，她所讲述的故事，也不仅仅是故事，而是她向吉尔进行反抗的武器。

　　小说中艾琳的叙事由两部分组成：首先是口头故事。对于印第安人而言，讲故事从来就不是消遣，故事是他们的全部，"是药，一个故事以一种方式讲述是治病，换一种方式则变成伤害"。②小说中，艾琳把自己所读到的凯特林和貂的故事讲给吉尔听，其目的就是为了给吉尔治病。在艾琳看来，她和故事中的貂有着相似的"生命样式（pattern）"（*ST*, 175），她明白这种样式背后的"事件次序（sequence of events）"（*ST*, 48）。凯特林捕获了貂的灵魂，恰如吉尔捕获了自己的灵魂。吉尔也认为"可能艾琳提及并篡改这个故事是试图告诉他点什么"（*ST*, 46）。一连串的发问之后，吉尔没有得到任何解答，仍一如既往并变本加厉地偷窥艾琳的日记，监察艾琳的行踪，以艾琳为模特作画。

　　艾琳试图以自己的口头故事来拯救吉尔，却以失败告终，这在很大程度上，归因于他对自我土著身份的背离。吉尔的父亲是一名土著，母亲是白人，他与父亲的唯一一次接触是父亲的葬礼。这也是他与土著人的唯一一次真实接触，在此之前，他所接触到的只是蔬菜店里默默不语的印第安人、马路边醉醺醺的印第安人或电视上的印第安人。在极富土著文化色彩的葬礼上，一位土著老妪给吉尔戴上一顶鹰羽战冠，仪式之后老妪把战冠送给了他。吉尔回家后却把战冠放在床下的箱子里，并忘记了葬礼上所发生的一切。直到吉尔上大学，一位同学得知他来自蒙大拿，问询他是否认识印第安人，吉尔对战冠和葬礼的

---

　　① Victor Barnouw. *Wisconsin Chippewa Myths and Tales and Their Relation to Chippewa Life.* Madison: U of Wisconsin P., 1977: pp.80-81.

　　② Thomas King. *The Truth about Stories: a Native Narrative.* Minneapolis: University of Minnesota Press, 2005: p.92.

记忆才得以再次复苏，却也只是寥寥。显然，吉尔的成长是对土著传统的疏离和背弃。这种疏离和背弃，从他成人后对"白"色的极度疯狂中再次得到印证。他最喜爱的颜色是白色，不仅作画时用大量的白色，而且在妻子生日宴会的当晚，送给妻子的各种衣物也全是白色的，连准备的蜡烛也是白色的。他对白色的渴望在一定程度上可以视为他对自我土著身份的拒绝，他渴望变成白人，尽管他声称自己是一个土著画家。

口头叙事的失败，并没有阻止艾琳对自由的渴望和追求，发现吉尔偷看自己的日记之后，她转向了叙事的另一种形式——文字叙事，以此向吉尔发起反抗。艾琳清楚吉尔极其看重女人的忠贞，她更知道，虚构在一定程度上足以变成仿真，取代真实，让人相信。[①]于是，她心生一计，在红色日记中造假：她在红色日记中杜撰了艾琳的巴黎艳遇，杜撰了她同另一位印第安艺术家的偷情。吉尔被艾琳的文字叙事诱捕了，"他不想下楼去，不想读妻子的日记，不想生气或者祈求她来爱他"。然而，他还是按捺不住：

> 下楼，快速把日记从它的藏身之所抽出来。读到头几句时，恐惧袭遍全身。他看见这一切所发生的那个地方。恶心想吐，他快速地跳过前两个男人，后面她写到他和她在一起，还有那个男人，在那个咖啡馆。他能看见他们。他能看见那一切。读完后，他使劲儿用指甲挖自己的脸，鲜血流了出来。他扔下日记，上楼去。走到一半，几乎跌倒。抓紧扶手，强迫自己呼气、吸气，但来自胸腔的气息声仍砰砰作响，就好像无形的大拳头一拳拳砸在了他的胸口上。（*ST*, 187）

看似只是讲述故事，事实上，艾琳是在借助语言的创造力同吉尔进行反抗。曾有论者指出，从文化诗学的角度看，叙事策略不仅属于小说的结构艺术范畴，而且属于社会学的范畴，折射出现实中的权力

---

① 小说中的艾琳发现吉尔的画作成为拟象，取代了真正的自己。据此，笔者推断，艾琳应该明白文字的虚构足以成为拟象。

关系。一定的权力关系必定要在叙事中得到反映。给予某人以叙事话语，就是给予他或她一种话语权力。①清楚地认识到自己在现实生活与艺术生活双方面备受吉尔权力压迫的艾琳，在自己的艺术世界中，尤其是红色日记中，隐蔽地伸展了自我的话语权力。红色日记作为独立文本，被艾琳用来隐秘地发出自我的反抗之声。它是自发的、纵情的且零碎的。这些日记是艾琳在喝醉酒的情况下写出来的，这些日记的撰写也常常会因当日艾琳对吉尔仇恨的深浅而有所不同。写的时候，她又常常需要躲开吉尔，以显得自己并不知道吉尔对自己日记的了如指掌。同时，这些日记又是自主的、有目的和有机的。即便是在醉酒的不清醒状态下，艾琳也为三个孩子虚构了三位不同的亲生父亲，一个也没有落下，并且她每次的描绘都生动且丰富、谨严却紧凑，让吉尔读来历历在目，丝毫不怀疑这是艾琳的杜撰。更重要的是，从一开始艾琳就想好了，"可以通过写些什么来控制吉尔，甚至是伤害他"（*ST*, 27）。红色日记既帮助艾琳避免了与作为权力上层的吉尔的正面冲突，又撼动了吉尔作为权力上层的地位。在他的眼皮子底下，妻子竟然"频频出轨"。这既是艾琳为自我的反抗举动所寻找的最好的庇护，以日记的形式来虚构，没有谁会怀疑这是一场虚构；又是艾琳对自己所理解的"从不说出来，就没有叙事，这样的话，行为即便发生了，也没有意义"（*ST*, 106）的反向逼近。说出来，有了叙事，行为就有了意义，即便行为没有发生过。

借助虚构性叙事，艾琳从一个忠贞的妻子变身为不忠的荡妇，诱捕吉尔同意与她离婚。艾琳带着孩子离开了家，开始了新的生活。从这一点来看，虽然最终她因下水救吉尔死了②，但她的反抗仍然是成

---

① 张德明. 《藻海无边》的身份意识与叙事策略. 外国文学研究，2006（3）：79.

② 小说中艾琳的名字 Irene 是她父亲给她取的，当时她父亲听到一首歌，就给她取了这个名字。艾琳的父亲并没有听完这首歌，歌的结尾部分，歌中的"艾琳"溺水而死。小说中艾琳的溺水而死，从一个侧面反映了加附在"名字"之上的各种叙事若不被解构和颠覆，将会给被命名者本身造成影响。厄德里克本人对名字和名字背后的叙事也相当关注：厄德里克之前的名字是Karen，后来又改名为 Louise，原因是她发现叫 Louise 的作家很多，而叫 Karen 的却很少。联系厄德里克的改名，以及小说中艾琳的溺水而死，不难看出，对于厄德里克而言，反抗加附在"印第安"这一名字之上的各种"强势仿真"分外重要和紧迫。

功的。艾琳以叙事求得自由，这和《痕迹》中的那那普什通过讲故事
得以存活极其相似。那那普什在经历了妻子和女儿去世的巨大悲痛
后，"通过一个故事解救自我……死神没法插嘴，它垂头丧气，去找
别人了"（T, 46）。这是维泽勒所称的"仿真叙事"，真实不复存在，
虚构取代真实，具有了抵御和摧毁的力量。以叙事来反抗"显性态度"，
赋予了印第安人双重自由：一则，他们从白人文化所创造的受害者情
绪中走了出来；二则，他们也摆脱了微妙的自我限定的冲动，这种冲
动试图将自己对号入座，成为文化幸存者的代表，而这种文化被视为
如拉丁语一般业已死去的文化。①

　　总之，通过篡改扭曲乃至杜撰，艾琳最大限度地挑战了吉尔对自
身的控制与占取、操纵与剥削。在这一系列的挑战中，吉尔画笔下的
艾琳变得富有生机、饶有活力，而不再是听凭他随意支配的女性。

二、重塑"后印第安人"

　　何为"后印第安"？我们还需再次回到"印第安"这个术语上来。
白人虚构了"印第安"这个词，并在文化、政治等方面对"印第安性"
进行虚构，以此"便利地拥护和维护盎格鲁—美国的霸权式统治"。②
维泽勒建议以"后印第安"（postindian）来取代"印第安"这个词，
因为"我们早已不再是殖民虚构下的印第安，我们来自虚构之后，我
们是后印第安"。维泽勒发现人们老是在谈论："我们不是谁，这对于
身份政治固然重要；从没有人谈过我们是谁，或者作为后印第安的我
们可能变成谁。"鉴于此，维泽勒提议："土著当然也用仿真，但是为
的是解放而不是控制。后印第安创造土著在场，这种意义的在场既对
之前的缺席进行逆转也对未来生活投注希望。……后印第安在场要求
读者认清缺席，他人的仿真，是个问题。……后印第安代表着对统治
的积极的、反讽式的反抗，是土著生存的正能量。"③ 可以说，仿真、

---

① Karl Kroeber. Why Is a Good Thing Gerald Vizenor Is Not an Indian. in Gerald Vizenor ed. *Surviance: Narrtatives of Native Presence*, p.30.

② Jodi A Byrd. *The Transit of Empire*. Minneapolis: University of Minnesota Press, c2011: p.xx.

③ Gerald Vizenor. *Postindian Conversations*, pp.84-85.

解放、土著在场、逆转、（积极的反讽式的）反抗，是维泽勒所言的后印第安性。维泽勒认为最能表现这种"后印第安性"的是"变形者"，[①]因为"变形者对自由的阐释，其含糊的幽默以及闪耀的存续精神，否定了显性态度的晦涩动机、悲剧性评估和文化再现的松散无序"。[②]

《四灵魂》中的一个小片段恰好能很好地体现这种后印第安性。《四灵魂》中，身着药衣的那那普什疾步赶往部族大会，途中偶遇一家来到保留地观光的美国人。这家美国人将那那普什认定是"丑陋的老女人""值得拍照的印第安人"。事实上，那那普什当日不过是碰巧穿了这件药衣，却因此被外来的白人视为是最具传统色彩的印第安妇女。那那普什的"碰巧穿"与白人家庭的"碰巧抓住"隐喻性地呈示了近500 年来白人在建构美国土著形象过程中所潜藏的偶然性。那那普什虽心急火燎地赶路，却也将计就计给这家白人上了一堂有关印第安人形象的课：他主动同他们合影，当相机按下快门的一刹那间，他飞快地转身、弯腰、提裙，"女裙下"的"男性物件"暴露在相机和这一家人的面前（*FS*, 105-106）。白人的偶然性是以固有的、刻板的印第安形象作为参考和依据的，只有符合大众想象的印第安人才可以被称为印第安人。反讽式的幽默也源于此：白人家庭所想象的"印第安娘们"恰恰是一个印第安男人，而更富讽刺的是，他们眼前的这个印第安男人事实上也是虚构出来的，而非真实的存在。原本白人通过仿真取代了真实，杀死了真实的印第安人，那那普什却通过一场表演杀死了白人的仿真，释放出了另一个仿真。在向白人世界释放另一个仿真的过程中，真实的土著获得了在场，真实的土著人存活于灵活性与幽默性

---

① 印第安传统文化中，几乎每个部落都有自己的"变形者"故事，如西南部印第安部落的变形者是草原狼、西北沿海部落是乌鸦。奥吉布瓦文化中最著名的变形者是那那波什，他是"生命之主……诡计多端，但也大智大慧懂得如何求生"（France Densmore. *Chippewa Customs*, p.97.）。那那波什最重要的武器是变形——伪装自己攻击敌人，"随心所欲……一种新的形式、模样和存在。这一秒是个人，下一秒就变成一块石头、一阵风、一朵云、一枝花或者一只癞蛤蟆"（Basil Johnston. *Ojibway Heritage*, pp.19-20.）。

② Gerald Vizenor. *Manifest Manner: Postindian Warriors of Survivance*, p.66.

中。那那普什本身就是大神那那波什的象征，他的故事本身就是一个很好的新的创世大神的故事，这也正好符合维泽勒所言的"从各个部族的早期创世故事中产生"的新故事、以"戏剧性表演反抗真实的缺席"。①那那普什再也不是白人仿真下的"消亡的印第安人"，而是一名"后印第安人"。

我们很容易在那那普什和艾琳之间找到相似性，二人身上都展现出了那那波什大神的"变形"特征。从这个意义上说，艾琳可以视为是另一个"后印第安人"。事实上，小说中具有"变形"能力的后印第安人又远不止艾琳一人，里尔在一定程度上也可以被视为是一个懂得"变形"的人。小说的作者厄德里克也是如此。

里尔虽然与民族英雄里尔②同名，但她并非"生而为王"，里尔历经了从"传统勇士"向"后印第安勇士"的曲折成长。里尔对传统勇士的了解主要来自凯特林的《关于北美印第安人的风俗、习惯和环境的信札与笔记》和电视中的一档名为"生存者"（survivor man）的节目。凯特林的书中记载了诸多有关"曼丹勇士血腥训练（the bloody training of Mandan warriors）"（*ST*, 118）的片段。在"生存者"这档节目中，旧式印第安人靠吃虫子、松鼠、野鸭、植物块茎等为生。最初，里尔竭尽己能把自己培养成一名传统的曼丹勇士。虽无勇气针刺自己的皮肤，但在夜里，她用尺子打自己，掴自己耳光，拽自己头发，搞

① Gerald Vizenor. *Manifest Manner: Postindian Warriors of Survivance*, p.5.

② 诗人里尔是历史上的里尔·路易丝（Riel Louis, 1844—1885），梅蒂人，有 1/8 印第安血统，其祖母是法国一奥吉布瓦混血儿。里尔是老师，也是加拿大西北叛乱的领袖，加拿大中南部地区曼尼托巴省的创立者。他是加拿大历史上最富有争议的人物之一，有关他的评论，莫衷一是。梅蒂人视他为英雄、他们自我愿望的代言人；西部加拿大的大部分移居民则视他为恶棍。当下，他被看作抵制加拿大中部各种政治、经济统治运动的先驱。里尔这个人物不止一次出现在厄德里克的小说世界。《鸽灾》中，里尔的图片曾同美国总统约翰·F. 肯尼迪、教皇约翰十三世的图片共同贴在埃维莉娜（Evelina）外祖父家的墙上。里尔被埃维莉娜的祖父们视作民族英雄，在他们看来，"如果里尔赢了，我们的父辈就会待在加拿大，整个民族不会分开"，"如果里尔赢了，我们可能就会受人尊敬了"（*PoD*, 33-34）。小说中，里尔的父亲吉尔与里尔是远亲。艾琳为女儿取名为 Riel，这一行为既将女儿与其族谱上的远亲联系了起来，又把她和奥吉布瓦历史上的这位虽败犹荣的民族英雄联系在了一起，里尔的存在也因此具有了超越个体、家庭、家族的意义，她担负着拯救整个民族的使命。

得自己满腿淤青。没有自己的战马，家中的狗就成了替代（*ST*, 119）。[①]随着年龄的增长和经历的丰富，里尔渐渐开始明白了要"新旧结合"（*ST*, 120）的道理。这里的"新旧结合"实际上也即为我们前文多次提及的奥吉布瓦族的灵活多变性。这样，我们发现厄德里克在解决当代印第安人的生存途径问题时也再次回到其部族原有的文化特质中。

在土著历史上，土著妇女的失声至少有两次：第一次是她们和土著男性一起被创造为"印第安"；第二次是当人类学家开始发现各种各样的印第安时，土著妇女仍未得以发现，"妇女的故事从未被讲述过，是有一些原因的……土著男性认为他们没有资格来讲述女性的生活或者活动……他们相信妇女自己有嘴，她们可以讲自己的故事，她们也应该讲自己的故事"。[②]厄德里克正是这些有资格来讲述女性生存故事的"勇士"之一，她的创作如阿伦所希冀的那样"从我们的女性经验出发，这些经验包括我们的交战经验、我们的战时受难经验、我们每一天都意识到我们生活在战区的经验"。[③]

厄德里克的《踩影游戏》正是这样的一部从女性经验出发的小说。表面上看是"变成了拥有全知全能能力的人"（*ST*, 253）的里尔完成了整部《踩影游戏》，实际上是里尔背后的厄德里克在完成一次又一次的变形。一方面，艾琳和吉尔绘画上的合作关系、二人的离婚以及吉尔的自杀，很容易让人想起厄德里克与多瑞斯曾有过的创作上的珠联璧合、离婚以及后来多瑞斯的自杀。另一方面，里尔，19 岁从明尼苏达大学毕业，随后又进入写作中心攻读硕士，21 岁时毕业。这与厄德里克本人的教育经历也很相似。厄德里克 18 岁时入达特茅斯学院，25 岁时毕业于约翰·霍普金斯大学创意写作班，获硕士学位。小说人物、叙事者和作者的清晰界限也因此变得模糊难辨。同时，这又促成了必

---

　　① 此处，里尔用狗代替马，不能被简单地视为孩子的荒唐游戏，因为在印第安的一些部落语言中，马（horse）的表达与狗（dog）相关。比如，在克里语（Cree）中，马是 mistatim，意指大狗（big dog）；在苏族语（Sioux）中，马是 sunkakhan，意指"神秘的狗或者神圣的狗"（mystery dog or holy dog）；在阿西尼博因语（Assiniboine）中，马是 shunga tonga，意指"大狗"（big dog）；在黑脚族语（blackfoot）中，马是 ponoka-mita，意指"麋鹿狗"（elk dog）。

　　② Paula Gunn Allen, ed. *Spider Woman's Granddaughters*, New York: Fawcett Columbine, 1989: p. 19.

　　③ Ibid., p. 21.

要的跨界，厄德里克必须在这三者之前不断地变换身份，她具有了像大神那那波什一样的变形功能，成了一名"变形者"。同时，如前文所述，艾琳本身与貂也有一定的相似性。种种相似性又把数个世纪、文本内外的多位印第安女性串在一起，厄德里克便承担起了在历史长河中不断横跨历史、不断变形并不断书写印第安女性生存的"后印第安人"。

小 结

艾伦把小说看作"描绘各种可能性，探讨作为印第安人的我们进入到这个被非印第安人所包围的 21 世纪的各种选择"的载体，她强调当代印第安小说在文化战争中已经承担的重要作用，其中包括"小说对很多问题做出回应，如我们是否可以继续保持自己的印第安身份却仍能参与和影响西方文化，或者我们是否已经报废而应该被挤进文化的博物馆，成为杰拉德·维泽勒所命名的'词语之战'和'命运终结论'的受害者"。① 《踩影游戏》为我们描绘了各种可能性，死亡、毁灭、受辱、生存。而这其中，厄德里克关注和用笔最多的仍是生存。这种生存不仅仅是我们平常的地理空间意义的物质性生存，而且它抵达了精神世界，成为"文化持续的证明、幻见与精神性的证明"。② 小说虽起笔并落笔于土著女性艾琳的短暂一生，但小说中所缠绕的历史、冲突的文化、裹挟的人性挣扎，又远非土著二字所能囊括。尤其是小说本身对虚构取代真实并最终杀死真实这一血淋淋事实的揭露，不能不让每一个现代人触目惊心。反抗阴影、重塑"后印第安人"，是厄德里克笔下人物的生存方式。"我张开嘴说话/尽管它只是细小的一响/就像树叶/刮擦了另一片树叶"（*J*, 23）。厄德里克的诗歌告诉我们："我"虽然是"词语之战"和"命运终结论"的受害者，但"我"并没有报废，"我"可以继续保持自己的印第安身份并能参与和影响西方文化。

---

① Paula Gunn Allen. *The Sacred Hoop*, p.101.

② Paula Gunn Allen, ed. *Spider Woman's Granddaughters*, p. 25.

第六章 结语：厄德里克写作的意义

诸多土著作家之所以写作，在很大意义上，可能源于不能不写。厄德里克的同族诗人布莱瑟（Kimberly Blaeser）就曾表达过类似的看法："作为一名生活在 21 世纪的土著妇女，我不过是古老大树上最卑微细小的一顶小芽。在诗歌的液态语言中，我张开嘴，因为我家族树的根系从历史的黑暗土壤中深深地探了出来。……我写不仅仅出于对过去的认识，更因为自己身处那些过去声音的房间里。"①厄德里克的灾难生存书写同样源于此，以至于她不断地往返于此地与彼地、历史与当下。在往返的过程中，一个曾被打入另册的文明得以发掘，一片原被掩盖却从未愈合的创口得以展演，印白文明得以再次相聚并对话，生存方式有了新的可能性。因此，这既是一种回到根部、汲取养分的写作，也是一种站至树顶、寻找出路的写作。下文将从"复兴奥吉布瓦传统文化"和"走向少数族文学"两方面对厄德里克的灾难生存书写意义进行总结。

一、复兴奥吉布瓦传统文化

对于奥吉布瓦人来说，没有什么比听故事、讲故事更重要了，故事是他们生活中的头等大事。尽管所有的奥吉布瓦人都会讲故事，但通常是部族里有智慧的长者们所讲的故事最受人欢迎，听故事的人会从他们的故事中受教并受益，因为长者们常常在讲故事时采用环内环的讲故事方式，即常常根据听故事人的现实处境在故事中为他们指点迷津。这样一来，"一个故事最初从讲故事的人那里得到生命，但它自

---

① Kimberly Blaeser. The Vocies We Carry. in Sontag Kate and David Graham eds. *After Confession: Poetry as Autobiography*. Graham. St Paul, MN: Graywolf Press, 2001: p.269.

己站起来的力量，却是来自听众"。①厄德里克在讲述灾难生存故事时，曾屡屡采用这样一种讲故事方式，典型如第一章中那那普什对新到保留地的达米安神父所讲的"大神那那波什"的故事，第三章中"狗的故事"与"法耶的故事"，第四章中艾琳对吉尔所讲述的"凯特林与貂"的故事。

以这样的方式讲故事，厄德里克一方面调动了小说中听故事人领悟故事的能力，他们可根据故事中的人物命运对自我行为做出调整和改进；另一方面也调动了小说阅读者的阅读快乐，读者在侦破环内环故事人物命运秘密之后，禁不住为小说人物的命运捏一把汗，恨不得将自己勘破的秘密告诉他们。同时读者也会把环内环人物命运秘密与自己的现实生活联系起来，因为厄德里克的小说所要传达的不仅仅是奥吉布瓦人的生存故事，同样也对奥吉布瓦人之外的人的生存富于启示性。读者因此成了继厄德里克小说的环内环、环之外的又一个套环。以《踩影游戏》这部小说为例，环内环是貂的故事，套在这个环内环之外的环是艾琳的故事，作为读者的我们成为最外面的套环。貂的故事让艾琳看到了相似性，自己被虚构所侵占，丧失了主体性。于是，艾琳奋起反抗，最终重建了主体性。可以说，貂的故事在艾琳这里获得了生命力。作为读者的我们所要担心的则是，在现实生活中，我们是否会被类似于吉尔、凯特林的画作之类的虚构夺去主体性？毕竟，类似的虚构，在今天这样一个以消费为主导的社会几乎处处可见。

厄德里克的"灾难生存"书写还有意识地复兴了奥吉布瓦人的"温迪戈"叙事传统。早期奥吉布瓦人以采集和渔猎为生，春、夏、秋三季尚能饱腹，冬日则常常忍受饥饿之苦，饥饿恐惧日侵夜袭，甚至于做梦时都常常梦见食物，长着一颗冰心、浑身为冰雪所覆盖、残暴冷酷却又能大快朵颐的温迪戈便从这种恐惧中悄然而生。②作为灾难符号，温迪戈常常出没于奥吉布瓦人的口头故事，用以教育听故事的人

---

① Anne M. Dunn etc. eds. *Winter Thunder: Retold Tales*. Duluth, Minn.: Holy Cow Press, 2001: p.9.

② John Robert Colombo.ed. *Windigo: An Anthology of Fact and Fantastic Fiction*. Saskatoon, Sask.: Western Producer Prairie Books, c1982: p.3.

既不要成为温迪戈，也不要被温迪戈所吃掉。也就是说，人要心怀善念，不可"冷漠"、不可"自私"。"冷漠"来自它的冰心，"自私"来自对这个词本身的分解。weendigo 可以分为 ween dagoh，意思是"只为自己"（solely for self），后者又分成 weenin n'd'igooh，意思是"胖的"（fat）或者"过量的"（excess）。①

大多数早期温迪戈故事关注饥饿灾难，厄德里克所关注的则是白人进入北美大陆后的各种灾难。从 1984 年厄德里克第一次以诗歌的形式将"温迪戈"这个令人恐惧的灾难符号引入自己的文学创作，②在其后小说创作中，她不断地监视着温迪戈的重返。它既是具体化的温迪戈，如第四章已经讨论过的《踩影游戏》中的吉尔；也是抽象化的温迪戈，前文四章所讨论的宗教灾难、土地灾难、创伤灾难和虚构灾难。在监视温迪戈重返的过程中，厄德里克以一名后印第安人的勇气与智慧、坚强与执着，讲述了一个又一个虽看似重复却又变化不断、虽悲惨残酷却又温暖乐观、虽让人扼腕叹息却又令人备受鼓舞的"生存故事"。在讲述故事的过程中，厄德里克表达了自己的立场：既拒绝成为温迪戈，如以自我的虚构故事反攻了吉尔的艾琳却在小说最后出人意料地对吉尔伸出了援助之手；也拒绝被温迪戈"吃掉"，如深陷于幸存者内疚的法耶最终凭借自我对族群记忆的重建重拾了自我的奥吉布瓦身份，并让生活就此走上了正轨。

福布斯（Jack D. Forbes）曾将当下人类生活的中心问题称为"温

---

① Basil Johnson. *The Manitous: The Spiritual World of the Ojibway.* Toronto: KeyPorter Books, 1995: p.222.

② 整首诗具体如下：小子，你知道我来这儿就是为了找你，/当水壶跳进火焰。/毛巾在挂钩上扑打，/狗爬出来，痛苦地呻吟，/爬向森林的最深处。//干刷子一样的狗颈毛突然发出微微的笑声。/母亲训斥锅里的食物，温起来，滑起来/喊你来吃。/而我在寒冷的树林里说：臭小子，我来就是为了你，孩童的皮肤，一动不动地躺着。//漆树在风中推搡酸臭的红果子。/铜壶在原木中燃烧/你看见我拖着步子走向你。/噢，摸摸我，我喃喃自语，舔你脚上的鞋底/你把双手放入我苍白的、正在融化的毛里//我把你偷走了，一个庞然大物钻进我发怒的盔甲。/暖流滚过我冰冷的臂膀，每片树叶都颤抖/我们穿过灌木丛/直到它们立起来，一丝不挂，像刮干净了肉的鱼骨一样铺开/然后你温暖的手嚓嚓作响，它们自己开始铲，/全是冰和雪。我将变黑，然后溢出来/整个晚上流个不停，直到最后早晨打破这个冰冷的地球/我把你带回家/一条河在阳光下晃动（*J*, 79）。

迪戈冲动"（windigo impulse）。在他看来，人类所展现出的这种冲动是人类的流行病。"我把它称为食人，我将努力解释为什么。但是不管我们怎么称呼它，这种病，这种温迪戈（食人）疯病，是人类中最流行的病。强奸一位女性、强奸一片土地、强奸一个民族，全无二异。它们同强奸地球、强奸河流、强奸森林、强奸空气、强奸动物一样。"[①]很大程度上，奥吉布瓦人的灾难困境也折射出了当代以美国为主导的现代文明进程路上的诸多问题：社会日益商业化、人们精神世界日益平面化、人与人情感日益淡漠化、人之欲望越来越膨胀化，正如同奥吉布瓦古老文化中的"温迪戈"一样伺机以待。以至于，我们最终发现，厄德里克的灾难生存书写不仅仅在探讨奥吉布瓦人的生存，同样叩问了人类的生存。

　　厄德里克将"生存"的可能性回归至奥吉布瓦人的"迁徙"（migration）生存，这是奥吉布瓦族在长久的生存环境变迁下习得的生存智慧。奥吉布瓦是一个流动的部族，最初傍湖而居，后又在大平原上开始了新的生活。斯科特（Richard Lyons Scott）的研究显示，奥吉布瓦人的迁徙历史至少已经有 500 年了，之所以要迁徙，"有时是因为选择，有时是因为季节的变迁，有时是因为有人说该搬家了"。不管出于何种原因，"在殖民者到来之前，迁徙就已经成了一种主要的文化价值观。奥吉布瓦人就是一个活在移动中的民族"。[②]维泽勒对这种"迁徙"价值观推崇备至，他将其视为"一种本土意义的运动，一种积极的在场"，是"生存，对自然的互惠性使用，而非一神论的、地方的自治"。[③]

　　伴随着迁徙，奥吉布瓦文化显示出了巨大的包容性和求同存异性，"它产生不同：新的社区、新的人、新的生活方式、新的祭神食物、新的故事和新的仪式。旧的并没有死去，它与新的互为补充，多样性

---

① Jack D Forbes. *Columbus and Other Cannibals: The Wetiko Disease of Exploitation, Imperialism, and Terrorism. Brooklyn*: Autonomedia, 1992: p.10.

② Scott Richard Lyons. *X-marks: Native Signatures of Assent*, p.4.

③ Gerald Vizenor. *Fugitive Poses: Native American Indian Scenes of Absence and Presence*, p.15.

由此产生"。①厄德里克小说中的那些在白人文化入侵后坚强勇敢地活下来并展现出强大生命活力的人，从老一辈的那那普什、玛格丽特、双胞胎姐妹到新一代的罗津、卡莉、艾琳、里尔、乔，他们既活在当下的白人文化中，又活在古老的奥吉布瓦文化中。他们以自己的生命样式阐释了什么叫"迁徙"生存。从这一点来看，"跨界与杂糅""对话与融合""记忆与回归""反抗与重塑"，本质上即为一种不为时空所限定、不为他者所控制，具灵动性和创新性的生存方式。也基于此，笔者认为厄德里克小说中的人物生存方式是一种维泽勒意义的"生存"。

二、走向少数族文学

德勒兹和瓜塔里在《卡夫卡：走向少数族文学》（*Kafka: Toward a Minor Literature*）中指出，"少数族文学不再指某些特殊的文学，而是指每种文学在那些被称为伟大文学（已经得以确立其地位的文学）之心脏中的革命性存在"。二人认为这种少数族文学从一出现就表现出了如下三个鲜明特征：语言高度解域化、政治化和阐释上的集体化组合。语言高度解域化是指语言受到了一种具有高度解域化互动的影响。政治化强调文学中的每件事物都具有政治性。阐释上的集体化组合则是指每件事物都承担集体价值。②厄德里克的灾难生存书写在一定程度上，可以被称作"少数族文学"，它身处当代美国白人文学这一巨大的心脏之中，却又深具革命性。

首先，从语言方面看，厄德里克有意识地将奥吉布瓦语引入了自己的小说，从奥吉布瓦文化内部来解读人们已经司空见惯的英语词汇。同时，她还对英语的"白"（white）着墨甚多，赋予它新的意义。这样一来，她的写作就开辟出了一个新的语义、语用空间，并对其进行丰富，从而逆向解辖域化了英语文化。

---

① Scott Richard Lyons. *X-marks: Native Signatures of Assent*, p4.

② Gilles Deleuze and Félix Guattari. *Kafka: Toward a Minor Literature*. Dana Polan trans., Minneapolis: University of Minnesota Press, c1986: pp.16-18.

　　厄德里克曾对英语和奥吉布瓦语进行过比较："奥吉布瓦语是最难学的，因为奥吉布瓦语的动词变形不规则。名词不分阴、阳性，相反它们分为有生命和无生命两类。动词根据它们是用作有生命还是无生命来发生变化，同时还要考虑动作与人的关系。动词不断地变化。"[①]据厄德里克在《奥吉布瓦国的书与岛》中的介绍，2/3 的奥吉布瓦单词都是动词，每一个动词的变形可能多达 6000 种。这是一种"幸存下来的语言"、一种"对已经消失的精神性有所复兴的语言"、一种"通过群体的口口相传而非书写流传下来的记忆语言"（*BI*, 82-86）。对于这样一门听着都让人头晕目眩、学着更让人焦头烂额的语言，厄德里克在小说中自然不可能大篇幅地使用，她往往如蜻蜓点水一般在小说中播撒下几个奥吉布瓦单词，即便如此，也往往能够撼动我们业已认同的白人文化的根基。

　　以《羚羊妻》中出现的 Gakahbekong 一词为例，这个词确指美国大都市明尼阿波尼斯。然而，在古老的奥吉布瓦人那里，明尼阿波尼斯非明尼阿波尼斯，而是"堕落之地"。通过引入 Gakahbekong 这个词，厄德里克有目的地解构了我们对大都市的传统认识。大都市，在很长一段时间里都被视为人类文明高度发展的产物。西方人对大都市的狂热追逐直到 19 世纪中后期才开始衰减，中国人的这份热情时至今日仍显示出有增无减的趋势，城市在神州大地上不断地辐射和扩散。伴随着都市规模和数量的剧增，越来越大的消费空间得以生产，越来越强的消费欲望得以刺激，越来越旺的消费需求却难以满足。早在明尼阿波尼斯还是个集贸小镇时，奥吉布瓦人就预见了这种结局，而将其视为"堕落"。厄德里克的作品中还有不少类似于 Gakahbekong 这样的例子，如《桦树皮小屋》中的 chimookoman（*BH*, 242）指的是"白人"，词义"大刀子"，这些"大刀子"会要了奥吉布瓦人的命；《报告》中的 mekadewikonayewinini（*LR*, 133）指的是"神父"，词义"黑袍子"，就像黑夜里的窃贼一样会偷走奥吉布瓦人的土地；酒也时常被称为firewater，就像一把火一样可能会烧死奥吉布瓦人。

---

① Lisa Halliday. Louise Erdrich: The Art of Fiction No. 208, p.139.

还有一个不可以不提的词"白"（white），厄德里克没有在作品中给出过"白"的奥吉布瓦语，只是一再使用英语的 white。通过在几乎所有作品，如《四灵魂》《羚羊妻》《报告》《踩影游戏》中对"白"不断反复地关注，"白"已经从其原有的"洁白""单纯""圣洁"中走出来，有了"冷漠""自私""暴力"这些意义。这是对"白"的解辖域，更是对"白人文明"的解辖域。

其次，作品中的奥吉布瓦语作为一种具解辖域化功能的少数族语言，表现出了强大的反抗美国当代社会体制中居主导地位的文化体系的能力，这在一定程度上构成了一种政治的革命性。此外，厄德里克灾难生存书写本身的政治性更是不言而喻。

厄德里克在引入奥吉布瓦语对英语文化进行逆向解辖域化的同时，亦实现了对美国社会体系之语言政策的控诉。厄德里克小说中的奥吉布瓦句子不是很多，这些句子都很短，以《报告》为例，在这部小说中我们可以读到诸如 "Neshke. Daga naazh opwaagaajsz" 这般长短的句子 10 句（*LR*, 51, 81, 96, 133, 187, 206, 241, 252, 305, 323）。除了奥吉布瓦单词和简单的句子，厄德里克的小说中还夹有少量的梅蒂语（Michif）。① 不仅句子短，而且她小说中的奥吉布瓦语也常有拼写错误。对于这一点，厄德里克曾在《鸽灾》的后记中愧疚地致歉："有关奥吉布瓦语和梅蒂语的任何错误都是作者的错，而非她的耐心的老师们的错。"（*PoD*, 313）考虑到厄德里克对自我作品的热情与谨慎、严肃与认真，本书作者更愿意将这份致歉解读为一种包含了修辞技巧的控诉："我爱我的母语——为什么要用另一种语言把我的生活搞得这么复杂？"（*BI*, 84）为什么这么复杂？因为美国建国后对印第安人实行了一系列的语言政策，这些政策剥夺了自厄德里克的祖父至其母亲再至厄德里克一家三代人学习奥吉布瓦语的机会。

厄德里克所描绘的大千世界里的形形色色人物，他们从来就不曾

---

① 早期从事毛皮贸易的法国男人与印第安女人（主要是克里人、苏族达科他人和奥吉布瓦族人）的混血儿被称为"梅蒂人"（Métis）。梅蒂人所讲的语言被称为"梅蒂语"（Michif），主要由克里语和法语组成，是加拿大法语的一种变体，另外还从英语、原著语（奥吉布瓦族语、阿西尼博因语）中借来大量词汇。

占据主流身份地位，他们是遭到美国这部强大的国家机器和文化体制排斥、压抑、钳制、规训、改造乃至销毁的边缘人。换言之，他们是德勒兹和瓜塔里在《资本主义与精神分裂（卷2）：千高原》中所谈到的那些"弱势群体，或被压制的、或被禁止的、反叛的群体，它们始终处于被承认的机构的边缘"。① 这些国家机器和文化体制包括前文重彩讨论过的宗教传教、土地分配、文艺（含文学、电影、电视等）虚构，以及捎带提及过的分配法案、贸易不公、寄宿学校等。

厄德里克借用自己的小说既描写了这些形形色色的边缘弱势群体在国家机器和文化体制下的痛苦挣扎，也描绘了他们面对巨大的不公而进行的左奔右突似的生存努力。艾琳奔走于白人的法律，却又因受伤转而投注于奥吉布瓦古老的温迪戈法律；玛格丽特行走于奥吉布瓦与天主教的"中间道路"；芙乐穿着城里女人的白西装，却扎着传统的奥吉布瓦女辫；那那普什既不是男性也不是女性，却又既是男性又是女性。总之，这些人客观上挑战了作为国家机器之表征而存在的"法"或"公正"的权威性。每一个人都试图建立一种新的"公正"，而不是坐等救世主的降临。他们以自己的方式生存，"远不止活下来，远不止忍耐或仅仅做出反应"，他们成为一种"积极的在场"。②

最后，谈一谈厄德里克小说"阐释上的集体化组合"问题，厄德里克借由自己的小说创作表达了奥吉布瓦族这一集体的心声。德勒兹和瓜塔里用"阐释上的集体化组合"确指"作者个人所阐释的东西已经组成了一种共同的行动，他或者她所说或者所做的必定是政治性的，即便他人对此持有异议"。③换言之，作者透过自己的作品传达了一种集体的声音，这些作品承担着一种集体的价值。厄德里克在自己的创作中常常不忘发掘集体的声音。这种心声既是对过去及现在所遭受苦难的控诉和反抗，更是对未来之路的期许和探索。

一方面，我们看到厄德里克作品中出现了"食人型温迪戈（《四

---

① 德勒兹，加塔利. 资本主义与精神分裂（卷2）：千高原. 姜宇辉，译. 上海：上海书店出版社，2010：348.

② Gerald Vizenor. *Fugitive Poses: Native American Indian Scenes of Absence and Presence*, p.15.

③ Gilles Deleuze and Félix Guattari. *Kafka: Toward a Minor Literature*, p.17.

灵魂》《鸽灾》《羚羊妻》)、"精神错乱型温迪戈"(《四灵魂》《羚羊妻》
《俱乐部》《鸽灾》)、"抑郁型温迪戈"(《手绘鼓》《鸽灾》《拉罗斯》)
和"暴力型温迪戈"(《报告》《鸽灾》《踩影游戏》《四灵魂》《圆屋》)。
他们成了脸谱式的人物，成了当代社会的缩影；白人的特征也多半被
简化为"冷漠""自私"，成了"温迪戈"的代名词；白人文明的负面
效应也被最大化地放大为"温迪戈疾病"。厄德里克借此发掘出的正是
这样的一个集体，不管我们是掩耳盗铃般地忽视这个集体的存在，还
是"各人自扫门前雪"似的对之视而不见，不管我们如何做，我们自
身正在成为这个"温迪戈"集体中的一员。

　　相对应于温迪戈这个集体，厄德里克更注重对另一个集体声音的
发掘——温迪戈口下生存着的人物，他们是《羚羊妻》中的卡莉和羚
羊妻，《报告》中的艾格尼丝，《四灵魂》中的玛格丽特、芙乐、波莉，
《手绘鼓》中的法耶、老沙瓦诺、《俱乐部》中的塞浦路斯（Cyprian）[①]，
《踩影游戏》中的艾琳和里尔，《圆屋》中的乔和凯皮。这些人在生存
法则上都显示出了一定的"迁徙性"，或者跨越宗教，或者跨越性别，
或者跨越时间，或者跨越空间，或者跨越种族。在各种跨越中，他们
对边界和边界背后的各种权威予以了最酣畅的嘲讽和最极致的痛击。
他们的背后又都站着同一个智者"那那普什"——奥吉布瓦人的大神
那那波什。如此，我们不得不承认，厄德里克的小说采用的是一种"集
体化的组合"，她一直在传达一种集体声音和集体智慧。这样的厄德里
克是否又磨灭了自我的个体性才华，对此，德勒兹和瓜塔里有言："事
实上，（大师式）才华的匮乏并不是坏事，它使得人们联想到除了大师
们的文学作品之外的东西。"[②]这样一种创作竟是厄德里克的幸事了，
她不再是一个主观上表达自我的作家，而是将自我汇入了奥吉布瓦这
样一个大集体之中，客观上代表了这些作为边缘人存在的少数族的共
同愿望。

[①]　塞浦路斯（Cyprian），第一次世界大战老兵，《四灵魂》中奎忧临死前提到的拉马丁家族
人，混血儿。塞浦路斯本身是双性恋者。在这个意义上，塞浦路斯成为了性别跨界生存者。

[②]　Gilles Deleuze and Félix Guattari. *Kafka: Toward a Minor Literature*, p.17.

阿喀琉斯的阵亡源于他那两只没有进入冥河的脚后跟，厄德里克的双脚一直牢牢地立于奥吉布瓦这条古老而神秘的长河之中。她的创作从奥吉布瓦文明那一处处让我们陌生且着迷的历史空间、宗教空间、文化空间、语言空间出发，经由我们熟悉且惶惑甚至迷失的现代文明空间，辗转抵达了奥吉布瓦文明与现代文明的边缘地带。这是一种抗拒主流、抗拒权威、在边缘怒放的写作姿态。在这场怒放式的写作中，厄德里克笔下的人物"变并成为"大神那那波什，这既是维泽勒意义的"生存"，也是德勒兹和瓜塔里意义的"生成"。灾难生存书写，也最终走向了"少数族写作"，为我们清洗了思想中的污泥，扫除了精神上的障碍，开拓了文明的新通衢。

参考文献

1. Aftandilian, Dave. What Other Americans Can and Cannot Learn from Native American Environmental Ethics. *Worldviews* 15.3 (2011): 219-246.
2. Allen, Paula Gunn. *The Sacred Hoop: Recovering the Feminine American Traditions.* Boston: Beacon Press, c1986, 1992.
3. Allen, Paula Gunn ed. *Spider Woman's Granddaughters.* New York: Fawcett Columbine, 1989.
4. Atkinson, Paul Doris. *The Navajo Code Talkers.* Philadelphia: Dorrance, 1973.
5. Barak, Julie. Un-becoming White: Identity Transformation in Louise Erdrich's *The Antelope Wife. Studies in American Indian Literature*, 13.4 (2001): 1-23.
6. Barnouw, Victor. *Wisconsin Chippewa Myths and Tales and Their Relation to Chippewa Life.* Madison: U of Wisconsin P., 1977.
7. Barton, Gay. Pattern and Freedom in the North Dakota Novels of Louise Erdrich: Narratvie Techque as Survival. Baylor University, 1999.
8. Baudrillard, Jean. *Simulacra and Simulation.* Trans. Shelia Faria Glaser. Ann Arbor: University of Michigan Press, 1994.
9. Baym, Nina and Robert S. Levine eds. *The Norton Anthology American Literature* (shorten eighth edition).W.W. Norton & Company New York & London, 2013.
10. Beidler, Peter G. "The Earth Itself Was Sobbing": Madness and the Environment in Novels by Leslie Marmon Silko and Louise Erdrich.

American Indian Culture and Research Journal, 26.3 (2002): 113-124.

11. Beidler, Peter G. and Gay Barton, eds. *A Reader's Guide to the Novels of Louise Erdirch* (Revised and Expanded Edition). Columbia and London: University of Missouri Press, 2006.

12. Bellin, Joshua David. *Medicine Bundle: Indian Sacred Performance and American Literature, 1824-1932*. Philadelphia, Pa.: University of Pennsylvania Press, c2008.

13. Beverley, Raphael. *When Disaster Strikes: How Individuals and Communities Cope with Catastrophe*. New York: Basic Books, c1986.

14. Bhabha, Homi. *The Location of Culture*. London: Routledge, 1994.

15. Bryant-berg, Kristy A. "No Longer Haunted?" Cultural Trauma and Traumatic Realism in the Novels of Louise Erdrich and Toni Morrison. University of Oregon, 2009.

16. Byrd, Jodi A. *The Transit of Empire*. Minneapolis: University of Minnesota Press, c2011.

17. Callicott, J. Baird and Michael P. Nelson. *American Indian Environmental Ethics: An Ojibwa Case Study*. Upper Saddle River, NJ: Perarson Prentice Hall, 2004.

18. Caruth, Cathy ed. *Trauma: Explorations in Memory*. Baltimore: Johns Hopkins University Press, 1995.

19. Caruth, Cathy ed. *Unclaimed Experience: Trauma, Narrative, and History*. Baltimore: The Johns Hopkins University Press, 1996.

20. Catlin, George. *Letters and Notes on the Manners, Customs, and Condition of the North American Indians* (Vol. 1). Philadelphia: J.W. Bradley, 1965.

21. Chapman, Alison A. Rewriting the Saints' Lives: Louise Erdrich's *The Last Report on the Miracles at Little No Horse*. Critique, 48.2 (2007): 149-167.

22. Chavkin, Allan and Nancy Feyl Chavkin eds. *Conversations with*

Louise Erdrich and Michael Dorris. Jackson: University Press of Mississippi, c1994.

23. Chavkin, Allan ed. *The Chippewa Landscape of Louise Erdrich.* Tuscaloosa and London: the University of Alabama Press, c1999.

24. Colombo, John Robert ed. *Windigo: an Anthology of Fact and Fantastic Fictio*n. Saskatoon, Sask: Western Producer Prairie Books, c1982.

25. Cooperman, Jeannette Batz. *The Broom Closet: Secret Meanings of Domesticity in Postfeminist Novels by Louise Erdrich, Mary Gordan, Toni Morrison, Marge Piercy, Jane Smiley, and Amy Tan.* New York: Peter Lang, c1999.

26. Curtis, Nancy C. *Black Heritage Sites.* United States: ALA Editions, 1996.

27. Daniels, Patsy J. *The Voice of the Oppressed in the Language of the Oppressor: A Discussion of Selected Postcolonial Literature from Ireland, Africa, and America.* New York: Routledge, 2001.

28. Deleuze, Gilles and Félix Guattari. *Kafka: Toward a Minor Literature.* Trans. Dana Polan. Minneapolis: University of Minnesota Press, c1986.

29. Deloria, Vine Jr. *God Is Red: A Native View of Religion*, 2nd ed. Golden, CO: Fulcrum Publishing, 1992.

30. DelRosso, Jeana. *Writing Catholic Women: Contemporary International Catholic Girlhood Narratives.* New York: Palgrave Macmillan, 2005.

31. Densmore, Frances. *Chippewa Customs.* Washington: U.S. Govt. Print. Off., 1929.

32. Densmore, Frances. *Menominee Music.* New York: Da Capo Press, 1972.

33. DePriest, Maria. Necessary Fictions: the Re-visioned Subjects of Louise Erdrich and Alice Walker. University of Oregon, 1991.

34. Dinitia, Smith. The Indian in Literature Is Growing Up: Heroes Now Tend to Be More Edged, Urban and Pop Oriented. *New York Times*, 21 Apr. 1997.

35. Dixon, Diane M. Maternal Matrix: Ethical and Spiritual Dynamics of Mothers' Subjectivity in Contemporary American Fiction. Indiana University of Pennsylvania, 2000.

36. Dunn, Anne M. etc. eds. *Winter Thunder: Retold Tales*. Duluth, Minn.: Holy Cow Press, 2001.

37. Dyck, Reginald. When Love Medicine is Not Enough: Class Conflict and Work Culture on and off the Reservation. *American Indian Culture and Research Journal*, 30.3 (2006): 23-43.

38. Dzregah, Augustina Edem. The Missing Factor: Explorations of Masculinities in the Works of Toni Morrison, Louise Erdrich, Maxine Hong Kinston and Joyce Carol Oates. Indinana University of Pennysylvania, 2002.

39. Epes, Brown Joseph and Emily Cousins. *Teaching Spirits: Understanding Native American Religious Traditions*. Oxford and New York: Oxford University Press, 2001.

40. Erdrich, Louise. "Where I Ought to Be: A Writer's Sense of Place" in Wong, Hertha D. Sweet *ed. Louise Erdrich's Love Medicine: a Casebook*. New York; Oxford UP; 2000.

41. Erdrich, Louise. *Books and Islands in Ojibwe Country*. Washington, D.C.: National Geographic, c2003.

42. Erdrich, Louise. *Baptism of Desire: poems*. New York: Harper & Row, c1989.

43. Erdrich, Louise. *Four Souls: a novel*. New York: HarperCollins, 2004.

44. Erdrich, Louise. *Four Home of the living God: a novel*. New York: HarperCollins, 2017.

45. Erdrich, Louise. *Grandmother's Pigeon*. New York: Hyperion Books for Children, c1996.

46. Erdrich, Louise. *Jacklight: poems.* New York: Holt, Rinehart, and Winston, c1984.

47. Erdrich, Louise. *LaRose: a novel.* New York: HarperCollins, 2016.

48. Erdrich, Louise. *Love Medicin: a novel.* New York, HarperCollins, 1984.

49. Erdrich, Louise. *Love Medicine: new and expanded version.* New York: H. Holt, 1993.

50. Erdrich, Louise. *Original Fire: selected and new poems.* New York: HarperCollins, 2003.

51. Erdrich, Louise. *Shadow Tag: a novel.* New York: HarperCollins, 2010.

52. Erdrich, Louise. *Tracks: a novel.* New York: Henry Holt, c1988.

53. Erdrich, Louise. *The Antelope Wife: a novel.* NY: HarperPerennial, 1999, c1998.

54. Erdrich, Louise. *The Beet Queen: a novel.* New York: Holt, c1986.

55. Erdrich, Louise. *The Bingo Palace: a novel.* New York: HarperCollins, c1994.

56. Erdrich, Louise. *The Birchbark House.* New York: HyperionBooks for Children, c1999.

57. Erdrich, Louise. *The Blue Jay's Dance: a birth year.* New York: HarperCollins, c1995.

58. Erdrich, Louise. *The Game of Silence.* New York: HarperCollins, c2005.

59. Erdrich, Louise. *The Master Butchers Singing Club: a novel.* New York: HarperCollins, 2003.

60. Erdrich, Louise. *The Last Report on the Miracles at Little No Horse: a novel.* New York: HarperCollins, 2001.

61. Erdrich, Louise. *Tales of Burning Love: a novel.* New York: HarperCollins, 1996.

62. Erdrich, Louise. *The Painted Drum: a novel.* New York:

HarperCollins, 2005.

63. Erdrich, Louise. *The Plague of Doves: a novel.* New York: HarperCollins, 2008.

64. Erdrich, Louise. *The Round House: a novel.* New York: HarperCollins, 2012.

65. Erdrich, Louise. *The Porcupine Year.* New York: HarperCollins, c2008.

66. Erdrich, Louise. *The Range Eternal.* New York: Hyperion Books for Children, c2002.

67. Ferguson, Laurie L. Trickster Shows the Way: Homor, Resilence, and Growth in Modern Native American Literature. Wright Institute, 2002.

68. Forbes, Jack D. *Columbus and Other Cannibals: The Wetiko Disease of Exploitation, Imperialism, and Terrorism.* Brooklyn: Autonomedia, 1992.

69. Francis, Daniel. *Battle for the West: Fur Trade and the Birth of Western Canada.* Edmonton: Hurtig, c1982.

70. Fruth, Father Alban. *A Century of Missionary Work Among the Red Lake Chippewa Indians 1858-1958.* Redlake, Minnesota: St. Mary's Mission, 1958.

71. Gay, Wayne Lee. Jeans, Boots, and Starry Skies: Tales of a Gay Country-and-western Bar and Places Nearby. University of North Texas, 2010.

72. Girard, Kristin Ann. Mother/Cultures and New World Daughters: Ethnic Identity Formation and the Mother-daughter Relationships in Contemporary American Literature. Stony Brook University, 2006.

73. Grace, O'Neill Catherine. *1621: a New Look at Thanksgiving. Washington,* D.C.: National Geographic Society, c2001.

74. Halliday, Lisa. Louise Erdrich: The Art of Fiction No. 208. *Paris Review* 195.Winter (2010): 132-166.

75. Hallowell, A. Irving. Bear Ceremonialism in the Northern Hemisphere. *American Anthropologist*, 28.1(1926): 1-175.

76. Harrison, Summer. The Politics of Metafiction in Louise Erdrich's *Four Souls*. *MUSE*, 23.1(2011): 39-69.

77. Hickson, Harold. The Sociohistorical Significance of Two Chippewa Ceremonials. *American Anthropologist*, 65.1(1963): 67-85.

78. Holly Wells, Jennifer Marie. The Construction of Midwestern Literary Regionalsim in Sinclair Lewis's and Louise Erdrich's Novels: Regional and Cultural Influences on Carol Kennicott and Fleur Pillager. Drew University, 2009.

79. Hughes, Donald. *Ecology in Ancient Civilizations*. Albuquerque: University of New Mexico Press, 1975.

80. Hughes, Donald. *North American Indian Ecology*.Texas Western Press, 1996.

81. Hunter, Carol. *Love Medicine* by Louise Erdrich. *World Literature Today* 59.3(1985): 474.

82. Iovannone, J. James. "Mix-ups, Messes, Confinements, and Double-dealings": Transgendered Performances in Three Novels by Louise Erdrich. *Studies in American Indian Literature*, 21.1(2009): 38-68.

83. Jacobs, Connie A. *The Novels of Louise Erdrich: Stories of Her People*. New York: Peter Lang, c2001.

84. Johnston, Basil. *Honour Earth Mother*. Lincoln: University of Nebraska Press, 2003.

85. Johnston, Basil. *Ojibwa Heritage*. New York: Columbia UP, 1976.

86. Johnston, Basil. *The Manitous: The Spiritual World of the Ojibway*. Toronto: KeyPorter Books, 1995.

87. Jones, William. *Ojibwa Texts*. New York: AMS P., 1974.

88. Keenan, Deirdre. Unrestricted Territory: Gender, Two Spirits, and Louise Erdrich's *The Last Report on the Miracles at Little No Horse*. *American Indian Culture and Research Journal*, 30.2 (2006): 1-15.

89. King, Thomas. *The Truth about Stories: A Native Narrative.* Minneapolis: University of Minnesota Press, 2005.

90. Kurup, Seema. *Understanding Louise Erdrich.* Columbia: University of South Carolina Press, 2016.

91. LaCapra, Dominick. *History and Memory after Auschwitz.* Ithaca: Cornell University Press, 1998.

92. Landes, Ruth. *Ojibwa Religion and the Midéwiwin.* Madison: University of Wisconsin Press, 1968.

93. Landes, Ruth. *The Ojibwa Woman.* New York: Columbia University Press, 1971.

94. Larson, Charles R. *American Indian Fiction.* Albuquerque: University of New Mexico Press, 1978.

95. Lincoln, Kenneth. *Native American Renaissance.*Berkeley: University of California Press, 1983.

96. Lippard, Lucy R. ed. *Partial Recall.* New York: The New York Press, 1992.

97. Lyons, Gene. In Indian Territory (Reviw of *Love Medicine* by Louise Erdrich). *Newsweek*, 11 Feb. 1985.

98. Lyons, Richard Scott. *X-marks: Native Signatures of Assent.* Minneapolis: University of Minnesota Press, c2010.

99. Martin, Joel W. *Native American Religion.* New York: Oxford University Press, 1999.

100. Mccormack, Jodi Bain. Maternal Bodies, Ojibwe Histories, and Materiality in the Novels and Memories of Louise Erdrich. The University of Texas Arlington, 2009.

101. Mermann-Jozwiak, Elisabeth. "His Grandfather Ate His Own Wife": Louise Erdrich's *Love Medicine* as a Contemporary Windigo Narrative. *The North Dakota Quarterly* 64, 4 (1997): 44-54.

102. Michikio, Kakutani. Myths of Redemption amid a Legacy of Loss (Rev. of AW). *New York Times*, 24 Mar. 1998.

103. Moser, Janette Irene. Balancing the World: Spatial Design in Contemporary Native American Novels. The University of North Carolina at Chapel Hill, 1992.

104. Murphy, Annalyssa Gypsy. Dissent along the Borders of the Fourth World: Native American Writings as Social Protest. Clark University, 2008.

105. Neils, Elaine. *Reservation to City: Indian Migration and Federal Relocation.* Chicago: University of Chicago, 1971.

106. Norton, Sister Mary Aquinas. *Catholic Missionary Activities in the Northwest, 1818-1864.* Washington, D. C.: The Catholic university of America, 1930.

107. Owens, Louis. *Other Destinies: Understanding the American Indian Novel.* Norman: University of Oklahoma Press, 1992.

108. Owens, Louis. *Bone Game: a novel.* Norman: University of Oklahoma Press, c1994.

109. Parker, Robert Dale ed. *Changing is Not Vanishing: A Collection of Early American Indian Poetry to 1930.* Philadelphia: University of Pennsylvania Press, c2011.

110. Rainwater, Catherine. Reading between Worlds: Narrativity in the Fiction of Louise Erdrich. *American Literature,* 62.3 (1990): 405-422.

111. Ron, Charles. A Plot to Reclaim the Native Land. *Chiristian Science Monit*or, 29 June 2004.

112. Rosenberg, Robert. Ceremonial Healing and the Multiple Narrative Tradition in Louise Erdrich's *Tales of Burning Love. MELUS,* 27.3 (2002): 113-131.

113. Rowe, John Carlos. Buried Alive: the Native American Political Unconsciousness in Louise Erdrich's Fiction. *Postcolonial Studies,* 7.2 (2004): 197-210.

114. Sanders, Eric. *The Essential Writer's Guide: Spotlight on Louise*

Erdrich, Including Her Personal Life, Education, Analysis of Her Best Sellers Such as Love Medicine. Webster's Digital Services, 2012.

115. Sarris, Greg, Connie A. Jacobs, and James R. Giles eds. *Approaches to Teaching the Works of Louise Erdrich.* New York: MLA, 2004.

116. Sawhney Brajesh etc. eds. *Studies in the Literary Achievement of Louise Erdrich, Native American Writer: Fifteen Critical Essays.* Lewiston, N.Y.: Edwin Mellen Press, c2008.

117. Scarberry-Garcia, Susan. *Landmarks of Healing: A Study of House Made of Dawn.* Albuquerque: University of New Mexico Press, c1990.

118. Schama, Simon. *Landscape and Memory.* London: Fontana, 1996.

119. Schirer, Thomas E. ed. *Entering the 90S: The North American Experience: Proceedings from the Native American Studies Conference at Lake Superior University, October 16-17, 1987.* Sault Ste. Marie, Mich.: Lake Superior University Press, 1991.

120. Schoolcraft, Henry Rowe. *Algic Researches: North American Indian Folktales and Legends, Mineola.* New York: Dover Publications, INC, 1999.

121. Schultz, Lydia A. Fragments and Ojibwe Stories: Narrative strategies in Louise Erich's *Love Medicine. Teahcing Minority Literatures,* 18.3 (1991): 80-95.

122. Scoones, Jacqueline E. Dwelling Poetically: Environmental Ethnics in Contemporary Fiction. University of California, Irving, 2000.

123. Scott, Steven D. *The Gamefulness of American Postmodernism: John Barth & Louise Erdrich.* New York: P. Lang, 2000.

124. Sharon, Smulders. "The Only Good Indian": History, Race and Representation in Laura Ingalls Wilder's *Little House on the Prairie. Children's Literature Association Quarterly,* 27.4 (2003): 191-202.

125. Silko, Leslie Marmon. Here's an Odd Artifact for the Fairy-tale Shelf.

Studies in American Indian Literature, 10.4 (1986): 179-184.

126. Silko, Leslie Marmon. *Stroyteller*.New York: Arcade, 1981.

127. Smith, Paul Chatt. *Everything You Know about Indians is Wrong*. Minneapolis: University of Minnesota Press, c2009.

128. Sontag, Kate and David Graham eds. *After Confession: Poetry as Autobiography*. Graham. St Paul, MN: Graywolf Press, 2001.

129. St. Pierre, Mark and Tilda Long Soldier. *Walking in the Sacred Manner: Healers, Dreamers, and Pipe Carriers: Medicine Women of the Plains Indians*. New York: Simon & Schuster, c1995.

130. Stedman Raymond William. *Shadows of the Indian: Stereotypes in American Culture*. Norman: University of Oklahoma Press, c1982.

131. Steen-Adams, Michelle M., Langston Nancy and Mladenoff David J. White Pine in the Northern Forests: An Ecological and Management History of White Pine on the Bad River Reservation of Wisconsin. *Environmental History*, 12.3 (2007): 614-648.

132. Steinberg, Sybil. PW Talks with Louise Erdrich. *Publisher Weekly*, 29 Jan. 2001.

133. Stensland, Anna Lee. *Literature by and about the American Indian: An Annotated Bibliography*.Urbana, Ill.: National Council of Teachers of English, c1979.

134. Stirrup, David. *Louise Erdrich*. Manchester and New York: Manchester University Press, 2012.

135. Stookey, Lorena Laura. *Louise Erdrich: A Critical Companion*. Westport. Conn.: Greenwood Press, 1999.

136. Swanhorst, Jeris. *Discovering Identity in Louise Erdrich's Master Butchers*. Lambert Academic Publishing, 2010.

137. Tillett, Rebecca. *Contemporary Native American Literature*. Edinburgh: Edinburgh University Press, c2007.

138. Torrance, Robert Mitchell. *The Spiritual Quest: Transcendence in Myth, Religion, and Science*. Berkeley: University of California

Press, c1994.

139. Utter, Jack. *American Indians Answers to Today's Questions.* Lake Ann, Mich.: National Woodlands Pub., 1993.

140. Vecsey, Christopher. *Traditional Ojibwa Religion and Its Historical Changes.* Philadelphia: American Philosophical Society, 1983.

141. Velie, Alan R. *Four American Indian Literary Masters: N. Scott Momaday, James Welch, Leslie Marmon Silko, and Gerald Vizeor.* Norman: University of Oklahoma Press, 1982.

142. Vennum, Thomas. *The Ojibwa Dance Drum: Its History and Construction.* St. Paul: Minnesota Historical Society Press, c2009.

143. Vizenor, Gerald and A. Robert Lee. *Postindian Conversations.* Lincoln: University of Nebraska Press, c1999.

144. Vizenor, Gerald ed. *Narrative Chance: Postmodern Discourse on Native American Literatures.* Albuquerque: U of New Mexico P, 1989.

145. Vizenor, Gerald ed. *Survivance: Narratives of Native Presence.* Lincoln: University of Nebraska Press, c2008.

146. Vizenor, Gerald. *Chancers.* Norman: University of Oklahoma Press, 2000.

147. Vizenor, Gerald. *Fugitive Poses: Native American Indian Scenes of Absence and Presence.* Lincoln: University of Nebraska press, 1998.

148. Vizenor, Gerald. *Hiroshima Bugi: Atomu 57.* Lincoln: University of Nebraska Press, 2003.

149. Vizenor, Gerald. *Manifest Manners: Postindian Warriors of Survivance.* Hanover: University Press of New England, 1994.

150. Vizenor, Gerald. *The People Named the Chippewa: Narrative Histories.* Minneapolis: University of Minnesota Press, c1984.

151. Vizenor, Gerald. *The Trickster of Liberty: Ttribal Heirs to a Wild Baronage.* Minneapolis: University of Minnesota Press, c1988.

152. Vizenor, Gerald. *Wordarrows: Native States of Literary Sovereignty.*

Lincoln: University of Nebraska Press, 2003.

153. Vizenor, Gerald. *The Everlasting Sky: New Voices from the People Named the Chippewa*. New York: Crowell-Collier, c1972.

154. Vizenor, Gerald. *Postindian Conversations*. Lincoln: University of Nebraska Press, c1999.

155. Wallace, David Adams. *Education for Extinction: American Indian and the Boarding School Experience, 1879-1928*. Lawrence, Kan.: University Press of Kansas, c1995.

156. Wanner, Irene. *Four Souls*: Love and Revenge and Too Many Voices. *The Seattle Times*, July 25, 2004.

157. *Webster's Third New International Dictionary*. Springfield: Merriam-Webster Inc., 1993.

158. Wendy, Rose. *The Half Breed Chronicles & Other Poems*. Los Angeles, CA: West End Press, 1985.

159. Whitehead, Anne. *Trauma Fiction*. Edinburgh: Edinburgh University Press, c2004.

160. Wiget, Andrew. *Native American Literature*. Boston: Twayne Publishers, 1985.

161. Wilder, Laura Ingalls. *The Little House on the Prairie*. New York: Harper & Row, c1953.

162. Wingate, Packard. Strong Parts Don't Add up in New Erdrich Novel (Rev. of *AW*). *Seattle Times*, 14 June 1998.

163. Winsbro, Bonnie C. *Supernatural Forces: Belief, Difference, and Power in Contemporary Works by Ethnic Women*. Amherst: University of Massachusetts Press, c1993.

164. Wong, Hertha Dawn. *Louise Erdrich's Love Medicine: A Casebook*. New York: Oxford University Press, 2000.

165. Woodar, Charles L. Momaday's *House Made of Dawn*. *Explicator*, 36 (1978): 27-28.

166. World Health Oragnization, ICD-10. *The ICD-10 Classification of*

Mental and Behavioural Disorder: Diagnostic Criteria for Research. Geneva: World Health Organization, 1993.

167. Wrone, David R. and S. Nelson, Jr. Russel, eds. *Who's the Savage: A Documentary History of the Mistreatment of the Native North Americans.* Fawcett Publications, Inc. Greenwich, Conn, 1973.

168. Wyatt, Jean. Storytelling, Melancholy, and Narrative Structure in Louise Erdrich's *The Painted Drum. MELUS*, 36.1 (2011): 13-36.

169. Yarnell, Richard Asa. *Aboriginal Relationships Between Culture and Plant Life in the Upper Great Lakes Region.* Ann Arbor: University of Michigan, 1964.

170. 樊英. 天地父母：印第安神话. 北京：中国青年出版社，2006.

171. 新德汉词典. 上海：上海译文出版社，1999.

172. 阿尔多·李奥帕德. 沙郡年记. 岑月，译. 上海：上海三联书店，2011.

173. 安妮·怀特海德. 创伤小说. 李敏，译. 开封：河南大学出版社，2011.

174. 巴特·穆尔-吉尔伯特. 后殖民理论. 陈仲丹，译. 南京：南京大学出版社，2001.

175. 波伏娃. 第二性（II）. 郑克鲁，译. 上海：上海译文出版社，2011.

176. 蔡俊. 超越生态印第安——露易丝·厄德里克小说研究. 北京：中国社会科学出版社，2013.

177. 蔡永良. 语言失落与文化生存：北美印第安语衰亡研究. 上海：上海人民出版社，2010.

178. 陈靓. 路易斯·厄德瑞克作品杂糅性特征研究. 上海：复旦大学，2009.

179. 陈龙."霸权理论"与电视意识形态宰制论. 新闻与传播研究，2003（1）：60—66.

180. 茨格内·蔡勒尔. 印第安人. 马立东，译. 武汉：湖北教育出版社，2010.

181. 丁见民. 1960—1970 年代美国"红种人权力"运动与土著族裔意

识的复兴. 福建师范大学学报（哲学社会科学版）4（2009）：136
—142.

182. 大卫·雷·格里芬. 后现代精神. 王成兵，译. 北京：中央编译
出版社，1998.

183. 德勒兹，加塔利. 资本主义与精神分裂（卷2）：千高原. 姜宇辉，
译. 上海：上海书店出版社，2010.

184. 杜子真等编. 福柯集. 上海：上海远东出版社，1998.

185. 弗朗兹·法农. 黑皮肤，白面具. 万冰，译. 南京：译林出版社，
2005.

186. 弗里乔夫·卡普拉. 转折点：社会、科学和正在兴起的文化. 卫
飒英，李四南，译. 成都：四川科学技术出版社，1988.

187. 弗洛伊德. 弗洛伊德著作选. 贺明明，译. 成都：四川人民出版
社，1986.

188. 付成双. 自然的边疆：北美西部开发中人与环境关系的变迁. 北
京：社会科学文献出版社，2012.

189. 关晶. 北美殖民时期主流文学与印第安人形象. 东北师范大学学
报（哲学社会科学版），2011（2）：123—127.

190. 哈布瓦赫. 论集体记忆. 毕然，郭全华，译. 上海：上海人民出
版社，2002.

191. 海登·怀特. 后现代历史叙事学. 陈永国，张万娟，译. 北京：
中国社会科学出版社，2003.

192. 亨利·梭罗. 瓦尔登湖. 张知遥，译. 天津：天津教育出版社，
2005.

193. 胡锦山. 二十世纪美国印第安人政策之演变与印第安人事务的
发展. 世界民族，2004（2）：25—34.

194. 金莉. 生态女权主义. 外国文学，2004（5）：57—64.

195. 朗费罗. 海华沙之歌. 王科一，译. 上海：上海译文出版社，1981.

196. 李惠国. 冲突与解构：当代西方学术叙语. 北京：社会科学文献
出版社，2001.

197. 李剑鸣. 文化的边疆——美国印第安人与白人文化关系史论. 天

津：天津人民出版社，1991.

198. 李靓. 厄德里克小说中的千面人物研究. 北京：对外经贸大学出版社，2014.

199. 李晓岗. 美国政府对印第安人的重新安置及其城市化. 世界历史，1992（4）：2—10.

200. 李忠尚. 新马克思主义析要. 北京：中国人民大学出版社，1987.

201. 列维-布留尔. 原始思维. 丁由，译. 北京：商务印书馆，1985.

202. 林郁编. 尼采如是说——处在痛苦中的人没有悲观的权力. 北京：中国友谊出版公司，1993.

203. 栾述蓉. 族裔与生态：路易斯·厄德里克"北达科他四部曲"中部落身份研究. 上海：上海外国语大学，2012.

204. 刘克东. 趋于融合——谢尔曼·阿莱克西小说研究. 北京：光明日报出版社，2011.

205. 刘玉. 文化对抗——后殖民氛围中的三位美国当代印第安女作家. 厦门：厦门大学出版社，2008.

206. 路易丝·厄德里克. 爱药. 张廷佺，译. 南京：译林出版社，2008.

207. 苗力田编. 古希腊哲学. 北京：中国人民大学出版社，1989.

208. 尼古拉·别尔嘉耶夫. 俄罗斯的命运. 汪剑钊，译. 南京：译林出版社，2009.

209. 让·鲍德里亚. 消费社会. 刘成富，全志钢，译. 南京：南京大学出版社，2000.

210. 石海军. 破碎的镜子："流散"的拉什迪. 外国文学评论，2006（4）：5—13.

211. 陶家俊. 创伤. 外国文学，2011（4）：117—125.

212. 图姆斯. 病患的意义：医生和病人不同观点的现象学探讨. 邱鸿钟等，译. 青岛：青岛出版社，2000.

213. 王晨. 桦树皮上的随想曲：路易丝·厄德里克小说研究. 北京：中央编译出版社，2011.

214. 王建平，郭巍. 解构殖民文化 回归印第安传统——解读路易丝·厄德里奇的小说《痕迹》. 东北大学学报（社会科学版），2004

（6）：455—457.

215. 王明珂. 华夏边缘：历史记忆与族群认同. 北京：社会科学文献出版社，2006.

216. 威尔科姆·E. 沃什伯恩. 美国印第安人. 陆毅，译. 北京：商务印书馆，1997.

217. 威廉·克罗农. 土地的变迁：新英格兰的印第安人、殖民者和生态. 鲁奇，赵欣华，译. 北京：中国环境科学出版社，2012.

218. 吴高军. 古希腊城邦经济初探. 求是学刊，1991（1）：92—95.

219. 吴生. 乔治·凯特林和他的印第安人肖像. 书屋，2004（10）：42—45.

220. 许海山主编. 美洲历史. 北京：线装书局，2006.

221. 尤金·哈格洛夫. 环境伦理学基础. 杨通进，译. 重庆：重庆出版社，2007.

222. 杨通进. 基督教思想中的人与自然. 首都师范大学学报（社会科学版），1994（3）：78—85.

223. 张德明.《藻海无边》的身份意识与叙事策略. 外国文学研究，2006（3）：77—83.

224. 张法. 媚世（kitsch）和堪鄙（camp）：从美学范畴体系的角度看当代两个美学新范. 当代文坛，2011（1）：4—11.

225. 张翎. 金山. 北京：十月文艺出版社，2009.

226. 张琼. 族裔界限的延展与消散：《手绘鼓》. 外国文学，2009（6）：91—97.

227. 张廷佺. 作为另类叙事的齐佩瓦人故事：厄德里克《小无马保留地家世传奇》研究. 上海：上海外国语大学，2009.

228. 赵一凡主编. 西方文论关键词. 北京：外语教学与研究出版社，2011.

229. 邹慧玲. 19 世纪美国白人文学经典中的印第安形象. 外国文学研究，2006（5）：45-51.

230. Young Bird: Assimilation Dress2002. [2013-05-l0].http://muse.jhu.edu/joumaWfrontiers/v023/23.2youngbird.html.

231. Native American Education at Carlisle Indian Industrial School. [2018-05-l0].http://www.austincc.edu/pgoines/Carlisle%20Indian%20lndustrial%20School.html.

232. Ojibwa.[2013-05-l0].http://www.everyculture.com/multi/Le-Pa/Ojibwa.html#b.

233. Ojibwe.[2013-05-10].http://en.wikipedia orgfwiki/Ojibwe_people#Pre-contact_and_spiritual_beliefs.

234. An Emissary of the Between-World,2001.[2013-05-10].http://www.theatlantic.com/magazine/archive/2001/01/an-emissary-of-the-between-world/3033/.

235. John Callahan: 4 Things You Didn't know About Thanksgiving, 2013.[2018-05-10].https://www.christianpost.com/buzzvine/4-things-you-didnt-know-about-thanksgiving-109124/.